KB121543

푸른 살　Blue Flesh

푸 른 살   Blue Flesh

이태제 장편소설

차례

1부

케르베로스
Kerberos

1

레미는 도로변에 잠시 트럭을 대고 차창을 열었다. 관자놀이에 달린 동그란 발광체가 햇빛을 받아 배터리 충전을 시작했다. 라디오에서는 일식 예보가 나오고 있었다. 일식 영향권에 드는 때에는 온종일 일식에 관한 속보만 전해졌다.

닷새 뒤인 2095년 11월 27일 오전 8시 18분경, 한반도의 금세기 마지막 금환일식이 벌어집니다. 한국을 비롯해 달의 본그림자가 통과할 예정인 동아시아 전역에서는 벌써 대규모 축제가 열리는 곳이 많습니다. 일식 범죄의 기승으로 최근 범죄율이 급증했습니다. 개인의 안전에 각별히 신경 쓰시기 바랍니다. 초월동아시아는 입국 제한 조치를 시행 중입니다. 대상은 임시비자 소지자와 외국인 여행객이며 국가별로 예외 사항이 상이하니 외교부 홈페이지를 참고하시기 바랍니다. 입국 제한 조치는 일식이 완전히 끝나는 11월 27일 오전 10시에 해제되며…….

레미는 차창 밖 풍경을 바라보았다. 길 곳곳에 순찰을 도는 휴머노이드 경찰들이 보였다. 현재 전국의 모든 경찰은 비상근무 체계에 들어갔다. 범죄를 저지르면 가중처벌하겠다는 강력한 조치에도, 이른바 일식이 일어나는 동안 '무통 효과'를 보기 위해 동아시아로 밀입국하는 사람들이 늘어나 도시는 온통 혼란에 빠져 있었다.

일식 예보 사이로 한 아이의 목소리가 섞여 들었다. 레미의 트럭이 정차해 있는 도로변 근처 횡단보도에서 이제 갓 유치원에 들어간 것으로 보이는 여자아이가 엄마에게 질문을 하고 있었다. 아이의 관자놀이에는 아직 푸른 살이 자리 잡지 않았다.

"엄마, 온몸이 새파란 사람도 있어?"

아이 엄마는 한쪽 어깨와 얼굴 사이에 핸드폰을 끼운 채 전화를 받지 않는 상대 때문에 얼굴을 찌푸리고 있었다. 그는 다시 전화를 걸며 아이에게 건성으로 되물었다.

"얼굴 일부만 그런 게 아니고?"

"분명 온몸이 파란색이었어. 아니, 약간 어두운 파랑?"

아이 엄마는 아이가 잘못 본 거라고 생각하는 눈치였다.

"한 달 뒤면 무통 주간이잖니. 벌써부터 온몸을 파랗게 칠하고 가면을 쓰고 다니는 이상한 사람들일 거야. 진짜로 온몸이 푸른 사람들이 자유롭게 돌아다니고 있을 리 없어. 그런 사람들은 나라에서 싹 다 잡아다가 바다 한가운데에 있는 감옥에 가둬버렸단다. 절대로 세상 밖으로 나오지 못하도록 말이야."

신호가 바뀌고 사람들이 횡단보도를 건너기 시작했다. 모녀는 레미가 타고 있는 한얼시청 관용트럭 앞을 지나갔다. 아이 엄마의 한쪽 얼굴이 레미의 시야에 들어왔다. 그의 관자놀이부터 뺨까지 이어지는 부위에 퍼런 살과 혈관이 돋아나 있었다. 나이가 삼십대 중반 정도인 것을 고려하면 또래에 비해 푸른 살의 성장 속도가 더딘 편이었다. 평소 악의를 품지 않고 착하게 살아온 사람일 가능성이 컸다. 가끔은 멋대로 살고 싶을 때가 있었겠지만 그때마다 난폭한 욕망을 꾹 억눌렀을 것이다. 진심 어린 도덕성 때문이라기보다는 고통받고 싶지 않아서일 테지만. 엄마처럼 아이도 자신의 분노를 철저히 다스리는 법을 배워나가게 될 것이다.

"이상하다. 정말 온몸이 파란색인 사람들을 봤는데……."

아이가 계속 혼잣말을 했지만 아이 엄마는 더는 대꾸하지 않았다. 모녀는 길 저편으로 멀어졌다. 레미는 아이의 마지막 말을 곱씹었다. 아이 엄마의 한쪽 뺨 절반을 차지한 푸른 살. 그런 푸른 살이 뺨 한쪽뿐만 아니라 온몸을 잠식했는데도 멀쩡히 살아 있을 수 있는 자는 '인디고'라 불리는 특이체질의 소유자뿐이었다. 아이는 정말로 인디고를 봤을까. 그것도 한 명이 아닌 여러 명이나? 온몸이 푸른 살로 뒤덮여 외계나무로 변한 사람들을 제거하는 일을 수년간 해온 레미조차 그들을 본 적이 없었다. 레미가 매일 마주하는 이들은 푸른 살의 범위가 작거나 크거나, 이미 푸른 살에 잠식당해 청나무로 변한 사람들뿐이었다.

범죄율이 급증한 탓에 거리의 상점 주인들은 혹시라도 자신의 가게가 타깃이 되지 않을까 두려움에 떨었다. 이미 몇몇 상점들은 쇼윈도와 유리문이 산산이 부서져 있었다. 임시방편으로 깨진 유리문에 두툼한 종이 박스와 스티로폼 따위를 덧대고 있던 금은방 상인의 어깨가 축 처져 있었다. 그 앞을 지나는 사람들은 마치 유리를 깬 것이 자신인 것마냥 고개를 숙인 채 시선을 피했다.

레미는 거리에 있는 사람들의 푸른 살을 하나하나 관찰했다. 한 여자는 긴 머리카락으로 최대한 푸른 살을 가려보려고 노력했지만 관자놀이부터 눈 주위가 온통 새파랬다. 말쑥한 정장 차림의 남자도 푸른 살이 이미 턱과 목까지 내려와 있었다. 레미는 그들이 각각 어떤 삶을 살아왔는지 알 길이 없었지만 푸른 살의 크기만으로 그들의 과거를 예상해볼 수는 있었다. 푸른 살이 작으면 폭력을 기피하는 착한 사람, 푸른 살이 크면 폭력을 많이 저지른 나쁜 사람이라는 식으로 말이다.

─레미, 들리나?

태양에너지 충전을 마치기 무섭게 본부에서 무전이 왔다.

─새로운 신고가 접수됐다. 하나로13로 그린빌라 107동이다. 지금 갈 수 있나?

레미는 곧장 출동하겠다고 응답하고 반대 방향을 향해 유턴했다. 그곳은 오래된 저층 빌라가 밀집한 달동네였다. 이웃의 누군가가 사라져도 아무도 알아채지 못하다가, 시신에서 자라난 청나무 가지가 창을 부수고 집 밖으로 뻗어 나와야만 그가 죽었음을 알게 되는 곳이었다.

레미는 빌라 뒤편에 관용트럭을 주차했다. 지어진 지 40년 가까이 된 건물이라 곧 무너질 것처럼 낡았다는 점을 제외하면 별다른 이상은 보이지 않았다. 하지만 건물 앞쪽으로 가보니 어느 집에서 청나무가 자라났는지 알 수 있었다. 구불거리는 시퍼런 가지가 4층 2호 라인의 베란다 창문을 부수고 뻗어 나와 있었다. 햇빛을 받아 표면이 반짝이는 푸른 줄기들은 빌라의 모든 벽과 창문을 뒤덮고, 이젠 옥상 난간을 넘어가는 중이었다. 이대로 둔다면 청나무는 한 달도 지나지 않아 건물 전체를 무너뜨리고 말 것이다.

청나무가 이 정도로 자랄 때까지 방치된 걸 보면 분명 저 집에는 누군가 혼자 살고 있었을 것이다. 레미는 잠겨 있는 문을 뜯기 위해 트럭 짐칸에서 연장을 꺼냈다. 그리고 가장 중요한 'D2H' 약품이 든 커다란 통을 집어 들었다.

레미는 갈고리 모양의 연장으로 문을 뜯었다. 청나무의 구불구불한 줄기와 가지가 가득 차 있어 집 안으로 들어갈 수가 없었다. 가구들은 자라난 줄기에 짓눌려 무참하게 부서졌다. 냉장고에서 음식이 썩고 있는지 악취도 심했다.

레미는 현관에서부터 D2H를 부었다. 줄기가 한순간에 새카맣게 타들어가며 한껏 오그라들었다. 청나무를 조금씩 조금씩 제거하면서 집 안 깊숙이 들어갔다. 그러자 가장 굵은 가운데 줄기가 나타났다. 자동으로 측정된 둘레가 시야 한쪽에 찍혔다. 1.02미터. 상당히 두꺼웠다. 자라난 지 족히 한 달 반은 된 청나무였다. 두꺼운 장갑을 낀 손으로 줄기의 표면을 만져보았다. 표면은 약간 물컹하지만 약 1센티미터 표피 아래에 자리한 단단한 내부 조직이 느껴졌다. 레미는 잔가지가 뻗어나가고 있는 베란다 쪽이 아닌 뿌리 쪽을 따라가보았다. 잔가지를 잘라봤자 빠른 속도로 다시 자라나기 때문에 반드시 뿌리를 제거해야 했다. 게다가 청나무는 한번 조직이 파괴되면 손상 전보다 더 빠른 속도로 성장한다. 본능처럼 작용하는 끈질긴 생명력을 가지고 있다는 증거였다.

중심 줄기는 뿌리에 가까워질수록 굵어졌다. 그 순간, 레미는 떨고 있는 작은 손을 발견했다.

"제발 우리 엄마를 죽이지 마세요."

손에 까맣게 때가 낀 아이가 청나무 밑동을 힘껏 껴안고 있었다. 씻지 못한 지 오래되었는지 얼굴도 지저분했다. 눈이 마주치자 아이가 청나무를 더욱 세게 끌어안았다. 레미는 아이가 겁먹지 않도록 조심스럽게 말했다.

"내가 그냥 가면 이 나무가 건물을 무너뜨리고 말 거예요. 그럼 이곳 사람들 모두가 위험해져요."

그러자 아이가 서럽게 울기 시작했다.

"그래도 안 돼요!"

"일단 뿌리 상태를 보여줄 수 있어요?"

아이는 우물쭈물하다가 몸을 옆으로 움직여 공간을 약간 내주었다. 열 살 정도로 보이는 아이의 관자놀이엔 푸르스름한 살점이 손톱만큼 돋아나 있었다.

"이름이 뭐예요?"

"……민동수요."

레미는 동수가 한 달 넘게 끌어안고 있었을 청나무의 뿌리를 살펴보았다. 마치 용암이 흘러내린 것처럼 뿌리가 바닥으로 넓게 퍼져 있었다. 가는 뿌리들은 바닥재를 뚫고 들어가 콘크리트 틈을 따라 자라났을 것이다. 동수가 안고 있는 청나무의 뿌리 쪽을 보니 과연 동그란 혹 부분이 남아 있었다. 자연적으로 자라난 것과 달리 한때 인간이었던 청나무는 뿌리 쪽에 동그란 혹이 붙어 있다. 이 혹은 원래 두개골이었던 부분인데 시간이 아무리 지나도 사라지지 않는다.

"어머니라고요?"

동수가 고개를 끄덕였다.

"한 달 전부터 일어나지 못했어요."

아이가 있을 줄은 몰랐기에 레미는 당황스러웠다. 이런 경우에는 아동복지과에서 먼저 아이를 데려가야 하기 때문이었다. 아이들은 이 시대에 가장 취약한 약자에 속한다. 부모가 차례로 청나무가 되어 죽는 바람에 홀로 남겨진 아이가 아사한 채로 발견되는 일은 흔했다. 살아남은 아이들끼리 모여 비행에 발을 들이는 경우도 많았다. 그래서 무단생장 청나무 처리반과 아동복지과는 긴밀히 연결되어 있었다.

이번엔 어찌 된 일인지 신고가 제대로 이루어지지 않았다. 아동복지과에서 서둘러 움직이지 않는다면 아이는 어쩔 수 없이 한 달 전만 해도 인간이었던 자신의 엄마가 도끼에 잘리고 약물에 녹아 없어지는 모습을 지켜봐야 할지도 몰랐다.

"엄마는 나를 돌보기 위해 남들이 하기 싫어하는 일을 했을 뿐이에요. 엄마가 나쁜 사람이라서 푸른 살이 빨리 자란 게 아니란 말이에요."

여기가 어떤 동네인지 레미도 잘 알고 있었다. 이곳 부모들은 돈을 벌기 위해 혹은 자식을 위해 무엇이든 한다. 폭력에 반응하

16

는 푸른 살 때문에 대부분 로봇으로 대체된 기피 직업도 마다하지 않는다. 너무나 절박한 나머지 사람을 폭행하고 금품을 빼앗은 적도 있었을 것이다. 먹여 살릴 자식이 있으니까. 그 대가로 푸른 살이 가하는 무시무시한 고통을 기꺼이 감수했을 것이다.

레미가 잠시 주저하는 사이, 동수가 레미의 등 뒤에 감춰진 손도끼를 발견하곤 갑자기 소리를 지르며 달려들었다. 동수의 손에는 작은 유리 파편이 들려 있었다. 레미는 황급히 몸을 뒤로 피했다. 벽에 쌓여 있던 쓰레기 더미에 등이 세게 부딪히는 바람에 쓰레기가 와르르 무너지며 두 사람을 덮쳤다. 레미는 자신을 뒤덮은 쓰레기를 밀치고 몸을 일으켰다. 오른쪽 뺨에 손상이 있다는 경고 메시지가 떴다. 뺨을 만져보니 언뜻 피처럼 보이는 불그스름한 윤활제가 손끝에 묻어났다.

동수는 보이지 않았다. 한쪽에서 쓰레기 더미가 진동하듯 흔들렸다. 쓰레기를 걷어내자 동수가 입에 하얀 거품을 문 채 발작을 일으키고 있었다. 흥분한 아이의 몸에서 호르몬이 순간적으로 폭발해 이에 반응한 푸른 살이 전기자극을 일으켰기 때문이다. 푸른 살이 방출하는 전류는 15~20밀리암페어에 달한다. 치사량은 아니지만 몹시 견디기 괴로운 수준이다. 푸른 살은 무자비해서 어린아이라고 해서 고통을 피할 수는 없었다.

레미는 동수가 잠시 정신을 잃은 틈을 타 청나무를 제거하기로 했다. 일단 손도끼로 청나무 밑동을 수차례 내리쳤다. 거무스름하고 진득한 수액이 장갑과 도끼날에 튀었다. 마침내 중심 줄기가 완전히 잘리자 베란다로 뻗어나간 잔가지들이 벽에서 투두둑 떨어져 내렸다. 반짝이던 줄기는 빛을 잃고 석탄처럼 어두워졌다. 레미는 D_2H를 밑동과 잘린 줄기, 잔가지에 골고루 뿌렸다. D_2H는 염산처럼 강한 산이어서 온 집 안에 시큼한 냄새가 배었다. 청나무는 녹아버렸지만 이미 곳곳으로 퍼진 푸른 살 포자들을 모조리 없애는 방법 따윈 없었다. 시청에서 주기적으로 이곳을 관리하지 않는다면 언제든 또 자라날 것이다.

어느 때보다 힘들었던 업무를 마친 레미는 기절한 동수를 업고 트럭으로 돌아왔다. 조수석에 동수를 앉히고 건물을 바라보니 아직도 베란다 창문 아래로 청나무 잔해들이 떨어지고 있었다. 다행히도 동수는 엄마의 마지막 모습을 보지 못했다.

레미는 본부로 무전을 보냈다.

"하나로13로다. 신고지에 아이가 있었다. 아동복지과에 연락 바란다."

본부에서 잠시 기다리라는 응답이 왔다. 3분 정도 지나자 지시를 내렸다.

—경찰이 아이를 아동복지과로 직접 인계할 예정이다. 곧 경찰이 그쪽으로 갈 테니 대기하라.

레미는 백미러로 뺨에 난 상처를 살펴보았다. 처음으로 얼굴에 심각한 손상이 생겼다. 원래 레미는 소중한 사람을 잃은 인간을 위로하기 위한 목적으로 만들어진 휴머노이드였다. 슬퍼하는 한 사람만을 위해 제작된 레미는 무단생장 청나무 제거반이 되기 전엔 자신의 얼굴과 몸을 소중히 여겼다. 지금은 그럴 필요가 없었다. 상처가 나도 누군가에게 죄책감을 갖지 않아도 괜찮았다. 그저 지금의 역할을 잘 해내고 싶었다. 이미 한 번 실패했던 만큼.

트럭 뒤쪽에서 묵직한 뭔가가 내려앉는 소리가 들렸다. 지진이라도 난 것처럼 차체가 위아래로 거세게 흔들렸다. 누군가가 짐칸에 올라탄 것 같았다. 아이들이 장난을 치나 싶어 사이드미러로 확인하니 경찰 제복을 입은 사람이 짐칸에 떡하니 서 있었다. 하지만 이상하게도 그는 눈 부위에 동그란 구멍을 뚫은 종이봉투를 뒤집어쓰고 있었다.

그때, 조수석 차창 옆으로 경찰차 한 대가 미끄러지듯 다가와 멈춰 섰다. 차창이 스르륵 내려가더니 종이봉투를 머리에 뒤집어쓴 또 다른 경찰이 나타났다. 핸들을 붙잡고 있는 그의 팔목은 짙은 남색이었다. 이번엔 운전석 차창 쪽에서 쿵쿵 소리가 났다. 레미는 곧장 반대편으로 고개를 틀었다. 마찬가지로 종이봉투를 쓴 경찰이 차창을 두드렸다.

"이거 열어요, 형씨."

경찰 제복을 입고 있었지만 그는 괴한이 틀림없었다. 그는 외국어로 뭐라고 소리치며 차창을 거칠게 두드렸다. 그의 파란 손에는 경찰 진압봉이 들려 있었다.

"이거 열라고."

어떻게 된 상황인지 파악하느라 레미의 인공뇌가 과부하를 일으켰다.

"안 열어? 셋에 열어. 하나."

레미는 아직도 조수석에 기절해 있는 동수를 바라보았다. 서둘러 오른팔을 뻗어 아이의 왼손을 꽉 움켜쥐고 끌어당겼다. 무슨 상황에서도 인간을 보호하는 것, 그중에서도 가장 어린 아이를 보호하는 것. 그것은 세상 모든 휴머노이드에게 탑재된 국제 표준 시스템이었다.

"둘."

동시에 괴한은 진압봉을 휘둘러 차창을 부쉈다. 유리 파편이 차 내부로 차르르 쏟아졌다. 유리를 부수고 들어온 진압봉이 레미의 왼쪽 광대뼈를 세게 후려쳤다. 뭔가가 부서지는 소리가 났다. 뒤통수에 한 번 더 둔탁한 충격이 이어졌다. 충격에 의해 전원이 나가버렸고, 레미의 시야는 암전되었다.

2

휴머노이드 경찰 둘과 인간 경찰 한 명이 희생된 한얼시 거리
는 네 시간째 통제 상태였다. 경찰통제선을 들치고 젊은 남자
하나가 사건 현장으로 들어섰다. 남자의 관자놀이엔 그가 휴머
노이드임을 나타내는 동그랗고 납작한 발광체가 붙어 있었다.
귓바퀴 뒤쪽에 '4'라는 숫자가 문신처럼 새겨져 있었다. 심각한
시스템 손상으로 네 번의 수리를 거쳤다는 뜻이었다. 다섯 번째
수리가 필요한 순간이 오면 그는 폐기될 것이다. 그의 한 손엔
샌드위치가 담긴 봉투가 들려 있었다.

"경감님, 여기 계셨습니까? 한참 찾았어요."

미리 현장에 와 있던 키가 큰 여자가 남자를 향해 눈인사를

하고는 다시 시선을 돌렸다. 상하체가 분리된 휴머노이드 경찰 둘이 가로등 아래에 널브러져 있고, 앞 유리가 깨진 경찰비행차 안에는 앳된 얼굴의 인간 경찰이 머리에 총을 맞고 죽어 있었다. 모두 알몸 상태였다. 그들이 타고 온 두 대의 경찰비행차 중 한 대가 보이지 않았다. 차를 추적했지만 GPS 장치가 훼손되어 위치를 파악할 수 없었다.

"드레스덴 경감님?"

남자는 드레스덴을 향해 점심이 든 봉투를 건넸지만 그는 거들떠보지도 않았다. 대신 이렇게 물었다.

"어서 차량 추적에 성공했다고 말해, 박 형사."

드레스덴의 시선은 여전히 망가진 휴머노이드 경찰을 향해 있었다.

"그건 아직입니다."

드레스덴이 그 말에 고개를 돌려 박 형사를 쳐다보았다. 두 눈이 빨갛게 충혈돼 있었다.

"그럼 새로운 나쁜 소식이나 빨리 말해봐."

"한얼시 하나로13로에서 무단생장 청나무 제거반에 소속된 휴머노이드가 사라졌답니다."

"언제쯤?"

"한 시간 전입니다. 아동복지과로 인계될 아동을 데리러 경찰이 현장에 도착해보니 관용트럭만 남아 있고 휴머노이드도 아이도 자취를 감췄다고 합니다. 주변 CCTV를 조사한 결과 탈옥수들이 시내에서 탈취한 경찰비행차로 그들을 납치한 것으로 확인됐습니다."

눈을 감고 있던 드레스덴이 손을 들어 박 형사의 말을 끊었다.

"그러니까 아이도 함께 납치됐단 거야?"

"그렇습니다. 아이 이름은 '민동수'입니다."

드레스덴이 긴 숨을 내쉬며 머리카락을 쓸어 올렸다. 오른쪽 관자놀이부터 목까지 뒤덮은 커다란 푸른 살이 잠깐 드러났다가 다시 머리카락에 가려졌다.

"경찰 셋을 박살 내고 경찰비행차까지 훔쳐 달아난 놈들이 이번엔 인질극을 벌이려 한다는 거지……. 거기로 가봐야겠군."

"아닙니다. 감식반이 지금 아이의 집에 도착했다고 하니 곧 현장을 조사한 자료가 도착할 겁니다. 경찰청에서 살펴보셔도 될 것 같습니다."

"정보부에서도 지원 나오겠다더니, 아직 도착 안 했나?"

"인력은 전부 도착했습니다. 기자회견을 열 예정이라 준비가 한창입니다. 어서 경찰청으로 가시죠."

드레스덴은 잠시 기다려달라는 듯 입을 다물고 더는 작동할 수 없게 된 휴머노이드 경찰들과 흰 천으로 가려진 인간 경찰의 시신을 내려다보았다.

"가지."

경찰통제선 밖으로 나온 드레스덴은 박 형사가 주차해둔 경찰비행차에 올라탔다. 상하 차선으로 나뉜 궤도를 따라 차가 빠르게 허공을 가로질렀다. 경찰청으로 향하는 동안 드레스덴은 홀더에 방치된 식은 커피를 한 번에 들이켰다. 박 형사는 라디오 주파수를 계속 바꿨다. 모든 채널에서 오늘 사건에 관해 전하고 있었다.

"국제교도소 피해 상황은 파악이 됐나?"

"아직입니다. 시신들이 형체도 없이 타버리거나 훼손된 경우가 많아 신원을 전부 확인하려면 시간이 걸린답니다."

"그럼 탈옥수가 총 세 명이 아닐지도 모른다는 거군."

어쨌든 탈옥수는 최소 셋이다. 그 셋은 현재 초월동아시아의 남단, 한국에 와서 온갖 행패를 저지르고 다니는 중이니까. 드레스덴은 골이 지끈거려 관자놀이를 꾹 누르려다가 푸른 살의 뭉클한 감촉이 손끝에 닿자 불에 데기라도 한 듯 얼른 손을 뗐다. 쇄골 부근까지 번진 푸른 살은 이젠 살짝만 건드려도 고통스러웠다.

"범죄예방부 녀석들, 간만에 똥줄 타겠어요. 국제교도소에 테러가 벌어져 탈옥수들이 한국까지 올 거란 걸 예측하지 못하다니. 이번에도 뒤처리는 우리 차지네요."

22세기를 4년 앞둔 현재. 전 세계의 수사기관은 이미 벌어진 범죄를 해결하기보다는 아직 벌어지지 않은 범죄를 예방하는

24

쪽으로 우선순위를 바꾸었다. 드레스덴이 소속된 범죄해결부는 예방부가 미처 막지 못한 범죄들을 처리했다. 푸른 살 덕분에 살인이나 폭행 건수는 거의 0에 수렴되었지만, 푸른 살에 영향을 주지 않는 범죄 발생 건수는 그에 반비례하여 증가했다. 평소 드레스덴과 박 형사는 CCTV라는 존재를 까맣게 잊은 멍청한 좀도둑을 검거하거나 사이버상에서 이루어지는 범죄를 주로 해결했다. 그래서 드레스덴은 이번에 맡은 초대형 사건이 막막하기만 했다.

"예방부가 어떻게 남태평양 한가운데의 섬에 있는 국제교도소에서 인디고들이 탈옥하는 것까지 예측하겠어."

"적어도 탈옥수들이 한국 땅을 밟는 것은 막았어야죠."

"그건 초월동아시아의 높으신 분들 잘못이고."

박 형사가 곰곰이 생각하더니, 도저히 이해할 수 없다는 말투로 물었다.

"대체 왜 격추 명령을 내리지 않은 걸까요? 남태평양에서 한국까지 수송기를 타고 날아오려면 세 시간은 걸리니까 진작 미사일을 쏴 바다 위로 추락시켰으면 됐을 텐데요."

"수송기 안엔 탈옥수들뿐만 아니라 열 명의 인간 과학자가 타고 있었다잖아."

"그럼 정부는 그 열 명을 살리기 위해 초월동아시아 인구 전체를 희생시킨 셈이나 다름없어요."

지금 한국을 공포로 몰아넣은 세 명의 탈옥수는 섬 서부의 비행장에 착륙해 있던 청나무 샘플 채취용 수송기를 타고 한국까지 수천 킬로미터를 날아왔다. 박 형사 말처럼 초월오세아니아, 초월아메리카를 비롯한 각각의 초월대륙이 수송기를 격추하기 위해 전투기를 보냈다. 방어할 시간도 충분했다. 그런데 초월동아시아가 그 수송기를 보호하기 위해 전투기를 보냈다. 그 안에 초월동아시아 소속 연구원 열 명이 타고 있다는 게 그 이유였다. 만일 수송기를 격추시키면 초월동아시아 국민 전체를 공격하는 행위로 간주하겠다며 엄포를 놓기까지 했다. 그 경고를 어기고 어느 대륙의 전투기가 수송기를 향해 미사일을 쐈다면 최악의 상황에는 세계대전으로 이어질 수도 있었다.

하지만 정말 의아한 점은 착륙 예정 지점, 즉 한국에 도착하면 국민들 다수가 사망할 수도 있다는 사실은 간과되었다는 것이다. 아니나다를까 수송기는 공군 전투기의 착륙 명령을 무시하고 민간인 마을로 방향을 틀어 그대로 곤두박질쳤다. 민가 수십 채가 뭉개졌고 안에 타고 있던 인간 연구원들은 전원 사망한 채 발견됐다. 정작 세 탈옥수는 온데간데없었다. 블랙박스를 조사한 결과 그들은 추락 직전에 낙하산을 메고 무사히 탈출한 것으로 밝혀졌다.

몇 시간 동안 오리무중이었던 그들은 오늘 오전, 한얼시내에 출현했다. 그러곤 한 상점의 쇼윈도를 깨뜨려 보안장치를 작동시킨 뒤, 현장에 도착한 경찰비행차 두 대를 습격해 그중 한 대를 타고 도주했다. 그리고 또 몇 시간 후 인간 아이와 무단생장 청나무 제거반 휴머노이드를 납치한 것이었다.

"국제교도소 테러는 완전자유연대 소행이라는 추측이 인터넷상에서 퍼지고 있습니다."

"하지만 아직 확인된 건 아니지?"

"네. 그렇지만 요즘 들어 테러 주기가 짧아졌으니 가능성은 커 보입니다."

완전자유연대는 10년 전 '섬광 대학살'을 일으킨 학살자 '아이버스터'를 신으로 추앙하는 테러 단체였다. 그들은 평소 인디고의 해방을 부르짖으며 각국의 교도소나 경찰서, 구치소에서 테러를 벌여왔다. 설마 그자를 탈출시키려고 이번 테러를 일으킨 걸까. 드레스덴은 우려가 현실이 될까 봐 입 밖으로 말조차 꺼내지 않았다. 저절로 두 주먹에 힘이 들어갔다. 그자가 다시 세상 밖으로 나올 수도 있다는 생각을 어째서 한 번도 못 했을까.

'그 일'이 벌어진 지도 어느덧 10년이 지났다. 다들 방심했던 것이다. 비슷한 일이 또 벌어져도 세계가 철저히 대비하고 있을 거라고 믿었고, 그사이 기술이 발전해서 충분히 대응할 수 있으리라 기대했다. 하지만 전부 착각이었다. 다들 터무니없을 정도로 아무런 생각이 없었다.

"그나저나 병가 중인데 수사 자원하셨다면서요. 몸은 괜찮으

십니까?"

"별수 있나. 탈옥수들이 바다 건너 이 땅으로 넘어왔는데."

어차피 드레스덴은 탈옥수 검거 사건을 배정받기 전부터 불면의 밤에 시달렸다. 며칠 뒤에 있을 금환일식 때문에 나라 전체가 미쳐 있기 때문이었다. 일부분만 가려지는 부분일식은 그동안 한국을 여러 번 찾아왔었지만 부분일식의 무통 효과는 미미하기만 했다. 태양의 가장자리를 제외하고 전부 가려져서 부분일식과는 비교할 수 없이 무통 효과가 커지는 금환일식이 한반도에 찾아오는 건 무려 147년 만이었다. 그래서 대한민국 사회는 유례없는 무질서 상태였다. 밤마다 도시 곳곳에서 펑 하고 폭발하는 소리가 났다. 비행 청소년들이 불법 폭발물을 투척해서 이번 주에만 벌써 세 차례나 정전이 발생했다. 그저께는 드레스덴이 근무하는 경찰청까지 정전에 휩싸였다. 병가 중이던 그는 언제 올지 모르는 지원 연락을 기다리느라 뜬눈으로 밤을 지새워야 했다.

"병원에서는 뭐래요?"

저 멀리 검푸른 하늘 아래에 경찰청 건물이 신기루처럼 나타났다. 그는 대답을 미루면서 점심이 든 봉투를 뒤적였다. 눅눅해진 샌드위치가 찰흙처럼 뭉쳐져 있었다. 드레스덴은 봉투를 도로 닫았다.

"아직 팔팔하다는군."

드레스덴의 대답에 별다른 반응을 보이지 않던 박 형사가 오래 참았다는 듯 입을 열었다.

"경감님이 왜 굳이 이런 위험한 일에 자원하셨는지 압니다."

하긴, 휴머노이드의 눈을 속일 수는 없을 터였다. 드레스덴의 몸에 붙어 있는 푸른 살은 거대했다. 그를 처음 본 누구라도 '저 사람은 곧 청나무가 되어 죽겠구나' 하고 예상할 수 있었다. 그리고 그건 사실이었다. 3주 전, 푸른 살 검진에서 드레스덴은 '말기' 판정을 받았다. 언제 갑자기 마비가 시작되고 청나무가 되어도 이상하지 않았다.

"또 길거리에서 누가 시비를 건 거죠? 경찰들은 푸른 살 성장 억제제를 합법적으로 복용하며 폭력을 마음껏 저지른다는 말을 또 들으신 거예요? 그래서 자존심 세우고 오기 부리시는 거 아닙니까?"

또 시작이군. 드레스덴은 차창 밖을 내다보며 속으로 중얼거렸다. 휴머노이드에게 잔소리나 듣는 삶이라니.

"그런 놈들의 헛소리 따위 듣지 말라고 몇 번을 말씀드립니까. P4H를 그렇게 먹고 싶으면 경찰이 되라고 해요. 빨리 죽는 게 두려워서 기피 직업은 죽어도 안 하려고 하면서 푸른 살 성장억제제는 얻고 싶어 하다니. 그게 말이 됩니까?"

"그래서가 아니야. 남들보다 빨리 죽는 삶을 택하는 것도 집안 내력이니까 굳이 운명에 저항하고 싶지 않을 뿐이지."

"또 그 소리시군요."

어린 시절에는 푸른 살이 누구보다 빨리 퍼질 수 있다는 것을 알면서도 오로지 꿈을 위해 자신의 삶을 희생한 부모님이 어리석다고 생각했다. 하지만 드레스덴은 자신의 부모보다 더 한심한 삶을 살고 있었다. 말기 판정을 받은 나이가 그걸 증명했다. 올림픽 태권도 선수였던 어머니가 말기 판정을 받은 때는 마흔다섯이었고, 드레스덴은 올해로 마흔둘이었다.

"전 경감님이 돌아가시게 내버려두지 않을 거예요."

"자네야말로 또 그 소리군."

"정말이에요. 이제 저야말로 폐기될 때가 다 됐으니까요. 제가 폐기되기 전까진 경감님은 못 돌아가십니다."

"그래. 어디 잘해보라고."

경찰비행차가 경찰청 옥상의 수직이착륙장으로 진입했다. 경찰청에 들어서자 드레스덴은 평소와는 확연히 차이가 나는 분위기를 느꼈다. 초월동아시아 정보부에서 지원을 나온 낯선 휴머노이드와 인간 요원들이 제복을 입고 경찰청 곳곳에 포진해 있었다. 지금까지와는 차원이 다른 큰 사건이 벌어지고 있음을 깨닫는 순간이었다.

드레스덴은 '4D 현장자료실'에 도착했다. 마침 현장감식반에서 민동수의 집을 촬영한 4D 현장자료가 도착해 있었다. 그가 문 안으로 들어가자 한 치 앞도 보이지 않는 정육면체 암실이 나타났다. 어둠뿐이던 방 안에 형형색색의 빛들이 일렁이기 시작했다. 민동수의 집을 구석구석 촬영하여 제작한 4D 현장자료가 방 전체에 투사되었다. 직접 현장에 갔다면 온 집 안에서 풍기는 시큼한 D2H 용액 냄새를 맡으며 집 안을 뒤져야 했을 것이다.

가상공간이지만 옷장과 서랍장 내부까지 들여다볼 수 있었다. 드레스덴은 테이블 위에 너저분하게 흩어져 있는 도살공장 출입증과 공과금 납부 고지서를 뒤적였다. 그것으로 미루어보아 민동수의 엄마는 도살공장에서 일한 것 같았다. 도살업은 오늘날 로봇으로 대부분 대체된 기피 직업 중 하나다. 남들보다 빨리 죽는 삶을 선택했으니 민동수의 엄마와 드레스덴은 따지자면 같은 부류였다.

무단생장 청나무 제거반 휴머노이드가 납치되기 전에 본부로 전송해둔 업무 일지에 의하면 민동수의 엄마는 한 달 전쯤 청나무가 된 것으로 추정되었다. 다시 말해 아이는 한 달 동안 홀로 방치되어 있었다. 드레스덴은 상한 음식이 가득한 냉장고 안을 들여다보며 그동안 아이가 어떻게 홀로 버틸 수 있었을지 잠시 생각해보았다. 엄마가 본래의 형체를 잃고 청나무로 변해가는 모습을 지켜봤을 아이의 마음을 도저히 헤아릴 수 없었다.

베란다 쪽으로 향하던 중, 드레스덴은 피 묻은 유리 파편을 발견했다. 그 홀로그램 유리 조각에는 감식반이 남긴 인덱스가 삽입되어 있었다. 드레스덴이 유리 파편을 구둣발로 툭 건드려

인덱스를 열자 주변 배경이 안개처럼 흐려지고 유리 파편만이 뚜렷하게 남아 공중에서 느리게 회전했다. 그 옆으로 감식반이 남겨둔 메모가 펼쳐졌다.

[민동수의 지문과 2070년형 휴머노이드에 쓰이는 인공혈액 성분이 검출되었음.]

그 메모를 읽고 드레스덴은 결론지었다.

"아이가 엄마를 보호하려고 그 휴머노이드를 공격했군."

민동수는 열세 살이다. 섣부른 폭력 행위, 이를테면 주먹으로 툭 치는 정도의 가벼운 신체 접촉으로도 푸른 살이 거센 발작을 일으킨다는 것을 배우는 시기다. 그 시기의 어린아이들은 어른보다 푸른 살의 자극을 더 고통스럽게 느낀다. 몸도 마음도 굳은살이 박이지 않았기 때문이다. 아마도 민동수는 휴머노이드를 공격한 직후 기절했을 것이다. 그 휴머노이드는 인간의 안전을 최우선으로 하는 국제 표준 시스템 때문에 파편을 휘두른 민동수에게도, 자신을 납치한 인디고들에게도 반항하지 못했을게 분명했다.

드레스덴은 베란다로 나가 창문을 열었다. 무단생장 청나무 제거반이 타고 다니는 주황색 관용트럭이 주차돼 있는 골목이 내려다보였다. 트럭의 운전석 창은 완전히 부서져 있었다.

"인간을 공격할 수 없는 휴머노이드와 아무 힘도 없는 어린아이를 납치했다……. 박 형사, 자네 눈에는 이 상황이 어떻게 보이지?"

"글쎄요. 그 휴머노이드랑 아이가 지지리 운이 없다는 생각은 듭니다."

"그래. 운이 없는 건 맞지. 하지만 휴머노이드랑 아이가 마침 눈에 띄어서 납치된 건 아닌 것 같아. 도망 다니는 상황에 번거롭게 아이와 휴머노이드를 데려간다? 이게 과연 즉흥적인 행동이었을까?"

"탈옥수들이 납치 대상을 신중하게 골랐다는 겁니까?"

"분명 목적이 있었을 거야. 탈옥수들 각각의 정체를 파악하면 인질을 납치한 목적을 알 수 있을지도 모르겠군."

국제교도소의 피해 상황과 탈옥수들의 신원은 아직도 확인되지 않았다. 그때, 팀원으로부터 링크를 전달받은 박 형사가 한쪽에 인터넷 창을 띄웠다.

"경감님, 방금 완전자유연대가 선언문 영상을 소셜미디어에 공개했습니다."

정말로 놈들 짓이란 말인가. 완전자유연대가 국제교도소에 테러를 일으킬 이유는 무수히 많지만 그중 가장 중요한 목표는 아이버스터를 탈옥시키는 것일 터였다. 드레스덴은 완전자유연대가 절대 신처럼 떠받드는 아이버스터가 탈옥한 게 아니기를 간절히 바라며 박 형사에게 영상을 재생하라고 지시했다.

인디고처럼 보이게끔 짙은 파란색 가면을 쓴 사람들이 어두운 공간에 무리를 이루고 서 있는 장면으로 영상이 시작되었다. 그중 맨 앞줄 가운데에 선 사람이 낮고 음침한 목소리로 말했다.

우리는 완전자유연대다. 우리의 행동을 막으려고 해도 소용없다. 우린 어디에나 존재한다. 네 형제, 부모, 자식, 이웃이 곧 우리다.

이전에 크고 작은 테러를 일으켰을 때처럼, 그리고 그 테러들이 성공했을 때마다 그랬던 것처럼, 그들의 선언문은 공통된 문장으로 시작되었다. 그럼에도 드레스덴은 발밑이 공동(空洞) 아래로 꺼지는 듯한 느낌을 받았다. 선언문의 첫마디를 듣자마자 이 무법 단체가 이전에 저질렀던 테러와는 비교도 안 되는 대규모 작전을 준비했다는 걸 직감했다. 맨 앞에 선 사람의 얼굴이 천천히 클로즈업됐다. 가면에 뚫린 눈 구멍으로 녹색 홍채가 희번덕였다.

푸른 살이 신체를 침탈한 지 16년이 되었다. 푸른 살은 이제 신경계의 일부이자 개개인의 폭력성을 통제하는 생물학적 규제 수단이 되었다.

영상이 어디에서 찍혔는지 알 수 없지만 화면은 관 속처럼 음울하고 어두컴컴했다. 촬영용 조명 때문에 그의 뒤로 검은 그림 자가 거인처럼 길게 늘어나 있었다.

그때부터 우리는 서로를 구분 짓기 시작했다. 푸른 살이 크면 악한 인간으로, 푸른 살이 작으면 선한 인간으로. 그런데 누가 감히 그렇게 구분 지을 권리를 주었는가? 인간의 폭력적인 본성이 겉으로 드러난 이후로 이 세상은 정말 정의로워졌는가?

갑갑했다. 드레스덴은 누구에게든 당장 호소하고 싶었다. 지난 60년간 범죄율이 감소하지 않았는가. 폭력을 저지르는 순간 뇌에 기생하는 푸른 외계생물이 전기자극을 유발해 발작을 일으키자 폭력 범죄는 경이로운 속도로 세상으로부터 사라졌다. 사각지대가 존재하지 않을 정도로 도시 곳곳에 설치된 CCTV조차 해결하지 못한 것을, 운석을 타고 날아와서 퍼진 외계생물체가 가능하게 만들었다. 애초에 폭력성은 인간의 본성이라고 할 수도 없었다. 고통을 피하기 위해 폭력을 저지르지 않기 시작한 인간들의 모습에서 폭력이란 선택의 결과라는 게 여실히 드러났으니까.

인간끼리 서로를 판단하고 억압할 권리 따윈 없다. 당신들은 그저 증오 없인 살지 못할 뿐이다. 진정한 악마는 우리가 아닌, 바로 당신들이다. 그리하여 지금으로부터 10년 전, 위대한 아이버스터는 인류를 청소할 원대한 계획을 세우고 2억 명을 제거했다. 아이버스터는 푸른 살이 처단하지 못하는 자들을 대신 벌했다. 그런데 어째서 그는 영웅으로 추대되는 것이 아니라 악마라고 손가락질 받아야 하는가.

드레스덴의 표정이 점차 서늘하게 굳었다. 불길한 확신이 몰려와 손이 떨렸다. 이들이 선언문을 공개하는 이유가 무엇이겠는가. 목표 달성에 실패했다면 선언문을 굳이 공개하지는 않았을 것이다.

아이버스터는 이 썩어빠진 세상을 재건할 것이다. 아이버스터만이 인류의 희망이다.

틀림없었다. 그들은 목적을 달성한 것이다. 영상 속에서 인디고 가면을 쓴 사람들이 오른손으로 주먹을 쥐고 구호를 외치기 시작했다. '인류를 완전 해방하라!' 영상이 끝날 때까지 구호는 스무 회 이상 반복되었다. 드레스덴이 혼잣말처럼 중얼거렸다.

"아이버스터가 탈옥한 거야. 그가 지금 이 땅에 와 있는 거라고."

괴물이 우리 밖으로 탈출했다. 10년 전 살아남은 나머지 인류가 이번에는 절멸할지도 모른다.

3

경찰비행차가 전용 궤도를 따라 독수리처럼 한가롭게 날고 있었다. 지나치게 평화로웠다. 레미는 지금 자신이 납치되었다는 사실이 믿기지 않았다. 당연히 손발이 묶인 채 트렁크에 갇힐 줄 알았는데 레미는 인디고들과 함께 여행이라도 가는 것처럼 나란히 앉아 있었다. 그들에겐 휴머노이드 통역사가 필요했기 때문이다. 인디고들은 간단한 영어로 서로 대화할 수 있었지만, 출신 대륙이 각기 달랐기 때문에 자주 언어의 벽에 부딪혔다. 그때마다 인디고들은 레미의 어깨를 툭 쳤고, 그들이 주고받는 말을 레미가 통역했다.

인디고들은 서로를 이름으로 부르지 않았다. 그들은 상대방을 '어이' 혹은 '멍청이'로 불렀다. 그마저도 귀찮으면 손가락을 튕겨서 자신을 돌아보게 했다. 국제교도소에서 그들은 오랫동안 죄수 번호로만 불려서 굳이 통성명할 필요성을 느끼지 못한 듯했다.

인디고들은 차 밖에 나갈 때가 아니면 종이봉투를 쓰지 않았기 때문에 레미는 그들의 얼굴을 면밀히 관찰할 수 있었다. 경찰 진압봉으로 레미의 뒤통수를 내리친 인디고는 눈이 한쪽밖에 없었다. 한쪽 눈구멍은 감자 뿌리처럼 생긴 둥글둥글한 푸른 살로 꽉 막혀서 흉측했다. 레미는 그 인디고를 그리스 로마신화에 나오는 외눈박이 거인인 '키클롭스'라는 별명으로 기억하기로 했다.

키클롭스는 셋 중에 몸이 가장 성치 못했다. 눈이 하나뿐인 것도 모자라 손가락도 온전치 않았다. 열 개의 손가락 중 네 개의 손가락이 한 마디 이상 잘려 손끝은 둥그런 쇠구슬이 달려 있는 것 같은 모양새였다. 귓바퀴와 콧방울 역시 기괴한 모양으로 부풀어 있었는데, 언젠가 크게 다친 적이 있는 게 분명했다. 인디고로 변하면 구분되지 않을 정도로 외양이 비슷해져서인지 서로 다르게 보이기 위해서 일부러 신체를 훼손하는 경우가 적지 않다고 들었다. 어쩌면 그 역시 스스로 눈을 훼손한 걸지도 몰랐다. 훼손 부위가 저렇게 부푼 이유는 푸른 살의 특성 때문이었다. 푸른 살은 손상이 가해지면 상처를 회복하기 위해 피부조직이 켈로이드화되는 것처럼 비정상적으로 증식한다. 그래서 인디고는 다치면 다칠수록 키클롭스처럼 외양이 점점 기괴해졌다.

레미는 운전석으로 시선을 돌렸다. 운전석에 앉아 있는 인디고는 말투가 사납고 신경질적이었다. 그리고 키클롭스와 분 단위로 투덕거렸다. 특이하게도 그는 다른 두 인디고와 달리 머리카락이 거의 남아 있지 않았다. 푸른 살이 탈모를 유발하긴 하지만 완전히 민머리가 된 경우는 처음 보았다. 그는 마치 남색 물감을 칠한 달걀처럼 보였다. 그래서 레미는 그 인디고에게는 부활절을 뜻하는 '이스터'라는 별명을 붙이기로 했다.

나머지 한 인디고는 검은 선글라스를 쓴 것 외엔 특별한 점이 없었다. 선글라스는 아마도 경찰에게서 훔쳤을 것이다. 그들 중 가장 말이 없다는 것도 특이점이었다. 레미는 시력에 문제가 있는 사람처럼 시종일관 선글라스를 쓰고 있는 그를 '블라인드'라고 부르기로 했다.

한얼시 외곽으로 연결되는 도로로 접어들기 직전, 연료 표시등에 불이 켜졌다. 경고음을 듣고 이스터가 핸들을 주먹으로 내리쳤다.

"시간이 너무 지체됐어. 벌써 도착했어야 한다고."

레미는 그제야 이들에게 목적지가 있다는 것을 깨달았다. 격분한 이스터가 키클롭스를 향해 소리쳤다.

"왜 아이까지 납치를 해서 시간을 낭비해? 그냥 시내에서 경찰 휴머노이드 하나만 데려왔으면 됐잖아."

레미는 눈치를 살피며 괜한 싸움을 일으킬 것 같은 말은 일부러 전하지 않았다. 하지만 레미가 아무 말도 하지 않자 키클롭스가 압박하는 듯한 눈빛으로 그를 쳐다보았다. 하는 수 없이 레미는 이스터의 말을 통역해 키클롭스에게 알려주었다.

"생각보다 경찰이 너무 많이 몰려왔어. 거기다가 인간 경관까지 와서 나도 당황했다고."

"약속이 틀리잖아. 일단 날 사이보그로 만들어주고 나서 아이를 납치하기로 했던 거 기억 안 나? 도망치기 바쁜 상황에 대책 없이 아이부터 납치하면 어떡하잔 거야?"

레미는 자신의 귀를 의심했다. 세상의 모든 소리가 아득히 멀어지는 것 같았다. 레미는 이스터가 자신을 새 몸뚱이로 골랐다는 사실에 눈앞이 캄캄해졌다. 푸른 살의 고통에 시달리는 모든 인간들은 본래의 몸을 버리고 사이보그가 되길 원한다. 아무리 천천히 잠식되는 인디고라 할지라도…….

도망칠 길은 없었다. 이스터가 부서진 레미의 뒤통수에서 GPS와 무선통신 장치를 뽑아버려서 구조 요청은 일찍이 물 건너갔다. 게다가 기계 조작에 능한 이스터는 경찰비행차의 센터 페시아를 뜯어 추적 장치를 전부 제거하고, 비행차 관제기에 찍히는 차량 정보를 결정하는 SIM칩을 바꿔놓기까지 했다.

레미는 자신이 정신을 잃었다 다시 깨어났을 때 모든 기억을 잃게 될지도 모른다는 생각에 두려웠다. 문득 메모리에서 삭제되지 않은 전 주인에 대한 기억이 떠올랐다. 전 주인은 오래전에 수거업체에 넘긴 휴머노이드가 탈옥수에게 끌려다니다가 살인 로봇이 될 위험에 처해 있단 사실을 꿈에도 모를 터였다.

"하지만 운 좋게 눈앞에 아이와 휴머노이드가 둘 다 나타났는데 이 기회를 그냥 지나치란 말이야? 너와 나에게 필요한 게 동시에 나타난 상황이었잖아."

할 말이 없어진 이스터가 백미러로 키클롭스를 가만히 노려보다가 말했다.

"이럴 줄 알았다면 저 아이의 머리통부터 내리쳤어야 했는데……."

"입 조심해."

통역 없이도 이스터의 말을 알아들은 키클롭스가 그 어느 때보다도 살벌한 눈빛을 보이며 이스터의 말을 잘랐다.

"미리 말해두지. 내가 즉흥적으로 굴기는 해도 감당하지 못할 일은 절대 벌이지 않아. 함부로 내 심기를 건드리지 마. 널 사이보그로 만들어줄 사람은 바로 나야. 내가 머지않아 네 두개골에 톱을 들이댈 거라는 걸 잊지 말라고."

키클롭스는 소중한 선물을 끌어안듯 자신의 무릎에 앉힌 동수의 상체를 두 팔로 감쌌다. 입을 앙다물고 있던 이스터가 코

웃음을 쳤다.

"내가 아니었으면 너희는 벌써 붙잡혔어. 이제부턴 잠자코 계획대로만 움직여. 알겠어?"

다행히 두 인디고의 말다툼은 그쯤에서 일단락됐다. 레미와 동수가 나타난 이후로 인디고들의 사이가 삐걱대고 있는 것만은 분명했다. 연료 경고음이 한 번 더 울리자 이스터가 또다시 핸들을 내리쳤다. 더는 비행 모드를 유지할 수 없었다.

"더 이상은 무리야. 어서 착륙해야 해. 이대로 가다간 추락할지도 몰라."

경찰의 눈을 피해 신속히 도주할 수 없다는 생각에 이스터는 초조해졌다. 선글라스로 눈을 가리고 있어 표정을 알 수 없는 블라인드가 나직한 목소리로 그를 진정시켰다.

"어차피 밤을 지낼 곳을 찾아야 해. 네가 말한 그 친구 집이 어디라고?"

이스터는 대답 대신 불만 가득한 표정을 지으며 방향을 바꿔 궤도를 이탈했다. 경찰비행차가 향한 곳은 바다가 보이는 해안 마을 쪽이었다. 비행 모드가 불가능하다는 경고음이 빠르게 울렸다. 어차피 마을 쪽으론 비행차 궤도가 건설되지 않아서 지상 도로로 달려야 했다. 차가 텅 소리를 내며 거칠게 도로에 착륙해 달리기 시작했다.

이 해안 마을은 오래전에 시작된 바닷물 침수로 인해 버려진 곳이었다. 예상보다 급격히 빨라진 해수면 상승 때문이었다. 현재는 마을 주민 대부분이 떠났다. 물에 잠겨 섬처럼 지붕만 둥둥 떠 있는 집이 보였다. 마을 전체가 질척한 개흙과 펄, 밀려온 쓰레기, 해안가에서 자라는 염생 식물로 뒤덮여 있었다. 이스터는 바닷물이 찰랑거리는 도로 위를 느릿하게 운전하며 한 집 한 집 유심히 살폈다. 마을에 들어온 이후로 키클롭스는 계속 의아한 표정을 지었다.

"여긴 사람이 한 명도 없는 동네잖아."

"원래는 이런 모습이 아니었어. 그새 완전히 유령 마을이 됐네."

"이미 네 친구도 떠났을 것 같은데."

키클롭스의 말에 이스터가 의미심장한 미소를 보였다.

"그럴 리 없어. 걘 절대로 여길 떠날 수가 없거든. 죽어도 여기서 죽는 수밖에 없다고."

기억을 간신히 떠올린 모양인지 이스터가 아까보다 더 빠르게 차를 몰았다. 물길 위를 달리던 경찰비행차가 멈춘 곳은 짠기를 오랫동안 머금어 외벽이 부식된 3층짜리 건물이었다. 간판이 떨어져 나갔고, 벽면이 온통 불그스름한 식물과 이끼 따위로 뒤덮여 있었다. 블라인드가 가장 먼저 차에서 내렸다. 그다음으로 내린 키클롭스는 자신의 팔목과 동수의 한쪽 팔목을 수갑으로 연결해 도망치지 못하게 했다. 이스터가 레미에게 조용

43

히 손짓했다.

"내려. 허튼짓할 생각 말고."

이스터의 한 손엔 경찰에게서 빼앗은 총이 들려 있었다. 레미는 조심조심 차에서 내렸다. 이스터가 레미의 뒤통수에 총구를 겨누었다.

"쓸데없는 짓 했다간 머리통을 마저 깨부숴주겠어. 내가 사이보그가 되고 나면 저 꼬마를 꼭 살려보내주겠다고 약속하지. 하지만 내 말을 어기면 꼬맹이는 꼼짝없이 외눈박이 괴물한테 두개골이 잘려 개조당할 줄 알아."

레미는 그 자리에서 꼼짝도 할 수 없었다. 너무 끔찍한 말이라 어떻게 반응해야 할지 몰랐다.

"개조……라고요?"

"그래. 키클롭스는 뇌에 관해선 못 하는 게 없는 놈이야."

이스터는 총구로 레미의 뒤통수를 밀었다. 어차피 레미는 맞설 수도 없었다. 전투용으로 제작된 휴머노이드가 아니라서 전투 기술이 탑재되지 않았기 때문이다. 하지만 레미는 동수를 위해서 인디고들에게 대항하는 상상을 잠시 해보았다. 평소라면 바이러스 감염을 무릅쓰고 무선 네트워크에 접속해 불법 격투 소프트웨어를 다운받을 수 있었겠지만 이스터가 무선통신 장치를 훼손시켜놓은 탓에 그럴 수도 없었다. 설령 그랬더라도 동수는 키클롭스와 수갑으로 매여 있는 상태였다. 동수를 데리고 탈출하는 계획은 실행조차 불가능했다.

　건물에 들어가기 전, 블라인드는 모두를 불러 세워 건물 옥상을 올려다보게 했다.

　"저기에 달려 있는 게 태양열 발전 장치 맞나?"

　역시 블라인드는 멀리 있는 것이 거의 보이지 않는 듯했다. 키클롭스가 대답해주었다.

　"그래. 패널을 최근에 닦았는지 깨끗하군."

　이스터가 보란 듯이 말했다.

　"거봐. 내가 분명 말했지? 그 녀석은 여기에 있을 거라고."

　인디고 셋과 레미, 동수는 짠내 나는 눅눅한 공기를 마시며 건물 안으로 들어섰다. 동네가 적막해서 그들의 발소리가 과장되게 크게 울렸다. 물이 건물 안까지 범람했을 때 생긴 거무스름한 자국이 1층 천장 높이까지 남아 있었다. 깨진 유리창을 통해 밀려 들어온 쓰레기들로 계단은 지저분했다.

　옥상부터 길게 이어지는 검고 굵은 케이블 다발이 어디론가 이어지고 있었다. 이스터는 그 케이블을 따라갔다. 케이블은 굳게 잠긴 어떤 문 안쪽으로 이어졌다. 예전에는 완탕면 가게였는지 'WONTON'이라고 적힌 시트지가 붙어 있었다.

　"변한 게 정말 하나도 없네."

　이스터가 주먹으로 문을 몇 번 세게 두드렸다. 한참 동안 아무 반응이 없자 키클롭스가 성급하게 문을 부수려고 했다. 그 순간, 문 위쪽에서 차가운 기계음이 들려왔다.

—당장 꺼져. 허락 없이 문을 열거나 문 앞에서 5분 넘게 서성이면 폭발하는 장치가 있다. 이제 1분 정도밖에 안 남았으니 정말로 꺼지는 게 좋을 거야.

이스터가 고개를 들어 문 위를 올려다보았다. 그곳엔 붉은빛이 깜박이는 CCTV와 스피커가 달려 있었다. 이스터가 까치발을 들고 렌즈에 얼굴을 최대한 가까이하며 말했다.

"그새 날 잊었어, 파라?"

잠시 아무 말도 이어지지 않았다. 10초쯤 지났을 때, 문 안쪽에서 잠금장치가 풀리는 소리가 났다. 이스터가 문을 천천히 열어보았지만 문을 열어준 사람은 보이지 않았다. 대신 쓰레기장이나 다름없는 내부가 보였다. 고철 덩어리와 컴퓨터 부품이 바닥 곳곳에 쌓여 있었고, 윙윙 소리를 내며 돌아가는 컴퓨터 본체와 알 수 없는 기호들로 채워진 모니터가 가득했다. 작동되고 있는 기계에서 방출된 열이 빠져나가지 못해 내부는 사막처럼 뜨거웠다. 천장 구석에선 선풍기 한 대가 아주 느리게 돌아가고 있었고, 그나마 달려 있는 환풍기는 먼지가 덕지덕지 붙어 있어 공기마저 불결하게 느껴졌다. 키클롭스는 그곳으로 선뜻 들어갈 생각도 하지 못하고 가만히 읊조렸다.

"악몽 같은 곳이군."

이스터가 먼저 안으로 들어섰다. 그 순간, 방 어디선가 인공지능의 화난 목소리가 들렸다.

─젠장, 조심하지 못해!

블라인드가 이스터의 팔을 툭 치고는 턱짓으로 바닥을 가리켰다. 이스터는 바닥에 어지럽게 늘어져 있는 케이블을 밟고 있었다. 뒤늦게 자신의 실수를 알아차린 그가 서둘러 발을 뗐다.

"맞다, 네 집에 왔을 땐 발밑을 항상 조심해야 하는데. 아직 바깥세상에 적응이 안 돼서 말이야."

─넌 내 혈관을 밟은 거나 마찬가지야.

동수는 대체 어디에서 목소리가 들려오는지 찾기 위해 두려운 눈빛으로 방 안을 살폈다. 목소리는 천장 모서리마다 달린 CCTV와 연결된 스피커에서 울리고 있었다. 가죽이 해진 낡은 소파 위에 올려져 있는 텔레비전에 글자가 자동으로 입력되기 시작했다. '넌 내 혈관을 밟은 거나 마찬가지야'라는 문장이 테트리스 게임을 하듯 좁은 방 안을 채우고 있는 여러 대의 모니터에서 깜박였다.

"인사해, 내 친구야. 이름은 파라. 어릴 적에 얘한테 신세를 많이 졌지."

이스터의 말에 모두가 당혹스러운 표정을 지었다. 키클롭스가 이스터를 향해 빈정거렸다.

"아무래도 우리가 속았군. 기계에게 친구라고 하는 미친 녀석을 따라서 여기까지 오다니."

47

이스터가 신경질적으로 반응했다.

"아직도 상황 파악이 안 되나 본데, 얘는 원래 평범한 인간이었어. 지금은 육체랄 게 없는 몸이지만 말이야. 사이보그 전환 수술이 잘못됐거든."

키클롭스가 여러 대의 모니터와 스피커로 분리된 조악한 몸을 갖게 된 파라의 모습을 가만히 들여다보다가 혀를 끌끌 찼다.

"나 원 참. 어떤 돌팔이 녀석에게 수술을 받았길래 이 꼴이 된 거야?"

텔레비전 화면에 다른 문장이 타이핑되기 시작했다. 동시에 한쪽 모서리에 있는 스피커에서 인공지능 음성이 흘러나왔다.

—난 선천적으로 남들보다 푸른 살이 빨리 자라는 편이었어. 그래서 학생 때는 늘 왕따였고, 어른이 됐을 땐 제때 월급을 주지 않는 악덕 고용주조차 날 쓰려고 하지 않았지. 먹고살 길은 딱 하나였어. 푸른 살이 커질 수밖에 없는 일을 하는 것 말이야…….

푸른 살을 떼어내고 사이보그가 되고 싶어 하는 사람들을 돌팔이 의사들과 연결해주는 브로커가 될 수밖에 없었던 이유를 늘어놓던 파라가 잠시 타이핑을 멈췄다.

—백번 말해봐야 너희 같은 인디고들은 이해하지 못하겠지. 푸른 살에 잠식되었는데도 죽지 않으니까.

모르는 소리 말라는 듯 키클롭스가 파라의 말을 끊었다.

"이봐, 우리도 고통은 느낀다고."

—하지만 모두가 너희를 두려워하잖아. 커다란 푸른 살을 달고 벌레 취급을 받으며 살아가는 것보단 나아.

레미는 푸른 살의 폐해를 직접 눈으로 목격한 기분이었다. 오늘날 인간은 두 부류로 나눌 수 있었다. 푸른 살에 적응하려는 자와 푸른 살에서 벗어나려는 자. 후자는 푸른 살의 공포에서 벗어나기 위해 사이보그가 되길 택한다. 수십억 원이 있다면 정부가 정식으로 공인한 수술을 받을 수 있지만 그러지 않다면 폐기장에 있어야 할 오래된 휴머노이드를 불법으로 빼돌려 무허가 수술을 받아야 했다. 많은 사람들이 수술 도중 목숨을 잃었고, 살아남더라도 파라처럼 추악한 모습이 되었다. 또한 불법 수술을 받은 걸 정부에 절대로 들켜서는 안 되므로 쥐처럼 숨어 살아야 했다.

블라인드는 베란다 문 쪽에 떨어져 있던 고장 난 로봇 강아지를 물끄러미 바라보았다. 이스터는 그 강아지를 툭 차버렸다. 강아지가 굴러간 쪽에서는 쥐 사체가 썩어가고 있었다. 그걸 보고 동수가 헉하고 놀라며 숨을 삼켰다. 블라인드는 발 디딜 틈 없이 복잡하게 얽혀 있는 케이블 다발을 눈으로 천천히 따라가며 파라에게 물었다.

"그럼 지금 저 CCTV로 우릴 보고 있는 건가?"

방 안의 모든 모니터와 텔레비전에 'YES'라는 글자가 나타났다. 신체 기관이 뿔뿔이 흩어진 삶. 파라는 푸른 살을 제거하려다 도리어 죽는 편이 더 나은 괴로운 삶을 살고 있었다.

"그럼 뇌는 어디에 있지?"

화면에서 글자가 나타났다 사라지길 반복했다. 출력장치에 이상이 있는지 또 다른 스피커가 저절로 켜지는 바람에 서로 다른 언어의 목소리가 불협화음을 이루었다.

—알려줄 수 없어. 네놈들이 내 뇌를 손상시켰다간 이 세상에서 나라는 존재는 영영 사라지게 될 테니까.

블라인드가 가소롭다는 듯 웃었다. 그러고는 전자레인지가 있는 쪽으로 가서 받침대의 다리를 걷어찼다. 받침대가 균형을 잃으며 전자레인지 문이 저절로 열렸다. 그 안에 있는 달걀 모양으로 생긴 보존 장치에는 파라의 쭈글쭈글한 뇌가 보관되어 있었다. 파라는 잠시 아무런 글자도, 음성도 내보내지 못했다.

"퍽이나 비밀스럽게 숨겨놓으셨군."

—대체 어떻게 안 거지?

"방 안의 모든 케이블이 결국엔 전자레인지로 이어지니까."

이스터가 덜렁거리는 전자레인지 문을 도로 닫으며 파라에게 말했다.

"걱정 마. 우릴 도와주면 네 뇌 쪼가리가 반숙이 될 일은 없을 테니까."

CCTV의 초점이 이스터를 향했다.

—대체 여긴 어쩐 일이야?

"이거 못 본 새 아주 무뚝뚝해졌는데. 10년 만에 보는 친구에게 어쩐 일이냐니.

—네가 그동안 어디에 있었는지를 생각하면 내 질문이 냉정하다고만 볼 순 없지.

"그래. 온 세상을 떠들썩하게 한 세 탈옥수 중 한 명이 옛 친구인 소감이 어때? 젠장, 그나저나 이놈의 동시통역 기능 좀 끌 수 없어? 시끄러워죽겠네."

—날 보러 여기까지 찾아온 건가?

"뭐, 애초에 탈옥을 계획한 것도 아니고 한국을 목적지로 정했던 것도 아니지만 널 보러 여기까지 온 건 맞아. 내가 탄 비행기가 한국행이란 걸 알아차리자마자 네 생각이 났으니까."

—그거 참 낭만적이네. 용건이 뭐야?

이스터는 기계가 내뿜는 열기 때문에 표면이 녹은 것처럼 끈적거리는 케이블을 발로 툭툭 건드리며 말했다.

"오래되긴 했지만 예전에 나한테 빚진 게 하나 있지? 내가 경찰 추적을 따돌려준 적이 있었잖아?"

—그런데?

"내 뇌를 이 휴머노이드에게 옮길 생각이야."

—전환 수술이 옷 갈아입듯 간단한 일이 아니란 건 알지? 휴머노이드만 구한다고 능사가 아니야. 수술실도 필요하고, 의사

51

도 필요해.

"이미 의사는 구했어. 돌팔이가 아니라 확실히 인증된 자로다가."

파라는 잠시 침묵했다가 조심스레 물었다.

─그 의사가 대체 누구지?

레미는 키클롭스를 흘긋 쳐다보았다. 키클롭스는 자신이 수술을 집도할 의사란 걸 내색하지 않고 뻐근한 목을 이리저리 돌리고 있었다. 이스터도 그것까진 말해줄 생각이 없는 듯했다.

"이 정도면 근황 얘기는 충분한 것 같은데. 파라, 난 여기에 오래 못 있어. 가지고 다닐 노트북이 필요해. 이동식 수술실을 임대할 생각이야."

이동식 수술실. 그것이 바로 이들이 해안 마을까지 온 목적이었다. 레미는 인디고들이 말한 목표가 정말로 구체적인 계획까지 갖추고 있고, 그것이 차근차근 이루어지고 있다는 것이 놀라웠다.

─그걸 임대하려면 적어도 의사 자격증과 수십억 원 정도는 필요할 텐데.

"말했지. 이 정도면 대화는 충분한 것 같다고."

─자칫했다간 내 존재까지 드러날 수 있어. 내가 곤란해지는 일이라면 도울 생각 없어.

"내가 그렇게 멍청한 실수를 한다면 네가 날 잘못 가르친 거겠지. 쓸데없는 걱정 집어치우고 지금부터 내가 하는 제안 잘 생각해봐. 내 수술이 잘되면 네 몸도 멀쩡하게 만들어달라고 그 의사에게 부탁해볼게."

파라는 아무 말도 하지 않았다. 그가 바로 대답하지 않자 모니터 위의 카메라를 노려보던 이스터는 인내심이 바닥난 듯 방 안 곳곳을 직접 뒤지기 시작했다.

—빌어먹을.

잠시 후 스피커에서 한숨과 함께 욕설이 흘러나왔다. 마침내 결심이 선 목소리였다.

—책상 아래를 잘 봐봐. 바닥을 뜯어내서 만든 숨겨진 공간이 있어. 거기에 그런대로 쓸 만한 노트북이 몇 대 있을 거야.

이스터뿐만 아니라 키클롭스와 블라인드도 각자 노트북을 한 대씩 찾아냈다. 키클롭스는 그 자리에 앉아 뉴스를 훑어보기 시작했다. 자신들로 인해 한국이 얼마나 큰 혼돈에 빠져 있는지 궁금한 모양이었다. 이스터는 베란다로, 블라인드는 화장실로 가버려서 레미는 그들이 각각 무슨 작업을 하고 있는지 알 수 없었다.

레미는 동수가 말없이 전자레인지 내부를 들여다보고 있는 걸 목격했다.

"무슨 일이에요?"

레미는 모두가 각자의 일을 하느라 바쁜 틈을 타 동수에게 말

을 걸었다. 무슨 슬픈 기억이 떠올랐는지 동수가 느릿하게 대답
했다.

"우리 아빠도 푸른 살을 떼려다가 돌아가셨대요. 수술을 해줄
사람을 찾았다면서 며칠 뒤에 오겠다고 약속하고는 영영 돌아
오지 않았어요."

브로커를 통해 푸른 살 절제술을 받은 사람들이 실종되거나
시체로 발견되는 사건은 오늘날 흔했다. 푸른 살 덕분에 폭력
범죄가 급격히 줄었지만, 그만큼 푸른 살에서 벗어나려는 불법
행위가 늘어난 것이었다.

"그래도 어딘가에 살아 계실지도 모르잖아요."

레미가 위로의 말을 건넸지만 동수는 먼지가 잔뜩 쌓인 1인
용 소파에 힘없이 걸터앉았다. 동수의 표정은 점점 일그러졌다.
곧 울음을 터뜨릴 것 같았다.

"살아 있어도 이렇게 완전히 망가진 모습이니까 돌아오지 않
는 거겠죠……."

"그래도 아버지의 시신을 직접 눈으로 확인하진 않았잖아
요."

레미는 그렇게 말하고 나서 바로 후회했다. 아버지의 시신이
라니. 대체 아이에게 무슨 말을 한 건가 싶었다.

화장실 밖으로 나온 블라인드는 이스터가 걷어찼던 로봇 강
아지를 도로 집어 들었다. 그는 로봇 강아지의 몸체를 열어 건

성으로 살피며 물었다.

"다들 본 적 있나? 하루 만에 청나무가 된 가족의 모습을 말이야."

그는 지금 10년 전 벌어진 '섬광 대학살'을 말하고 있었다. 강렬한 빛이 불규칙적으로 깜박이는 화면에 노출된 사람들이 하루아침에 청나무가 되어버린 사건 말이다. 그 섬광은 사람들의 뇌파를 푸른 살의 성장을 유도하는 뇌파로 변형시켰다.

한계치까지 자라난 푸른 살이 전신마비를 일으키고 나면 안구나 혀처럼 연한 조직부터 변형이 이루어진다. 섬광 대학살이 벌어졌을 때는 비정상적일 만큼 빠른 속도로 사람들이 청나무로 변했기 때문에 마비가 오기 전에 안구가 가장 먼저 터지는 고통을 당한 자들이 많았다. 섬광 대학살을 일으킨 자가 '아이 버스터(The Eye Burster)'라고 불리게 된 건 그래서였다.

아이버스터는 초월대륙 정보부 간의 공조로 붙잡혔다. 섬광이 점멸하는 화면이 나오는 링크를 전송한 자는 예상대로 뛰어난 해커였지만, 한국인이었을 줄은 누구도 예상하지 못했다. 링크가 전 세계 사람들의 휴대기기로 전송되었던 점을 감안하면 자칫 전 인류가 절멸할 수도 있었다. 그런 대학살을 일으킨 끔찍한 살인마인 아이버스터는 세 인디고가 갇혀 있었던 국제교도소에 10년간 수감되어 있었다. 레미는 이번 국제교도소 테러로 그가 어떻게 됐을지 문득 궁금해졌다. 어쩌면 그 테러는 그가 계획한 일일지도 모른다. 2억 명을 단번에 죽인 자이지 않은가.

"죽은 사람이 살아 돌아오길 바라는 것만큼 어리석은 일은 없어. 그래서 난 한 번도 기적을 꿈꿔보지 않았지. 이미 죽은 사람이 어쩌면 살아 있을 수도 있단 헛된 희망은 버려."

블라인드는 동수가 앉아 있는 소파 팔걸이에 로봇 강아지를 올려놓았다. 고장 난 것처럼 보였던 로봇 강아지의 눈에 불빛이 들어오며 턱관절이 천천히 움직였다. 동수가 빨개진 눈으로 로봇 강아지를 빤히 쳐다보았다.

때마침 작업을 마친 이스터가 노트북을 들고 베란다에서 들어오다가 기회를 놓치지 않고 비웃었다.

"그래. 하루짜리 희망을 가져서 뭐 해? 기적이 벌어지지 않는 한 저 꼬마는 며칠 뒤면 아무것도 기억하지 못하게 될 텐데."

레미는 심장이 철렁하여 이스터를 돌아보았다. 불과 한 시간 전만 해도 자기 말만 잘 들으면 아이는 살아 돌아갈 수 있게 해주겠다 하지 않았던가. 거짓말이었던 걸까, 아니면 키클롭스를 안심시키기 위함일까. 그 말에 키클롭스가 눈을 빛내며 이스터를 쳐다보았다.

"하루? 수술실이 하루면 도착하나?"

"그래. 정확히는 열여덟 시간 뒤."

"배송될 장소는?"

"여기서 그리 멀지 않아. 가면서 알려줄게. 서둘러. 계속 움직

56

여야 추적을 따돌릴 수 있어."

키클롭스와 이스터가 대화를 나누는 사이, 블라인드는 베란다 창을 내다보았다. 하늘을 붉게 태우던 노을이 어느덧 빛을 잃고 있었다. 방 안에 있는 인디고들 각각의 행동을 CCTV로 조용히 주시하던 파라가 이스터에게 말했다.

—아이가 지쳐 보이는데 서두를 거 없어. 여기서 쉬었다 가지 그래.

"이상하네. 아깐 빨리 꺼지길 바라는 줄 알았는데."

—갑자기 찾아와서 당황했던 것뿐이야. 잡힐까 봐 두렵나? 여긴 무인도나 다름없어. 이곳은 어젯밤 꿈처럼 사람들의 기억 속에서 잊힌 채 바닷물에 잠겨가는 폐허니까.

"경찰이 이곳까지 올 일은 없단 뜻이야?"

—그래. 이곳은 전기도, 물도 끊겨서 아무도 관심을 갖지 않아. 태양열 에너지에 의존하는 이 방도 해가 지고 나면 암흑이 돼버려. 밤에 쓸 전기를 저장조차 할 수 없어. 그 말인즉슨, 해가 떠 있는 낮보다 해가 진 밤이 더 안전하단 뜻이지. 앞으로 한 시간 뒤면 일몰이야. 외부와 완벽히 차단된 어둠이 찾아와.

모니터에 떠오르는 문장들을 무표정한 얼굴로 바라보던 이스터가 차갑게 말했다.

"갑자기 친절한 척하지 마. 다들 나갈 준비해."

단숨에 문 앞까지 걸어간 이스터를 불러 세운 건 밤이 내려앉기 시작한 창을 등지고 서 있던 블라인드였다.

"이봐. 우린 기계가 아니야. 교도소에 테러가 벌어지고 나서부터 지금까지 단 1초도 쉬지 못했고, 아무것도 먹지 못했어. 네 친구 말대로 여긴 외부와 차단된 곳이야. 잠시 쉬어가도 괜찮을 거야. 아침에 바로 출발하면 돼."

때마침 동수의 배 속에서 꼬르륵 소리가 울려 퍼졌다. 동수는 얼른 배를 감싸며 얼굴을 붉혔다. 짜증스럽다는 듯 민머리를 벅벅 긁던 이스터가 다시금 방 안을 두리번거렸다. 쓰레기와 폐기계가 잔뜩 쌓여 있었지만 그중에 먹을 수 있는 식료품은 보이지 않았다.

"망할. 이곳에 먹을 게 있기는 해?"

그 말에 파라가 낮게 웃었다.

—물고기 잡을 줄 알아? 해변에 쓸려 온 미역 줄기 좋아해?

4

초월동아시아는 세 명의 탈옥수가 한국으로 넘어온 지 이틀째 되던 밤에 사건을 공식적으로 알렸다. 하지만 밝힐 수 있는 것이 별로 없었다. 세 명의 탈옥수가 누군지, 어디에 있는지, 무얼 계획하고 있는지 전혀 알지 못해서 현재까지의 피해 상황 정도만을 나열했다. 사실상 기자회견이 아니라 반성문 낭독에 가까웠다. 드레스덴은 기자회견을 보는 내내 전보다 훨씬 뻐근해진 손을 쥐었다 펴길 반복했다. 하루 종일 머리가 멍했다. 검진때 의사가 한 말 그대로였다. 몸 곳곳에서 곧 푸른 살 말기 증상이 나타날 거라더니 정말이었다.

드레스덴은 경찰청에서 텔레비전을 통해 생방송을 지켜보다가 핸드폰이 울려 자리에서 일어났다. 화면엔 '발신 번호 제한'이란 글자가 찍혀 있었다. 홀로그램 화상 전화였다. 전화를 받자 건물 내부의 통신 장치와 드레스덴의 핸드폰이 자동으로 연결되면서 복도 천장에 깔린 레일을 따라 홀로그램 투사 장치가 움직이기 시작했다. 한적한 복도에 한 여자가 투사 장치에서 나타났다. '4D 현장자료실'의 가상현실처럼 고가의 장치로 구현된 홀로그램은 아닌 탓에 그는 저화질의 디지털 조각처럼 보였다. 그가 드레스덴을 향해 인사했다.

　—안녕하세요, 드레스덴 경감님. 저는 초월동아시아 정보부 소속 요원이자 인질 협상가 정한결이라고 합니다.

　한결은 긴 생머리를 높게 묶은 말총머리를 하고 있었다. 그 헤어스타일은 얼굴 피부가 도드라져 보이기 때문에 푸른 살이 있는 인간들은 잘 하지 않았다. 드레스덴은 한결에게 가까이 다가가고 나서야 그가 어떻게 그렇게 자신감 넘치는 헤어스타일을 할 수 있었는지 깨달았다. 놀랍게도 한결의 머리엔 푸른 살이 조금도 없었다. 푸른 살이 있어야 할 자리에는 박 형사처럼 동그란 발광체가 붙어 있었다.

　휴머노이드에게 인질 협상을 맡길 정도로 인공지능의 공감 능력이 발달한 걸까. 정보부에서 쓰는 휴머노이드라면 아마도 최신형일 것이었다. 어쩌면 인간의 뇌를 휴머노이드에게 이식한 사이보그일 수도 있었다. 푸른 살로부터 도망치기 위해 인간으로서만 누릴 수 있는 소중한 것들을 포기하고 집 한 채 값보다 훨씬 비싼 기계 몸으로 뇌를 옮긴 자들 말이다. 드레스덴은 홀로그램 영상과 어색하게 악수를 나눴다.

—저는 방금 국제교도소에 도착해 테러 현장을 둘러보는 중이었어요.

"아, 그럼 지금 한국이 아니란 거군요."

드레스덴은 시차를 계산해보았다. 이곳은 한밤중이지만 아마도 거긴 오전 7시쯤일 것이었다.

—네. 이제 곧 한국으로 떠날 거예요.

"탈옥수들 신원은 확인됐습니까?"

—아직이요. 하지만 거의 끝나갑니다. 빠르면 오늘 안으로 밝혀질 거예요.

드레스덴은 엉망진창이 따로 없는 기자회견을 보다가 속이 반쯤 뒤집혔던 차였다. 아직도 신원 확인이 마무리되지 않았다니 답답했다. 드레스덴은 단도직입적으로 한결에게 물었다.

"이번 테러는 아이버스터를 탈출시키기 위한 거였어요. 아이버스터가 한국에 와 있는 게 분명합니다. 나머지 두 인디고가 누군지는 중요하지 않습니다."

드레스덴은 불편한 자신의 심기를 감추지 않았다. 한결은 담담하게 대답했다.

—열 명의 과학자를 희생시키라고 정부가 명령할 수는 없는

일이에요. 경감님이라면 그 안에 가족이 타고 있는데도 격추 명령을 내리실 수 있겠어요?

이런 도덕적 딜레마의 상황에 꼭 가족까지 들먹여야 하나. 모든 인간에게 가족이 있을 거라고 가정하는 한결의 태도가 마음에 들지 않았다. 그는 잘못 짚었다. 곁에 아무도 남아 있지 않은 드레스덴에게는 아무런 타격도 주지 못했다. 드레스덴은 대답하지 않고 복도를 느리게 걷기 시작했다. 복도 천장에 달린 레일을 통해 투사 장치가 그를 따라 움직였다.

"지금 섬 상황은 어떻죠?"

한결은 자신이 촬영한 4D 현장자료를 보여주겠다고 했다. 드레스덴은 한결의 홀로그램과 함께 '4D 현장자료실'로 향했다. 아무것도 없던 암실에 밝은 빛이 차오르더니, 이내 짙은 어둠이 내려앉았다. 잠시 후 눈앞에 폐허가 나타났다. 무너진 건물 잔해와 수습되지 못한 시신들, 그 사이로 피어오르는 연기가 보였다. 드레스덴의 발아래에서 바닥의 굴곡을 표현하는 미세한 블록들이 끊임없이 움직이고 있어서 잔해의 울퉁불퉁함이 고스란히 느껴졌다.

"교도소 건물이 아예 흔적도 없이 무너졌군요."

처참했다. 자치국가 수준으로 보안력과 독립성을 갖춘 섬이 어쩌다 이렇게 되었단 말인가. 섬 관리자들의 기강이 대체 얼마나 해이해져야 이 지경이 되나 싶었다.

―국제교도소뿐만이 아닙니다. 섬 전체가 폐허가 되어버렸어요.

한결은 섬 곳곳의 현장자료를 차례로 보여주었다. 분위기가 조금씩 다를 뿐이지 엉망이 아닌 곳이 없었다.

―지금 보시는 곳은 섬 북부의 태양열 발전소예요. 이곳이 파괴된 탓에 섬의 상황을 각 대륙에 신속히 알리지 못했죠.

발전소 곳곳에서는 아직도 연기가 피어오르고 있었고, 전지판들 대부분이 새카맣게 타버렸다. 이 태양열 발전소는 섬의 독립성을 상징하는 곳이었다. 섬 내에서 소비되는 모든 에너지를 생산하는 발전소가 있었던 덕에 섬의 에너지 시스템은 자체적으로 관리될 수 있었다. 하지만 태양열 발전소가 파괴되며 외부와의 통신이 차단되고 말았다. 긴급 상황을 위해 배치된 휴대용 통신기기도 방전되어 있었다. 관리가 애초에 제대로 이루어지지 않았던 것이다.

그다음으로 한결이 보여준 곳은 섬 동부의 평화유지군 부대였다. 최초로 폭발 테러가 발생한 곳이었다. 그곳 역시 원래 모습을 가늠할 수 없을 만큼 처참하게 파괴되었다. 이번 테러가 시작된 곳이 군부대였던 걸 보면 평화유지군 내에 완전자유연대 일원이 숨어 있었던 것으로 추정되었다. 자살 테러였기 때문에 죽은 군인들 중 누가 일원이었는지는 여전히 미궁이었다.

최근 들어 완전자유연대의 테러가 예측이 어려울 정도로 자주, 여러 곳에서 벌어졌었다. 조만간 완전자유연대가 그들이 추앙하는 아이버스터가 수감된 국제교도소를 테러하는 것 아니냐는 우려의 목소리가 떠돌 정도였다. 하지만 폐쇄성으로 보자면 국제교도소를 따라올 곳은 없었다. 애초에 대양 한가운데에 조성된 인공섬에 위치한 교도소인 데다 민간인의 출입이 금지된 곳이었다.

섬 서부에 있는 비행장에 이착륙할 수 있는 항공기는 섬에 가득한 청나무 샘플을 채취하기 위해 각 초월대륙의 연구소가 보낸 수송기와 섬에 필요한 물자를 제공하는 군 수송기뿐이었다. 교도소에서 폭동이 일어나면 최소 7분 안에 출동할 수 있는 평화유지군도 주둔하고 있었다. 그런 곳에서는 그 누구도 테러를 일으키겠다고 마음먹을 수도, 성공할 수도 없을 거라고 모두가 확신했다. 드레스덴도 마찬가지였다.

"한국은 금환일식을 앞두고 있습니다."

드레스덴은 우려되는 것을 한 가지 더 말했다.

"완전히 겹쳐진 태양과 달의 그림자가 한반도를 정확히 가로지르는 건 147년 만입니다. 한반도가 부분일식의 영향권에 든 적은 지금껏 몇 번 있었지만 그때의 무통 효과는 금환일식에 비하면 아무것도 아니었죠. 마침내 푸른 살이 완전히 기능을 잃는 날이 147년 만에 다가오고 있단 말입니다."

이미 한국은 그 어느 때보다 혼란스러웠다. 밀입국만 가능하다면 지금 한국은 범죄자들이 활개를 치기에 최적의 장소였다. 치안 인력 또한 부족하기만 했다. 얼마 남지 않은 인간 경찰들은 휴머노이드 경찰들을 관리 감독하느라 몇 주째 집에 들어가지 못하는 경우가 허다했다. 인디고들이 초월동아시아를, 그것도 대륙 끄트머리에 혹처럼 조그맣게 달려 있는 나라를 노린 이유는 너무나 분명했다.

드레스덴은 이런 상황을 충분히 예측하고 대비했어야 할 국가안보 책임자 중 하나를 붙잡아다가 멱살잡이라도 하고 싶었다. 그러다 푸른 살이 발작을 일으켜 얼마 남지 않은 생이 끝난다고 해도 상관없었다.

"왜 하필 그 많고 많은 대륙들 중에 초월동아시아의 수송기가 그 섬에 있었던 겁니까? 어떻게 이렇게 딱딱 맞아떨어질 수가 있었을까요. 금환일식이 벌어지는 대륙에서 온 연구소 수송기가 떡하니 섬에 있었다니."

—혹시 정부를 의심하시는 건가요?

"의심하는 건 아닙니다. 다만, 우연의 일치치곤 너무 작위적이란 느낌이 들어서요."

청나무 샘플을 채취하는 연구소 수송기는 사전에 이착륙 허가를 받아둔 덕에 무통 주간을 대비해 발령된 입국금지령에 구애받지 않고 한국을 드나들 수 있었다. 만일 다른 대륙에서 온 수송기가 마침 그 섬에 있었다면 탈옥수들은 그곳으로 갔을까.

그저 우리가 운이 좋지 않았던 걸까. 아니면 철저한 계획 아래
에 벌어진 일일까.

"대학살이 또 벌어질 거예요."

드레스덴은 악몽을 꾸는 듯한 표정으로 말했다. 눈앞엔 폐허
로 변한 섬이 아직 펼쳐져 있었다. 그는 팔짱을 풀지 않고 한참
동안 그 광경을 말없이 바라보기만 했다. 현실을 받아들일 시간
이 잠시 필요했다.

"수법도 더 발전했겠죠."

지금껏 드레스덴이 하는 모든 말을 면접관처럼 가만히 듣고
만 있던 한결이 물었다.

—이번 테러가 10년간 계획된 테러다, 이 말씀이신 건가요?

"아마도요. 전부 아이버스터의 생각인지는 모르겠지만 세 탈
옥수가 한국에 넘어온 이후에 벌인 범죄는 결코 즉흥적으로 일
어난 게 아닌 것 같습니다. 언뜻 보면 사람이든 기계든 무차별
적으로 해치고 다닌 것처럼 보이지만 제 생각엔 정반대로 철저
한 계획을 바탕으로 이루어진 범행 같습니다."

한국에 도착하고 몇 시간도 되지 않아 시내에 출현해 상점 유
리문을 깨고 소동을 벌인 것부터 철저히 계획된 것이었다. 목적
이 경찰비행차를 탈취하기 위한 것이었단 게 분명히 드러났기
때문이다. 그들은 도시 속 치안의 상징과도 같은 경찰차를 타고
다니는 게 오히려 안전하다고 판단했을 것이다. 그 외에도 이점

은 많았다. 무전기를 통해 전해지는 정보를 통해 자신들을 추적하는 경찰의 동태를 파악할 수 있는 데다 수갑, 곤봉 그리고 총기를 한 번에 손에 넣을 수 있었다.

"어쩌면 인디고들은 처음부터 아이를 납치할 생각이었는지도 모릅니다. 특별한 목적을 위해서 말이죠. 인디고들이 개별로 움직이지 않고 계속 셋이서 움직이고 있는 데에도 분명 이유가 있을 겁니다."

가만히 듣고 있던 한결이 반박했다.

─하지만 경감님, 아이버스터는 협력 따위에는 관심이 없는 자입니다. 세 인디고에게 공통의 목적이 있더라도, 그것이 자신의 목적과 조금이라도 차이가 있다면 그는 절대 협력하지 않을 겁니다.

"그걸 어떻게 확신하죠?"

드레스덴이 미심쩍다는 듯이 묻자 한결이 검지로 자신의 발광체를 두어 번 두드렸다.

─제 머릿속에 재소자에 관한 모든 자료가 담겨 있어요. 여기까지 와서 죄수들의 시신을 하나하나 들추며 신원을 확인하고 있는 이유이기도 하죠."

모든 범죄자의 개인사와 구체적인 범행 수법 그리고 수사 기록 등이 외부에 공개되는 것이 국제법상으로 금지된 이후, 범죄자들의 정보는 각 대륙의 정보부가 일급 기밀로 보호하게 되었다. 케이블 채널이나 인터넷 스트리밍 사이트 등에서는 여전히 위인을 소개하듯 범죄자들의 삶에 대해 자극적으로 떠들어대지만, 그 정보 중엔 제대로 된 사실이 그리 많지 않았다. 그러니 정보부 소속인 한결이 누구보다 아이버스터에 대해 잘 알고 있을 것이었다. 하지만 드레스덴은 아이버스터가 절대 그럴 리 없다고 확신하는 한결의 판단이 다소 섣부르다고 생각했다.

"혹시 이번 탈옥이 10년 동안 계획된 것일 수도 있을까요?"

드레스덴이 넌지시 묻자 한결이 발광체를 느릿하게 빛내며 그를 쳐다보았다. 드레스덴은 이어서 말했다.

"완전자유연대의 창단 계기와 시기는 아직도 불분명합니다. 10년 전 섬광 대학살이 벌어지기 전에 아이버스터가 미리 테러 단체의 창설을 주도했을지도 모릅니다. 거사가 실패할 것을 알고 먼 훗날을 대비한 계획을 세워뒀을 가능성은 얼마나 됩니까?"

정보부는 완전자유연대의 행적을 그 어떤 기관보다 면밀히 모니터링하는 기관임에도 이번 테러를 막지 못했다. 그럼에도 드레스덴은 한낱 대륙의 끄트머리에 붙어 있는 작은 나라의 경찰보다는 정보부가 완전자유연대와 아이버스터의 직접적인 연결 가능성에 대해 더 잘 알고 있지 않을까 하는 기대가 있었다.

"이번 테러는 확실히 내부자의 도움이 있었을 겁니다. 하지만 첩자를 심는 건 어려운 일이니 섬에 내부자는 기껏해야 한두

명 정도였겠죠. 게다가 아이버스터는 지난 10년간 지하 독방에 갇혀 있었습니다. 햇빛조차 보기 힘든 처지에 있는 자가 어떻게 완전자유연대를 창설하고, 섬 곳곳에 자신의 첩자를 심어놓을 수가 있었겠습니까? 저는 그가 감옥에 들어가기 전부터 준비했을 거라는 생각밖에는 들지 않는군요."

─초월대륙 정보부 간의 공조로 아이버스터가 완전자유연대의 테러 활동에 직접 관여했을 가능성을 오랫동안 조사해왔지만 아직도 모든 게 불명확합니다. 아이버스터를 잡으려면 아무래도 아이버스터와 완전자유연대 일원들과의 지속적인 소통 여부가 중요하겠죠.

이번에도 한결은 다소 방어적이고 중립적인 태도로 일관했다. 드레스덴은 한결이 정말 수사를 도와주려는 건지, 아니면 객관적인 시선을 유지하게 하려는 건지 알 수 없었다. 후자라면 다행이지만 어쨌든 서로의 시각이 번번이 어긋나니 힘이 빠지는 건 어쩔 수 없었다.

"그쪽도 뭐 하나 확신하는 게 없으니 답답하겠군요."

드레스덴은 그래도 좋게 생각하기로 했다. 인간도 아닌 자가 죽음의 공포를 알기나 하겠는가, 아니면 푸른 살의 고통을 이해하겠는가.

─네. 그래도 좋은 협력자를 만난 것 같아 안심이 되네요.

드레스덴은 한결이 말하는 협력자가 설마 자기를 말하는 건

69

가 싶어 멀뚱히 한결을 쳐다보았다.

—드레스덴 경감님이 어떤 분인지 뵙고 싶었어요.

드레스덴은 한결에게 테스트를 받은 것처럼 느껴져 기분이 묘했다. 한결은 보일 듯 말 듯 하게 미소 지었다. 아직 사라지지 않은 폐허의 홀로그램 한가운데서 한결이 손을 내밀었다.

—앞으로 잘 부탁드려요. 곧 한국에서 뵈어요.

통화가 종료되고 한결의 홀로그램이 눈앞에서 사라졌다. 천장의 레일을 따라 움직이던 투사 장치도 작동을 멈췄다. 방 안을 가득 메우고 있던 폐허도 연기처럼 흩어졌다. 드레스덴은 다시 암실이 된 '4D 현장자료실'에서 나와 환한 조명이 켜진 복도로 들어섰다. 가상공간에 있다가 현실로 나오니 단조로운 복도의 풍경도 강렬한 시각적 자극으로 다가왔다.

잠깐의 감각적 혼란이 잦아들고 나자 드레스덴은 이따금 지나치다 싶을 정도로 중립적인 태도를 보이던 한결의 모습을 떠올렸다. 완전자유연대를 주시하던 정보부가 어째서 방위부에게 수송기 격추를 주장하지 않았던 건지 그는 문득 궁금해졌다. 국제교도소 테러가 완전자유연대의 소행이란 걸 조금도 예상하지 못했던 걸까. 혹시 정부와 정보부만이 공유하는 어떤 비밀이 있는 것은 아닐까. 드레스덴은 불현듯 한결에게 자신의 생각을 너무 많이 떠벌린 게 아닌가 하는 불길한 생각이 들었다.

5

해가 지고 방 안의 모니터 화면이 모두 꺼지자 한 줄기 빛도 찾아볼 수 없었다. 기계가 뿜어내는 열기와 끈적한 바닷바람이 뒤섞여 마치 한여름 밤 같았다. 레미는 베란다 너머로 네발 달린 짐승 무리가 눈을 빛내며 건물 주변을 어슬렁거리는 걸 보았다. 들개처럼 변한 개 떼였다.

시스템 시간상으로 두 시간이 흘렀다. 직접 물고기를 잡거나 해조류를 주워 먹어야 한다는 파라의 말은 농담이었다. 그가 멀쩡한 인간일 적에 구비해둔 통조림이 창고에 남아 있었다. 인디고들은 그 통조림을 잔뜩 먹어치웠다. 동수는 별로 먹지도 못하고 체해서 몇 차례나 구토를 했다. 레미는 동수의 호흡과 심장

71

박동을 통해 그가 마침내 렘수면에 접어들었단 걸 알아차렸다.

"뻔해. 분명히 쓰레기 같은 놈이었을 거야. 위험한 수술이란 걸 모르지 않았을 텐데, 어떤 대비책도 마련해두지 않고 처자식을 버리고 떠난 거지."

소파에 비뚜름하게 누워 있던 키클롭스가 동수를 바라보며 말했다. 꾸벅꾸벅 졸던 중이라 그의 목소리엔 피곤함이 가득했다.

"이 애 엄마도 기껏해야 서른 중반 정도밖에 안 됐을 텐데 그 나이에 청나무가 된 걸 보면 무슨 일을 하고 다녔을지 뻔하고 말이야. 평생 멀건 죽만 먹고 살더라도 아이랑 오래 살고 싶으면 일을 가려서 했어야지. 멍청한 부모는 짐이 될 뿐이야. 이 아이에겐 나처럼 능력 있고 똑똑한 부모가 필요해."

베란다 창에 기대고 앉아 눈을 감고 있던 이스터가 비웃었다.

"누가 보면 아동 보호 단체에서 나온 줄 알겠어. 그래봐야 납치범에, 톱으로 뇌를 조각내는 연쇄살인범인 주제에."

그 말을 듣고 키클롭스는 화를 내기는커녕 말없이 웃기만 했다. 그는 멀쩡한 손가락을 찾아보기 힘든 자신의 두 손을 격자 모양으로 겹쳤다 풀었다를 반복했다. 그 모습을 보고 이스터가 비아냥거렸다.

"왜? 네놈도 그런 쓰레기 같은 부모였나 봐?"

키클롭스와 이스터가 위태로운 대화를 할 때마다 레미는 머리카락이 곤두설 정도로 긴장되었다. 키클롭스가 이번엔 좀 길게 웃음을 흘렸다. 언뜻 우는 것처럼 느껴지는 웃음이었다.

"내 아내와 아들이 함께 정신병원에 입원했단 말을 교도소에서 전해 들었을 때가 떠오르는군. 아주 고통스러웠어. 그 고통을 잊으려면 더 심한 고통이 있어야만 했지. 한쪽 눈을 스스로 파버린 건 그래서였어. 교도관들이 뜯어말리지 않았다면 아마 양쪽 눈을 다 잃었을 거야. 그러지 않아 다행이야. 이렇게 바깥으로 나오게 될 줄 누가 알았겠나."

이스터는 코웃음을 한 번 치곤 도로 눈을 감았다. 레미는 고개를 돌려 방 한쪽 구석을 쳐다보았다. 밤인데도 선글라스를 벗지 않은 블라인드가 올빼미처럼 앉아 있었다. 그는 해체했던 로봇 강아지를 다시 조립하고 있었다. 어둠 속에서 세밀한 부품을 어떻게 조립하는 것일까. 문득 궁금해진 레미는 블라인드를 조용히 지켜보았다. 그는 손가락 끝으로 부품 하나하나를 유심히 만지작거렸다. 그는 예민해진 촉각으로 어두운 눈을 대신하고 있었다.

레미는 두 무릎을 당겨 앉았다. 푸른 살이 인간의 폭력성을 완벽히 통제하지 못한다는 그 확실한 증거가 하나도 아니고 셋이나 눈앞에 있다니, 아직도 믿기지 않았다. 푸른 살이 창궐한 지 60여 년이 지난 현재, 인간은 정말 도덕적으로 진화했다고 할 수 있나? 레미는 인간이 폭력을 저지를지 말지 선택할 수 있는 존재라는 걸 누구보다 잘 알고 있었다. 하지만 악행을 아무리 저질러도 빨리 죽지 않는 인디고들을 보고 있으려니 이런 생각이 들었다. 푸른 살이 이 세상에 존재하는 이유가 무엇일까? 누구보다 악한 사람을 누구보다 빨리 저승으로 끌고 가기 위한 목적이 아니라면, 그것은 왜 나타난 것일까?

생명을 해치는 것. 그건 레미가 절대 할 수 없는 일이었다. 인간에게 푸른 살이 있다면 휴머노이드에겐 국제 표준 시스템이 있는 셈이었다. 하지만 그 비유는 적절치 않았다. 푸른 살이 있다고 해서 인간이 폭력을 저지르지 못하는 것은 아니기 때문이었다.

먼 옛날, 인류는 인간을 해칠 수 없는 휴머노이드의 국제 표준 시스템을 인간들에게도 적용하는 방안을 논의한 적이 있었다. 인간의 폭력성을 주관하는 뇌 부위에 전기자극 칩을 심는 식이었다. 실험이 번번이 실패를 거듭하던 중에 2035년 아프리카대륙 남단의 보츠와나에 커다란 운석이 떨어졌다. 그 운석엔 푸른 살 포자가 잔뜩 묻어 있었고, 외계 오염 물질에 대한 초기 방역이 제대로 이루어지지 않아 푸른 살은 초현실적인 속도로 전 지구에 퍼져나갔다. 그렇게 인류는 그토록 원하던 개인 규제 시스템을 얼떨결에 구축하게 되었다.

60년 전엔 전 세계적으로 살인 범죄 발생 건수가 10만 명당 6.0명 정도였다면 지금은 1.0명 아래로 뚝 떨어졌다. 혹자는 이제 인간도 휴머노이드처럼 '완전히 도덕적인' 존재가 될 수 있다고 주장하기도 했다. 하지만 정말 그렇다면 오늘날처럼 상류층이 모여 사는 대도시에 사이보그가 넘쳐나지는 않았을 것이다. 부유한 이들은 인간의 신체를 버리고, 인간만이 누릴 수 있는 것들을 기꺼이 포기했다. 기계 몸통은 영원히 새것일 수 없기에 주기적으로 수십 억에 달하는 새 몸통을 사야 했다. 하지만 그들은 푸른 살의 고통에서 벗어날 수만 있다면 수십 억 원이 아닌 수백, 수천 억을 쏟아부어 정부가 공인한 사이버네틱스 연구소나 병원으로 향했다. 레미는 궁금했다. 인간들은 왜 스스로 폭력적인 행동을 통제하지 못하는 것인지.

생각에 빠져 있던 레미는 문득 정신을 차리고 시스템 시간을 살폈다. 어느덧 다섯 시간이 지난 뒤였다. 누렇게 변색된 커튼 너머로 어두컴컴했던 세상이 점차 푸르게 변해가고 있었다.

경찰은 아직까지도 그들을 추적하지 못한 것 같았다. 이 시대는 기술 발전으로 범죄 해결률이 100퍼센트에 육박한다. 그런데 지금은 세상에서 경찰이 모두 사라진 듯했다. 경찰이 무능력한 걸까, 아니면 인디고들이 똑똑한 걸까. 그도 아니면 인디고들의 운이 좋은 걸까.

여명이 밝기 무섭게 이스터가 몸을 일으켰다.

"일어나. 이 정도면 충분히 쉬었어."

동수를 제외하곤 다들 한숨도 자지 못했단 걸 알면서도 이스터는 그들을 재촉했다.

"아까 노트북으로 뉴스를 살펴보니 아직 얼굴이 공개되지 않은 것 같아. 경찰이 교도소에서 탈출한 죄수들의 신원을 제대로 파악하지 못한 거야. 우린 지금껏 얼굴을 종이봉투로 가리고 다녔으니까."

그렇게 말하고는 옷장을 열어 오랫동안 방치되어 좀먹은 낡은 옷가지와 모자 몇 개를 꺼내 바닥에 내던졌다.

"지금부터는 변장을 바꿀 거니까 안면 인식 프로그램에 검색될 일은 앞으로도 없을 거야. 우리 신원이 파악되기 전까진 아직 시간이 있어. 하지만 곧 수배가 내려질 거야. 그러기 전에 어서 수술실이 있는 곳으로 가야 해."

이스터가 베란다 창 쪽에 놔두었던 노트북을 서둘러 챙겼다. 파라가 자신의 물건을 가져가면 가만두지 않겠다며 발작하듯 소리쳤다. 이스터와 파라가 다투자 블라인드가 검지를 입술에 대고 쉿, 하는 소리를 냈다.

"무슨 소리 안 들려?"

모두가 숨을 죽이고 밖에서 나는 소리에 귀를 기울였다. 레미도 똑똑히 들을 수 있었다. 공기에서 진동이 느껴졌다. 무언가가 세찬 바람을 일으키며 이쪽으로 다가오고 있었다. 비행차 소리였다. 한 대가 아니었다. 최소 세 대 이상인 것 같았다. 블라인드가 천천히 고개를 돌려 파라를 바라보았다. 선글라스를 쓰고 있어 눈동자가 보이지 않는데도 섬뜩한 눈빛이 렌즈를 뚫고 나오는 듯했다.

"우릴 신고했군."

블라인드가 낮게 읊조렸다. 예상치 못한 상황에 모두가 놀랐다. 파라의 기이한 웃음소리가 스피커를 통해 흘러나왔다.

—그래. 정보를 제공한 대가로 정부가 내게 새 몸을 주기로 약속했지. 내가 이 절호의 기회를 그냥 날릴 줄 알았어?

일그러진 입술 사이로 하얀 이를 드러낸 이스터가 괴성을 내질렀다. 그러고는 파라의 소통 수단인 모니터를 향해 거침없이 총을 쏴댔다. 방 안에 있던 모든 모니터가 산산조각 났다. 블라인드가 이스터의 팔을 세게 움켜쥐어 제지했다. 푸른 살이 일으킨 발작에 눈알이 시뻘게진 이스터가 놓으라며 몸부림쳤지만 블라인드는 꿈쩍도 하지 않았다.

"진정해. 일단 여기서 도망쳐야 한다고."

블라인드가 이스터의 이성을 붙드는 사이, 이스터와 마찬가지로 입술에 핏기가 가실 정도로 분노한 키클롭스가 전자레인지 쪽으로 다가갔다.

"네놈의 뇌를 갈가리 찢어주마!"

그의 손끝이 파라의 뇌가 든 전자레인지의 손잡이에 닿는 순간 강한 정전기가 일었다. 키클롭스는 짧은 비명을 내지르며 뒤로 쓰러졌다. 스피커에선 파라의 웃음소리가 이어졌다.

―내가 그 정도 안전장치도 안 해놨을 것 같아? 어디 한번 계속 발광해봐. 난 어차피 곧 새 몸을 얻게 될 테니까!

키클롭스가 격분하여 의자를 집어 들어 전자레인지를 내리치기 시작했다. 그도 곧 푸른 살 발작을 일으켰다. 의자를 휘두르다 말고 전기에 감전된 사람처럼 옆으로 푹 고꾸라져 온몸을 뒤틀어댔다. 그때, 부서진 전자레인지가 바닥으로 떨어지며 문이 열렸다. 그 안엔 뇌 보존 장치가 들어 있지 않았다.

―뭐야. 내 뇌. 내 뇌 어딨어?

블라인드가 손가락을 튕겨 모두의 주의를 자신에게로 모이게 했다. 케이블이 줄줄이 연결된 날갈 모양의 보존 장치는 그의 손바닥에 올려져 있었다.

"분명 네놈이 밤에는 이곳의 전력이 차단된다고 했는데 거짓말이더군. 전기를 충전해놓더란 말이지. 하지만 밤새도록 쓰기엔 부족해서 20분에 한 번씩 보존 장치를 제외한 모든 전력이 차단된다는 걸 알았어. 그때마다 CCTV의 깜박이는 붉은 점이 꺼졌으니까. 뇌는 그때 빼돌렸지. 자고 가라는 네놈의 친절이 나 역시 의심스러웠거든."

―그거…… 당장 내려놔.

"대체 언제 신고했는지는 모르지만 당장 취소해."

가까스로 발작에서 벗어난 이스터가 소리쳤다.

"멍청아, 신고를 취소한다고 해서 여기로 경찰들이 안 올 것 같아? 당장 그 뇌를 밖으로 내던져버려!"

파라가 또다시 인위적인 웃음소리를 냈다.

―그런다고 해서 깨지지 않아. 이 건물이 폭발한다면 모를까.

블라인드는 어쩔 수 없다는 듯 혀를 한 번 찼다.

"우릴 배신하다니 유감이군. 하지만 나와 계획이 같았다니 한 편으론 기쁘기도 해."

―뭐라고 지껄이는 거야?

블라인드는 들고 있던 뇌 보존 장치를 물끄러미 내려다보며 중얼거렸다.

"이 건물이 폭발해버린다면 깨질지도 모른다고 했지? 그럼 그렇게 하는 수밖에 없겠군."

발작이 완전히 가시지 않은 몸을 움찔움찔하며 키클롭스가 블라인드를 노려보았다.

"어떻게 할 셈인데?"

"다들 순진하군. 정말 여길 온전하게 내버려두고 갈 생각을 한 건가? 우리가 남긴 흔적으로 가득한데?"

"그러니까, 뭘 어쩔 셈이냐고."

그때였다. 총성과 함께 베란다 창문이 와장창 깨졌다. 동수가 겁을 먹고 구석에 몸을 웅크렸고, 인디고들도 유리 파편 세례를 맞으며 바닥에 엎드렸다. 블라인드가 놓친 보존 장치가 머리카 락 타래처럼 엮인 케이블과 함께 저만치 튕겨 나갔다. 창 너머로 비행차 한 대가 공중에 떠서 집 안을 들여다보고 있었다. 기총이 달린 경찰비행차였다. 비행차가 내는 거센 모터 소리와 바람 소리에 귀청이 터질 것 같았다. 깨진 창을 통해 강풍이 몰아닥쳤다.

　—손 들고 모습을 드러내라. 따르지 않으면 공격하겠다.

　인디고들은 바닥을 기어서 가까스로 벽 뒤로 몸을 피했다. 레미는 동수를 최대한 안쪽으로 밀어 넣어 다치지 않게 보호했다. 5초 카운트다운이 시작됐다. 그들이 갈팡질팡하는 사이 파라는 옥상 태양열 발전 장치 옆에 설치해둔 대형 확성기를 활성화시켰다. 경찰비행차가 내뿜는 헤드라이트가 옥상 쪽을 강렬히 비추었다.

　—제가 신고자입니다! 인디고들이 아직 이 안에 있어요. 제 뇌를 파괴하려고 해요. 어서 제 뇌를 안전한 곳으로 가져가서 약속대로 제게 새 몸을…….

　카운트다운이 끝나자 기총 발사가 시작됐다. 파라의 아지트가 벌집이 되어갔다. 확성기에서 파라의 당황한 목소리가 왕왕 울렸다.

　—새 몸을 준다고, 했잖, 제기랄! 이건 너무, 하지 않……!

　철제 난간을 맞은 탄알이 날카로운 소리를 내며 튕겨 나갔다. 벽면에 총알이 박히고 콘크리트 가루가 자욱하게 날렸다. 베란다 쪽에 치워둔 낡은 전자기기들과 에어컨 실외기가 터진 휴지

곽처럼 너덜너덜해졌다.

"뭐라도 좀 해봐!"

요란한 총성 때문에 두 귀를 틀어막은 키클롭스가 소리쳤다. 그러자 블라인드가 한 팔로 파편이 얼굴로 튀는 걸 막으며 모두에게 알렸다.

"화장실에 비밀 통로가 있는 걸 봤어."

"뭐? 비밀 통로?"

블라인드가 희뿌연 콘크리트 가루로 뒤덮인 선글라스 표면을 검지로 한 번 훑으며 말했다.

"낯선 곳에 오면 가장 먼저 탈주로부터 살펴둬야 하는 법이야. 총격이 멈추면 화장실로 달려."

잠시 후, 기총 공격이 멈췄다. 블라인드가 영어로 짧게 "고!"를 외쳤고, 그 말이 신호탄이 되어 모두가 화장실을 향해 달렸다. 이스터는 도중에 멈춰 섰다. 파라의 뇌 보존 장치를 주워서 기어코 파괴해버리기 위해서였다. 움직임을 포착한 경찰비행차가 다시 기총을 쏘기 시작했고, 총탄이 보존 장치를 줍기 직전이던 이스터의 왼쪽 종아리를 스쳤다. 이스터가 비명을 내지르며 쓰러졌다. 잠시 총격이 멈췄다. 이스터가 신음하며 바닥에서 벌레처럼 바르작거렸다. 블라인드가 화장실 문간에서 몸을 낮춘 채 레미에게 말했다.

"네가 내 눈이 되어줘야겠다. 저 자식이 쓰러진 쪽으로 날 안

내해."

레미가 놀라서 "네?" 하고 되물었다. 죽으러 가겠다는 소리로밖에 들리지 않았다.

"어서. 이스터가 가지고 있는 저 노트북이 필요해."

하는 수 없이 레미가 상체를 숙이고 화장실 밖으로 나갔다. 충격으로 자욱해진 먼지 때문에 시야 확보가 불리해진 블라인드가 레미의 허리께에 한 손을 올리고 함께 움직였다. 이스터에게 다다른 뒤, 블라인드가 한 번 더 명령했다.

"이 자식을 화장실로 끌고 가. 어서!"

레미가 이스터의 팔을 잡고 끌고 가기 부섭게 베란다 쪽에 육중한 것이 떨어지는 소리가 났다. 경찰비행차에서 휴머노이드가 베란다로 뛰어드는 소리였다. 뿌연 먼지 때문에 노트북을 찾지 못하고 바닥을 연신 더듬거리던 블라인드가 화장실 쪽으로 반쯤 끌려간 이스터에게로 기어와 허리춤을 뒤지며 소리쳤다.

"총 어딨어? 이리 내."

"닥쳐! 이건 내 거야! 어서 보존 장치나 찾아서……."

"어차피 이곳은 곧 잿더미가 될 거야! 뭐가 중요한지 아직도 모르겠어?"

피투성이가 된 이스터의 손아귀에서 단숨에 총을 빼앗아 든 블라인드가 소리 나는 쪽을 향해 총을 쐈다. 조준이 훌륭하진 않았지만 경찰 휴머노이드가 위협을 느끼고 진입을 멈추게 하

82

는 덴 충분했다. 하지만 반격은 거기까지였다. 한쪽 무릎을 세운 채 총을 쏘아대던 블라인드의 몸이 한 번 크게 흔들리더니 사방으로 피가 튀었다. 그리고 그 자리에 푹 쓰러졌다. 선글라스는 벗겨져 저 멀리 날아가 있었다. 머리에서 피를 줄줄 흘리는 블라인드의 두 눈은 하얀 막이 낀 것처럼 흐리멍덩했다. 예상대로 그는 오랜 지하 감옥 생활로 시력이 두더지처럼 약해져 있었다.

"망할 깡통 녀석아, 그놈 내버려두고 당장 돌아와!"

키클롭스가 화장실에서 고개를 내밀고 소리쳤다. 레미가 고개를 저었다.

"비밀 통로가 어딘지 알아야 하잖아요!"

키클롭스가 피를 흘리며 누워 있는 블라인드를 향해 윽박질렀다.

"어딨는지 말해, 이 개자식아! 비밀 통로가 어디야?"

레미는 키클롭스의 매정함에 치를 떨었다. 블라인드는 이미 죽은 것처럼 눈을 뜬 채 가만히 누워 있었다. 하지만 따뜻한 피부의 온기가 레미의 발걸음을 붙들었다. 그 온기가 전력을 다해 레미를 붙잡고서 살려달라 외치고 있었다. 그때, 의식을 완전히 잃은 줄 알았던 블라인드가 레미의 팔을 덥석 움켜쥐고 강하게 당겼다. 레미의 상체가 저절로 블라인드의 얼굴 쪽으로 끌려갔다.

"비밀 통로가 어딘지 알고 싶으면…… 아이를 이쪽으로 보내라고 해."

레미는 그대로 굳어졌다. 키클롭스가 빨리 오라고 소리치면서 비밀 통로를 찾기 위해 화장실 집기를 막무가내로 부수고 있었다. 천천히 몸을 일으킨 레미는 차마 떨어지지 않는 입을 힘겹게 뗐다.

"동수를…… 동수를 이쪽으로 보내라고 합니다. 그러지 않으면 비밀 통로 위치를 알려주지 않겠다고 해요."

"뭐라고! 웃기지 말라고 해. 이런 젠장, 아이는 절대 못 보내! 작은 파편 하나라도 맞았다간……."

그 순간, 예고 없이 동수가 화장실 밖으로 뛰쳐나갔다. 키클롭스가 아이를 붙잡으려 했지만 역부족이었다. 동수는 레미 옆으로 달려와 블라인드의 축 처진 몸을 끌어안았다. 블라인드가 동수에게 가까이 오라고 한 뒤 귀에 대고 무언가를 속삭였다. 동수는 두려운 눈빛으로 고개를 작게 끄덕였다. 잠시 후, 블라인드가 동수의 팔을 꽉 붙든 채 레미에게 희미한 목소리로 지시했다.

"날 화장실까지 데려가. 안 그러면 아이는 나와 함께 이 건물 잔해에 파묻히게 될 거야."

레미는 아무런 저항도 못 하고 동수와 함께 블라인드를 붙잡고 당기기 시작했다.

"자, 더 세게 당겨요. 더 세게!"

그들은 화장실까지 블라인드를 끌고 오는 데 기적적으로 성공했다. 레미는 화장실 문부터 닫았다. 동수는 화장실에 들어서자마자 구석에 있던 세탁기로 가서 문을 열었다. 그러자 놀라운 광경이 펼쳐졌다. 세탁기 내부에 비밀 세계로 이어질 것만 같은 긴 터널이 나 있었던 것이다. 빛 한 점 없는 어두운 통로에서 냉기가 뿜어져 나왔다. 꺼림칙했지만 무조건 그 안으로 들어가야만 했다. 키클롭스는 이미 동수를 끌고 통로 안으로 몸을 들이밀고 있었다.

―제기랄! 제에에기랄!

이성을 완전히 잃은 파라의 괴성이 총에 맞아 망가진 스피커를 통해 들려왔다. 레미는 서둘러 블라인드의 목덜미를 끌고 통로 안으로 들어섰다. 블라인드가 금방이라도 숨이 끊어질 듯한 목소리로 말했다.

"서둘러……. 곧 강아지가 터질 거야."

강아지? 그 순간, 레미는 로봇 강아지를 밤새 만지작대던 블라인드의 모습을 떠올렸다. 그리고 깨달았다. 블라인드는 처음부터 이 집을 폭파시킬 생각이었던 것이다. 통로 내부로 들어온 레미는 침착하게 세탁기 문을 닫았다. 바깥의 소란스러운 소리가 사라지고 정적에 휩싸였다. 통로 깊숙이 블라인드를 끌고 가다 보니 미끄럼틀처럼 바닥이 가파른 경사를 이루는 지점이 나타났다. 키클롭스와 이스터는 이미 그곳으로 내려갔는지 보이지 않았다. 동수가 외쳤다.

"레미, 뭐 해! 어서 이리 와!"

키클롭스가 두 팔을 뻗어 레미를 애타게 부르던 동수를 끌어당겼다. 동수를 따라 내려가기 전, 레미는 고개를 돌려 세탁기 문 쪽을 잠시 바라보았다. 강렬한 진동이 느껴졌다. 동그랗고 투명한 유리 문 너머로 불꽃이 번쩍였다. 건물이 집 안에 남아 있던 모두를 집어삼키며 무너져 내리는 중이었다. 레미는 블라인드의 어깨를 감싸 안고는 몸에서 힘을 뺐다. 가파르게 기운 터널을 향해 레미와 블라인드의 몸뚱어리가 곤두박질쳤다.

6

드레스덴은 도심의 CCTV로 촬영된 엄청난 양의 영상을 안면 인식 프로그램에 넣고 인디고들이 쓰고 다닌 종이봉투의 패턴이 인식되기만을 기다렸다. 하지만 다음 날 아침이 되도록 프로그램은 아무것도 찾아내지 못했다. 드레스덴이 그동안 맡은 어떤 사건보다 위험한 임무인데도 당장 할 수 있는 게 없었다.

10년 전, 초월아메리카 정보부가 아이버스터를 파나마에서 검거했다. 비록 그의 국적이 초월동아시아의 한국일지라도 그는 전 세계적으로 사상자를 냈기 때문에 국제형사재판소에서 재판을 받았고, 국제교도소로의 수감을 언도받았다. 아이버스터를 검거하기 위해서 전 세계의 정보부가 공조했다. 한마디로 여러 초월대륙의 정보부에 분산되어 있던 아이버스터의 수사 기록은 다른 범죄자들과는 달리 국제형사재판소가 수합하여 보관 중이었다. 드레스덴은 국제형사재판소가 이번 사건을 위해 특별히 제공해준 수사 기록을 열어 보았다.

아이버스터는 인류 역사상 최악의 대량 학살자로 기록되어 있고 갓난아이도 그에 대해 알 정도였지만, 그에 대해 공식적으로 공개된 사실은 거의 없었다. 공개된 건 그가 벌인 참사의 결과일 뿐, 그의 개인사나 테러 과정은 국제법 때문에 다른 범죄자들과 마찬가지로 대중에게 공개되지 않았다. 물론 아이버스터의 옛 지인을 주장하는 이들이나 기자들에 의해 그에 관한 많은 이야기들이 인터넷을 떠돌았다. 사람들은 그 이야기들을 사실이라 믿었고, 드레스덴이라고 해서 별반 다르지 않았다.

아이버스터는 여느 연쇄살인범이 그러하듯 반사회적 인격장애, 즉 사이코패스로 알려져 있었다. 동창생들의 증언에 따르면 아이버스터는 학교에서 언제나 혼자였고, 심지어 그를 조용한 자폐증 환자로 알고 있던 사람들도 많았다. 그는 친구들 사이에서 소심한 외톨이가 아니라 공격적인 외톨이로 여겨졌다. 질문을 던져도 아무런 반응 없이 사나운 눈빛을 보낼 뿐이었다. 주변 사람들이 기억하는 그런 인상들은 훗날 아이버스터가 섬광 대학살을 일으키게 되리라는 징조로 여겨졌다. 이 이야기를 오늘날 많은 이들이 진실이라고 여겼지만 정부에서 공식적으로 발표한 사실은 아니었다.

마침내 드레스덴은 인터넷상에서 떠돌던 소문과 가짜 뉴스로부터 해방되었다. 이번 수사를 위해 제공받은 아이버스터의 수사 기록을 열어 보기에 앞서 드레스덴은 손바닥의 땀을 허벅지에 문질러 닦았다. 아이버스터가 정말 탈옥을 했는지, 한국에 와 있는지 확실치 않지만 그가 어떤 자인지 알아둘 필요가 있었다. 드레스덴은 잠시 기지개를 편 뒤, 방대한 양의 수사 기록을 빠짐없이 살펴보기 시작했다.

지금으로부터 60년 전인 2035년이 모든 일의 시작이었다. 푸른 살 포자가 묻은 운석이 보츠와나의 카코아카 국립공원으로 떨어졌을 당시, 어마어마한 인파가 국립공원으로 정어리 떼처럼 모여들었다. 우주에서 묻어왔을지 모르는 오염 물질에 대한 통제는 제때 이루어지지 못했다. 게다가 운석에 처음 접촉한 사람들 대다수가 불법적인 일을 저질러 보츠와나 정부를 골머리 썩게 했던 무법 조직이었다. 그들은 운석을 몰래 빼돌려 비싼 값에 팔기 위해 운석 가까이 접근하는 걸 막으려는 연구원과 군인들을 죽이기까지 했다.

무법 조직 일당은 저주받은 것처럼 언제부턴가 이유 없이 시름시름 앓기 시작했다. 고열을 앓고 나자 그들의 이마에는 징그러운 푸른 살이 돋아났다. 그들은 치료받을 돈을 구하기 위해 부유한 집을 골라 무단으로 침입하고, 무고한 사람들을 죽였다.

하지만 누군가를 해칠 때마다 푸른 살은 머리를 반으로 가르려는 것처럼 맹렬한 기세로 커졌다. 끔찍한 통증에 시달리던 그들은 하나둘씩 근육이 뒤틀리고 식물인간처럼 몸이 굳어지더니 푸른색 나무로 변했다.

암세포나 다름없는 수많은 범죄자가 푸른색 나무가 되어 사라지자, 보츠와나는 푸른 살을 '신'으로 추앙하기 시작했다. 청나무에서 자라난 가지가 건물을 부수고 도심 곳곳을 잠식해가는데도 절대로 청나무를 베지 못하게 했다. 그리고 푸른 살을 예찬하며 보츠와나를 '푸른 살의 땅'이라고 불렀다.

하지만 몇 년 지나지 않아 예상치 못한 복병이 나타났다. 푸른 살을 두려워하지 않는 자들이 생겨나기 시작했던 것이다. 푸른 살로 인해 보금자리를 잃은 사람들은 궁지에 몰린 굶주린 들쥐처럼 나날이 폭력적으로 변해갔다. 그들은 죽음을 무릅쓰고 푸른 살에 저항하며 푸른 살을 국교처럼 받드는 정부를 거침없이 공격했다. 폭력 사태는 며칠 만에 내전으로 번졌다. 이에 보츠와나 정부는 세계 곳곳에 도움의 손길을 요청했다. 모든 초월 대륙이 보츠와나 내전을 중재하기 위해 군부대를 파병했고, 한국도 특수부대를 파병했다. 아이버스터는 그 부대의 과학기술 장교였다.

아이버스터는 평범한 집안에서 태어난 보통의 아이였다. 운전 도중 갑자기 온몸이 마비되며 청나무로 변한 화물차 운전수가 그의 부모님이 탄 차를 들이받기 전까지만 해도 말이다. 아이버스터의 유일한 혈육은 누나뿐이었다. 누나도 아이버스터처럼 군인이었다. 섬광 대학살이 벌어졌던 당시 그의 누나는 한국에서 복무하고 있었다. 그 사실은 이미 많은 사람들에게 알려졌는데, 왜냐하면 섬광 대학살 때 아이버스터의 누나가 속해 있던 부대 대원들이 한꺼번에 청나무로 변이했기 때문이다. 부대원들을 대상으로 회의를 진행하던 도중 컴퓨터가 해킹되어 대형 스크린에 점멸하는 섬광 화면이 펼쳐졌던 것이다. 어떤 조작으로도 화면이 꺼지지 않아서 한 부대원이 전원선을 아예 뽑아버리기 전까지 대원들은 약 2분간 섬광 점멸 공격에 노출되었다. 부대원들은 회의실에서 달아나는 도중에 하나둘 마비를 일으키며 쓰러졌고, 몸을 이리저리 뒤틀다가 청나무로 변해갔다. 그렇게 죽은 부대원 중 한 명이 바로 아이버스터의 누나였다. 아이버스터는 자신의 하나뿐인 가족까지 죽였다.

드레스덴도 이미 알고 있는 그 이야기는 국제형사재판소가 제공해준 수사 기록에도 고스란히 적혀 있었다. 떠도는 소문과 전혀 다를 바 없는 내용에 금세 김이 식었다.

사흘째 잠을 자지 못한 상태였다. 안면 인식 결과를 기다리던 드레스덴은 자기도 모르는 사이에 깜빡 잠이 들었다. 항상 시달리던 악몽이 또다시 반복되었다. 악몽의 시작은 늘 같았다. 불특정 다수에게 전송된 문자메시지와 이메일 알림이 여기저기서 울렸고, 전송된 링크를 누른 사람들이 불규칙적으로 번쩍이는 섬광에 그대로 노출되었다.

　드레스덴은 동료들이 하나둘씩 쓰러져 사지를 뒤틀며 청나무로 변해가는 모습을 지켜보았다. 경찰서 밖에서는 구급차 사이렌 소리가 끊임없이 울렸다. 그는 가족이 걱정돼 황급히 비행차에 올랐지만 시동이 걸리지 않았다. 하는 수 없이 집까지 뛰기 시작했다. 길거리 사람들도 청나무로 변해가고 있었다. 드레스덴은 자신의 몸도 천천히 굳어가는 걸 느꼈다. 그는 간신히 집 앞에 도착해 문을 열었다. 불길한 기운이 구더기 떼처럼 엄습했다. 이미 형체를 알아볼 수 없을 만큼 근육과 뼈가 이리저리 뒤틀리고 푸르게 변해버린 두 사람의 형체가 보였다. 어떻게든 도움을 청하기 위해 현관문 쪽으로 기어 나오려는 모습이었다. 팔로 추정되는 기다란 가지가 천장을 향해 구불구불 자라나고 있었다.

　드레스덴은 청나무와 인간 사이 어디쯤의 존재가 되어버린 두 사람을 부둥켜안았다. 어머니와 약혼자의 이름을 목놓아 부르려던 그 순간, 목소리가 나오지 않았다. 고개를 내려보니 드레스덴의 두 다리에서 새파랗고 가느다란 잔뿌리들이 방바닥 위로 뻗어나가고 있었다. 손가락은 이미 본래의 형체를 잃은 뒤였다. 온몸이 삽시간에 뜨거워졌다.

　드레스덴은 가까스로 눈을 떴다. 컴퓨터에서 뿜어져 나오는 뜨거운 열기가 느껴졌다. 비상 상황을 알리는 요란한 경고음이 울리고 있었다. 다급히 의자에서 몸을 일으켰다. 불편한 자세로 잔 터라 어깨가 결리고 다리 힘이 풀려 그는 잠시 비틀거렸다. 안면 인식 프로그램이 돌아가고 있는 모니터 하단에 메시지 하나가 깜박거렸다. 어딘가의 위치를 나타내는 좌표였다. 조회해보니 그곳은 한얼시 외곽에 위치한 해안 마을이었다. 때마침 박 형사가 드레스덴의 사무실로 달려왔다.

"경감님, 방금 신고가 들어왔습니다."

박 형사가 그 해안 마을의 좌표를 가리키며 말했다. 드레스덴은 이미 재킷을 낚아채 팔에 꿰고 복도를 달음박질치듯 걷고 있었다.

"무슨 신고지?"

"집에 인디고들이 침입했다는 신고입니다."

드레스덴은 자기도 모르게 걸음을 멈췄다.

"그런데 왜 비행차 관제기에 그자들이 탄 경찰비행차의 통과 기록이 남지 않았지?"

"비행차 관제기에 남은 정보를 살펴보니 다른 차량의 기록과 뒤바뀌어 있더군요. 아무래도 그들 중에 관제기의 전산 기록을 실시간으로 해킹할 수 있는 자가 있는 모양입니다."

드레스덴의 어깨가 탁 늘어졌다. 분명히 그런 능력을 가지고 있을 자의 이름이 다시금 떠올랐다. 인류 2억 명을 한 번에 죽인 자라면 비행차 관제기 해킹쯤이야 우습지 않겠는가. 믿고 싶지 않은 일이 점점 현실로 다가오고 있었다.

하지만 한편으로는 이런 생각도 떠올랐다. 실시간으로 관제기를 해킹해서 기록을 조작하는 능력을 가진 자는 지난 10년 전에 비해 무척 많아졌을 것이다. 아이버스터의 출현 이후 그를 받드는 뛰어난 해커들이 급속히 늘어났기 때문이다. 그러니 아이버스터가 아닌 다른 사람이 비행차 관제기의 기록을 조작했을 가능성을 완전히 배제할 수는 없었다.

인디고들은 버려진 마을에 지금껏 숨어 있었다. 드레스덴과 경찰들은 신고지에 30분도 안 되어 도착했다. 신고지를 적외선 스캔한 결과 생명체가 감지됐다. 인디고들이었다. 드레스덴은 인디고들을 마침내 잡았다고 생각했다. 건물 주변과 상공을 경찰들이 포위한 상태라서 도망칠 구멍이 없었기 때문이다. 그런데 그 순간, 건물 전체가 폭발해 붕괴해버리고 말았다.

"뭐야. 우리가 폭격해서 건물이 무너진 건가?"

충격에 빠진 드레스덴이 넋 나간 표정으로 묻자 박 형사가 답했다.

"아닙니다. 내부에서 자체 폭발이 있었던 것 같습니다."

소방차와 살수 드론이 불을 진화하기 시작했다. 불길은 금세 사그라들었지만 이미 모든 것이 잿가루가 되어버린 뒤였다. 설마 다 죽어버린 건가. 인디고들도, 인질도 그리고 아이버스터까지도. 드레스덴이 타고 있던 경찰비행차가 착륙했다. 현기증을 느낀 그는 문손잡이를 꽉 움켜쥐었다. 저 안에선 개미 새끼 한 마리도 살아남지 못했을 것 같았다.

인디고들이 타고 다닌 경찰비행차는 붕괴된 건물 잔해 속에 반쯤 파묻혔다. 추적 장치는 전부 제거되어 있었다. 다른 차량의 정보가 찍히게 하는 칩이 끼워져 있기까지 했다. 하지만 이제 그 차는 필요치 않았다. 중요한 건 전부 저 붕괴된 건물 잔해 속에 있었다.

"잔해를 치우는 덴 얼마나 걸리지?"

"휴머노이드들이 하루 종일 치워야 겨우 끝날 겁니다."

"적외선 스캔 해봐."

"건물 잔해 곳곳이 불가마처럼 끓고 있어서 생물체 파악이 안 됩니다."

"건물 주변을 계속해서 수색해. 혹시 도망쳤을지도 모르니까."

폭발 원인을 밝히기 위해 경찰은 신고자의 신원을 파악했다. 공식적으로는 그 건물에 거주 중인 사람이 아무도 없어서 조사가 어려웠다. 한마디로 신고자는 불법으로 건물에 들어와 살던 자였다.

"전부 타버렸으니 알 수 있는 게 하나도 없군."

"음……. 10년 전 이 건물에 관한 수사 기록이 하나 있어요. 이곳에서 살던 여자가 모욕 대리업체를 운영하던 자네요. 명예훼손죄로 복역한 적이 있습니다."

모욕 대리업체는 푸른 살이 언어폭력에는 반응하지 않는다는 특성을 역이용한 사이버 범죄였다. 업체는 고객의 의뢰를 받아 특정인의 사생활을 캐내어 유포하고 거짓 소문을 퍼뜨린다. 한마디로 아까운 공기나 축내던 부류였다. 인간의 몸과 마음을 만신창이로 만드는 방법은 폭력 말고도 많았다. 과거엔 광장에서 횃불로 마녀사냥을 치렀다면, 요즘은 인터넷에서 손가락 하나만 놀려도 전 세계 사람에게 비난받게 할 수 있었다.

"아주 쓰레기 같은 놈이었군."

드레스덴은 그런 자들은 죽어도 싸다고 생각했다. 그는 박 형사와 함께 나란히 서서 건물 잔해를 치우는 휴머노이드들의 모습을 망연히 바라보았다. 꼭 화산이 폭발하기라도 한 것처럼 사방에선 뜨거운 재와 콘크리트 가루가 날렸다.

"단순히 잠만 자려고 여기까지 들어와 불을 지른 건 아닐 거야. 좀 더 수월하게 도주하기 위해 휴대기기나 노트북 따위를 훔치려고 한 것 같군."

"아이버스터가 대활약을 펼치고 있는 건 분명하네요."

"다른 자의 소행일지도 몰라. 섬광 대학살이 벌어진 지도 10년이 넘었어. 그동안 아이버스터를 뛰어넘는 컴퓨터 기술을 가진 자가 생겼을 거야. 그는 세상의 모든 범죄자의 귀감이 된 자니까."

그때, 한 경관이 드레스덴을 향해 헐레벌떡 달려왔다.

"경감님, 잠깐 와보셔야겠습니다. 문제가 생겼습니다."

경관이 드레스덴을 데려간 곳은 봉쇄된 마을 입구 쪽이었다. 그곳에 사람들이 바글바글 모여 있었다. 동네 주민만 있는 게 아니었다. 사건 현장을 촬영하려는 파파라치와 인터넷방송 스트리머들도 있었다. 그들이 난동을 부리는 탓에 경찰들이 진을 빼고 있었다. 여기저기서 공격적으로 터지는 플래시 때문에 눈이 부셨다.

사건 현장에 호기심을 갖는 인간의 본성을 문제 삼고 싶지는 않았다. 문제는 음모론자들과 아이버스터를 찬양하는 사람들이었다. 아이버스터가 '대량 학살사' '세기의 악마'라고 불리기보다 '아이버스터'라는 멋들어진 별명으로 불리는 이유는 그를 증오하는 사람들만큼이나 그를 추앙하는 자들이 많아서였다. 아이버스터는 아무런 죄가 없는 사람을 죽인 자이기도 하지만, 미처 자신이 죽이지 못한 원수들에게 대신 복수를 해준 자이기도 했다. 가정폭력을 저지른 아버지, 바람을 피워 아내와 자식까지 버린 전 남편, 학창 시절 내내 따돌림을 주도한 동창생, 전 재산을 투자하자마자 사라진 사기꾼……. 그래도 그렇지. 어떻게 2억 명이나 죽인 악마를 제 은인으로 삼고 숭배할 수가 있을까. 경찰통제선 앞에 선 드레스덴은 휴머노이드 경찰에게서 확성기를 빼앗아 들었다.

—무통 주간이라 치안 상태가 좋지 못합니다. 안전을 위해 밤늦기 전에 서둘러 귀가하시기 바랍니다.

계속 이곳에 있으면 공무집행방해죄로 체포될 수도 있다고 덧붙이자 구경꾼들이 우우, 하고 야유했다. 사람들 틈에서 이런 외침이 들려왔다.

"아이버스터가 탈옥했단 말이 사실이냐!"

그 질문을 시작으로 사람들의 아우성이 점점 커졌다. 지난 기자회견 때는 아이버스터가 탈옥했는지 아닌지 확실치 않았으므로 아무런 사실도 밝히지 않았다. 국가 비상사태를 넘어 대륙, 아니 세계 비상사태로 번질 수 있는 상황이지만 금환일식으로 이미 대한민국 사회는 통제 불능 상태였다. 아이버스터의 탈옥 가능성을 알려주지 않은 것은 더한 혼란이 닥치는 걸 막기 위해서였다. 그러나 드레스덴과 경찰들이 단박에 아이버스터의 탈옥 가능성을 우려했듯이, 시민들도 아이버스터의 탈옥을 짐작하고 있었다.

"거기 서!"

드레스덴이 사람들의 아우성을 뒤로하고 뒤돌아섰을 때였다. 카메라를 들고 라이브방송을 진행하던 한 남자가 경찰통제선 안으로 손을 쑥 내밀어 드레스덴의 팔목을 낚아챘다. 드레스덴이 얼굴을 찌푸리며 뒤를 돌아보자 수염이 꺼끌꺼끌하게 자라난 남자가 코앞까지 얼굴을 들이밀었다.

"너희 같은 경찰들이 인디고와 다를 게 뭐가 있지? 너희는 그저 특권을 즐기고 있어. 정의를 핑계로 마음대로 폭력을 휘두르는 범죄자들 같으니라고."

드레스덴의 팔목을 틀어쥔 그의 손아귀 힘은 더욱 세졌다. 남자의 숨소리가 거칠어졌다. 푸른 살이 발작하기 시작한 것이다.

"너희가 정녕 희생을 감내하는 거라면 P4H를 남용해선 안 되지. 우리에겐 약을 허가하지 않으면서 어째서 너희만 그 약을 매달 받아먹는 건데. 불공평하잖아. 그 약만 있었다면 내 아내는 지금쯤 살아 있었을 거라고."

이런 일을 처음 겪는 건 아니었다. 직업상 어쩔 수 없이 커다랗게 자라난 푸른 살을 달고 다니다 보면 길거리를 건나가도 욕을 먹곤 했다.

"그만 팔 놓으시죠."

평소라면 당장 남자를 단숨에 제압했을 것이다. 하지만 오늘은 그럴 수가 없었다. 아이버스터가 또 수억 명을 죽일까 봐 전전긍긍하고 있었고, 그 사실을 국민들에게 차마 알리지도 못했다. 이런 사실을 알 리 없는 국민들은 무통 주간을 만끽하기 위해 밤마다 축제를 벌이고 있었다. 드레스덴은 벌써 몇 번이나 인디고들을 간발의 차로 놓쳤다. 지금은 그들이 죽었는지 도망쳤는지조차 알지 못하는 상태였다. 드레스덴의 인내심은 한계에 도달해 있었다. 자괴감과 수치심도 고공으로 치솟았다.

"이거 놓으라고!"

남자가 드레스덴의 멱살을 잡아챘을 때, 드레스덴은 기어이 폭발했다. 드레스덴의 주먹이 눈 깜짝할 사이에 공기를 가르고 남자를 향해 날아갔다. 고등학생 때까지 어머니가 운영했던 태권도장에서 단련한 주먹은 드레스덴이 월등한 성적으로 경찰 배지를 달게 해주었다. 그런데 그 강한 주먹을 단숨에 막아내는 손길이 있었다.

"경감님, 진정하세요."

한 여자가 드레스덴의 주먹을 한 손으로 붙잡고 차분하게 말했다. 한결이었다.

"설마 시민을 폭행한 경찰이라는 말을 듣고 싶은 건 아니시겠죠."

한결이 드레스덴의 팔목을 천천히 놓았다. 드레스덴은 한결의 관자놀이를 말없이 바라보았다. 하얗고 동그란 발광체가 빠르게 반짝이는 모습을 한참 보던 그는 이내 뒤돌아섰다. 휴머노이드 경찰들에 의해 연행되는 카메라맨의 곁을 무심히 지나쳐 경찰비행차 쪽으로 걸어갔다. 한결이 그의 뒤를 따라오며 물었다.

"P4H 안 드셔도 괜찮겠어요?"

한결이 식은땀에 젖은 드레스덴의 목덜미를 보고 물었다. 누군가를 주먹으로 공격하려던 대가로 드레스덴의 푸른 살이 발작을 일으키며 면적을 조금씩 넓혀가는 중이었다. 이제 드레스덴의 푸른 살은 쇄골까지 1센티미터 정도만을 남겨두고 있었다. 통증에 적응되어서 이 정도로 버틸 수 있는 것이지 발작에 익숙하지 않은 사람은 입에 거품을 물고 그대로 쓰러졌을 것이다.

드레스덴이 대답하지 않자 한결이 뭔가를 내밀었다. 원통형의 P4H 약통이었다. 드레스덴은 괜히 심술이 났다. 인간도 아니면서 이걸 왜 지니고 다니는 건가 싶었다.

"아까 저 사람이 한 말 때문에 안 드시는 건가요? 그러지 마세요. 안 드시면 위험해요."

"됐습니다. 10년 동안 그 약 안 먹고도 잘 버텼어요."

"푸른 살 말기잖아요. P4H를 먹어야 푸른 살 증식을 더디게 할 수 있단 거 모르세요?"

드레스덴이 한결을 쏘아보았다. 박 형사에게도 알리지 않은 검진 결과를 오늘 처음 본 기계가 어떻게 알고 있단 말인가.

"그걸 대체 정 요원이 어떻게 아는 거죠?"

"크기를 보면 바로 알 수 있죠."

한결을 못마땅한 표정으로 쳐다보던 드레스덴은 P4H 약통을 내민 한결의 손을 무시하고 자리를 피했다. 한결은 계속 드레스덴을 따라왔다.

"혹시 경감님도 P4H의 효과를 부정하는 음모론자의 말을 믿

101

으시는 건 아니죠? 그건 P4H를 처방받지 못하는 일부 사람들이 약을 얻기 위해 의도적으로 퍼뜨린 이야기에 불과해요."

드레스덴은 더는 대꾸하지 않았다. 한결은 엄밀히 따지자면 경찰이 아니라 시민과 경찰 전부를 감시하는 비밀기관에 소속된 존재임을 잊어서는 안 되었다. 한참 말이 없던 한결이 조금 더 부드러운 어조로 말했다.

"발작이 일어날 때 어떤 느낌인지 저도 알아요. 뇌가 탈수기 속 걸레가 된 느낌이잖아요."

드레스덴은 어이가 없어서 한결을 노려보았다. 기계 따위가 푸른 살의 발작이 어떤 느낌인지 안다고 말하다니. 그는 불쾌해졌다.

"머릿속에서 뭔가가 살아 날뛰는 것 같았죠. 그 망할 덩어리를 어떻게든 빼내고 싶은데 도저히 그럴 수가 없었고요. 어쩔 때는 뾰족한 걸로 후벼 파고 싶을 때도 있었어요."

인질 협상용 휴머노이드라서 이런 억지스러운 공감대를 형성하려는 건가 싶었다. 하지만 그 어떤 멍청한 휴머노이드라도 인간들만 느끼는 푸른 살의 고통을 안다고 말할 리는 없었다.

"가만."

드레스덴의 머릿속에 설마, 하는 생각이 스쳤다.

"혹시나 했는데…… 그쪽 사이보그입니까?"

드레스덴의 물음에 한결이 두 눈을 느리게 끔벅였다. 여태 몰

102

랐느냐는 표정이었다.

"네. 2090년형이죠."

지금으로부터 5년 전에 만들어졌으니 한결은 아직 사이보그 제작 기술이 미흡하던 시기에 만들어졌단 뜻이었다. 지금이야 돈만 있다면 정부의 허가를 받은 병원에서 전환 수술을 받을 수 있지만, 불과 5년 전만 해도 기술이 불안정해서 수많은 사이보그가 폐기되었다. 쉽게 말해 한결은 운이 좋았다. 5년 전에 겨우 사이보그 제작 기술을 완성한 한국의 연방연구소가 안타깝게도 재작년에 방화로 추정되는 화재로 전소되었다. 조금만 늦었더라면 한결은 사이보그가 되지 못했을지도 모른다. 당시에 사이보그 개발에 관한 모든 자료가 사라지는 바람에 한때 초월동 아시아는 큰 위기를 겪었다. 그때 자진해서 연구소장 자리에서 내려온 안 소장은 건강 악화로 인해 작년에 스스로 안락사를 택했다.

"전환 수술은 사비로 받은 겁니까?"

"아뇨. 전 어쩔 수 없이 사이보그가 됐어요. 정부의 실험체였죠."

"네?"

"농담이에요."

농담을 별로 좋아하지 않는 드레스덴은 불만스럽다는 듯 두 눈을 가늘게 뜨고 한결을 바라보았다.

"제가 잘 몰라서 묻는 거지만, 사이보그와 일반 휴머노이드의 차별점은 오직 그거 하나입니까? 실제 인간의 뇌가 들어 있다는 것?"

"아뇨. 발전(發電) 방식도 달라요. 전 몸 내부에서 자체적으로 발전을 해서 움직여요. 여기, 가슴 속에 작고 동그란 수소 발전기가 들어 있죠. 태양처럼 아주 오랫동안 스스로 빛과 열을 내요."

"수소폭탄을 가슴에 품고 다닌다는 말로 들리는군요."

"위험하긴 하죠. 만약 터진다면요. 하지만 제가 일부러 터뜨리고 싶어도 안전장치가 되어 있어서 전혀 위험하시 않아요."

방금 그 말도 농담인가 싶었다. 여하튼 드레스덴은 한결의 가슴 속에 심장 대신 박혀 있다는 수소폭탄 따위엔 별 감흥이 일지 않았다.

"그럼 정 요원은 사이보그가 되기 전의 기억을 가지고 있는 겁니까?"

무례한 질문인 건 알지만 드레스덴은 고작 푸른 살에서 도망치기 위해 자신의 신체까지 버리는 족속들을 별로 좋아하지 않았다. 불법이든 합법이든 말이다. 폭력성을 통제하는 외계생물로부터 굳이 도망치는 저의가 대체 무엇이란 말인가. 마음대로 폭력을 행하고 싶다는 의도로밖에는 이해되지 않았다.

"네. 전부 남아 있어요. 기억을 지우면 인간의 뇌와 인공뇌를 합치는 의미가 없으니까요. 인간의 기억과 컴퓨터에 저장된 정보가 자유자재로 호환되도록 하는 게 사이보그 개발의 주목적이었죠."

웃기지도 않는 소리였다. 사이보그는 그런 순수한 과학기술적 성취를 위해 개발된 게 아니었다. 사이보그 개발에 폭발적인 원동력이 된 것은 푸른 살로부터 도피하려는 목적으로 부자들이 연방연구소에 투자한 막대한 개발 자금이었다.

"그리고 공감 능력은 인공지능이 완벽하게 학습하지 못해요. 그 부분만큼은 인간의 뇌에서 능력을 가져다 쓰는 수밖에 없어요. 무엇보다도 인간은 참 복잡한 존재잖아요."

"복잡하다?"

"자라온 환경이나 조건이 똑같다고 해서 전부 똑같이 행동하고 사고할까요? 인공지능이나 그렇지, 인간은 그러지 않을 거예요. 그런 인간의 특성은 아무리 노력해도 인공지능이 따라가지 못해요."

따분한 대화였다. 한결과 대화를 하는 동안 푸른 살의 발작이 어느새 잦아들었다. 건물의 불길도 완전히 꺼진 뒤였다. 곧 비가 쏟아질 듯 음울한 구름으로 가득 차 있던 하늘을 올려다보던 한결이 말했다.

"일단 수색이 끝날 때까지 경찰청에서 기다리는 게 좋겠어요."

드레스덴은 한결과 함께 경찰비행차에 올라탔다. 경찰청 옥상의 수직이착륙장에 차를 착륙시키기 위해 허가를 받으려는데 드론이 드레스덴의 얼굴 인식을 자꾸만 실패했다. 푸른 살이 많이 커진 후부터는 이런 일이 자주 일어나곤 했다. 하지만 이번처럼 연달아 실패한 적은 처음이라 당황스러웠다. 하는 수 없이 출입증을 꺼내려는데 옷 주머니 속에도, 지갑 속에도 출입증은 없었다. 평소답지 않게 책상이나 서랍에 그냥 두고 온 모양이었다. 어느 때보다도 정신을 차려야 할 상황에서 그러지 못하는 스스로가 한심하게 느껴졌다. 푸른 살이 뇌를 완전히 잠식해가고 있어서인지 실수가 자꾸만 잦아졌다. 수사 협조를 하는 동안만 경찰청 출입이 허락된 한결 덕분에 무사히 착륙할 수 있었다.

"정 요원, 섬에서 새로운 소식은 없었습니까?"

민망함을 애써 숨기고 한결에게 물었다. 그가 무감한 표정으로 대답했다.

"그러잖아도 말씀드리려던 참이었어요. 탈옥수들의 신원이 전부 밝혀졌거든요."

7

　비밀 통로는 건물 아래를 지나는 하수구로 이어졌다. 하수구 끝에는 통행량이 많지 않은 2차선 도로가 있었다. 키클롭스는 동수를 혼자 도로에 세워두고 사냥감을 기다렸다. 불과 몇 분 만에 한 선량한 시민이 트럭을 도로변에 세우고 동수에게로 달려왔다. 푸른 살이 그리 크지 않은 퉁퉁한 운전수였다. 키클롭스는 기회를 놓치지 않고 도로로 뛰어들어 그 운전수의 뒤통수에 대고 총을 쐈다. 온몸에 피를 뒤집어쓴 동수가 자지러질 듯 비명을 내질렀다. 키클롭스는 정신을 잃은 동수를 짐칸에 태우고, 레미에게 여전히 의식이 없는 블라인드를 태우라고 명령했다. 이스터는 이미 트럭 짐칸에 몸을 실은 뒤였다.

"솔직히 말해. 너 정말 네 친구를 믿었어?"

운전대를 잡은 키클롭스가 운전석과 짐칸 사이에 난 작은 창을 열고 따져 물었다. 이스터는 짐칸에 가득 쌓인 음료수 상자에서 캔음료 하나를 꺼내 벌컥벌컥 마신 뒤 대꾸했다.

"믿었다면 우리가 어디로 갈지도 말해줬겠지."

"말이 나왔으니 말인데, 이젠 알려주지 그래. 이동식 수술실이 배송될 곳이 대체 어디야?"

이스터는 노트북 화면을 돌려서 키클롭스에게 지도를 보여주었다. 짙은 색으로 등고선이 그려진 깊은 산중에 삼각형으로 위치가 표시돼 있었다. 그가 삼각형을 손가락으로 다시 한번 가리켰다.

"영운산으로 가야 해."

그들의 목적지는 숲이 우거진 야산이었다. 이번에도 인디고들은 경찰의 추적이 어려운 곳을 선택했다. 이스터는 팔의 총상을 지혈하기 위해 옷 소매 한쪽을 뜯어 팔뚝을 동여맨 뒤 벽에 몸을 기대고 눈을 감았다. 노트북에선 자동 통역 기능이 실행되고 있었다. 레미는 끔찍한 통역 노동에서 벗어난 것만으로도 한결 나았다. 인디고들이 하는 말을 언어만 바꾸어 그대로 따라 하느라 사고방식까지 그들과 똑같아질까 봐 두려워지던 참이었다.

제대로 휴식을 취하기는 어려웠다. 문 쪽을 제외한 짐칸의 모든 벽면에 기다란 LED 등이 달려 있어 눈이 피곤할 정도로 밝았기 때문이다. 키클롭스는 한 손으로 위태롭게 운전하며 콘솔 박스에서 티슈를 찾아내 얼굴에 튄 피를 문질러 닦았다. 그런 뒤 짐칸에 타고 있는 이스터를 나직이 불렀다.

"어이."

세 번쯤 부르고 나서야 이스터가 고개를 들어 키클롭스를 노려보았다. 표정엔 짜증과 귀찮음이 잔뜩 묻어 있었다.

"나도 음료수 좀 줘."

이스터가 신경질적으로 음료수 하나를 운전석 쪽으로 던졌다. 좌석 등받이에 맞은 캔이 터지며 분수처럼 음료가 터져 나왔다. 끈끈한 음료를 온통 뒤집어쓴 키클롭스가 곧장 갓길에 차를 세우고 이스터에게 달려들 듯 화를 냈다.

그사이 동수가 정신을 차렸다. 혼란한 틈을 타 레미는 얼굴이 창백한 동수에게 음료를 조금 먹였다. 기운을 차린 동수는 완전히 의식을 잃은 블라인드를 멍하니 바라보았다. 동수는 위험하다는 걸 알면서도 주저하지 않고 블라인드에게로 달려갔었다. 레미는 동수가 대체 어떤 마음으로, 왜 그랬는지 궁금했다.

"어이."

키클롭스가 이번엔 레미를 불렀다.

"전부터 궁금했는데, 그 반반한 얼굴에 상처는 왜 나셨나?"

레미는 한 손으로 뺨에 난 상처를 만져보았다. 레미는 동수를 슬쩍 바라보았다. 동수는 음료수 캔을 꼭 쥐고서 불안한 눈빛으로 레미를 마주 보았다.

"아하."

분위기로 대충 상황을 파악한 키클롭스가 짧게 웃었다. 그가 동수와 친근하게 어깨동무를 하며 말했다.

"욱하는 성질이 있는 꼬마로군. 나중에 전두엽 쪽을 특별히 더 손봐야겠어."

레미는 동수가 아무것도 모르고 있길 바랐다. 키클롭스의 관심을 제 쪽으로 돌리려고 서둘러 대답했다.

"청나무 제거 작업을 하다 보면 다칠 일이 꽤 많습니다."

다행히 키클롭스의 시선이 다시 레미에게로 향했다.

"그렇군. 예를 들면?"

"도끼로 기둥을 베다가 다칠 수도 있고, 휴머노이드 인공피부 역시 청나무 제거제인 D2H의 해로움에서 안전하지 못합니다."

키클롭스는 대답하지 않고 레미의 얼굴을 가만히 뜯어보기만 했다. 안구가 하나뿐인데도 빨려들어갈 듯한 강렬한 눈빛을 가질 수 있다는 것이 신기했다.

"원래부터 제거반은 아니었군?"

레미는 그걸 어떻게 알았냐는 뜻으로 키클롭스를 빤히 쳐다보았다.

"인간관계 서비스를 목적으로 제조된 휴머노이드는 딱 보면

표가 나. 무단생장 청나무 제거반 유니폼을 입고 있는 걸 보니 결국 주인에게 버려졌나 보군. 용도가 바뀌면서 메모리가 초기화되어 이전의 삶이 전혀 기억나지 않겠지만 말이야. 인간이나 기계나 쓸모가 없으면 버려지는 법이지."

키클롭스의 말은 반은 맞고 반은 틀렸다. 레미는 유족의 외로움과 슬픔을 달래주던 시절의 기억을 전부 간직하고 있었다. 용도가 변경될 당시 레미를 담당한 기술자가 미숙했던 건지, 아니면 실수를 한 건지는 몰라도 레미의 인공뇌 속에는 이전 기억들이 그대로 남아 있었다.

그래서 레미는 전 주인을 종종 떠올릴 수밖에 없었다. 죽은 남편과 똑 닮은 자신을 처음 보고 하루 반나절 동안 울기만 하던 모습, 생전에 남편이 좋아했던 음악에 맞춰 레미와 함께 춤을 추던 모습은 아직도 생생했다. 처음엔 잘 웃어주었던 전 주인은 언제부턴가 울거나 화만 냈다. 그리고 얼마 뒤 놀라울 정도로 레미와 비슷하게 생긴 새 남편을 데려왔다. 새 남편이 레미를 수거업체에 보내던 날, 전 주인은 알 수 없는 표정으로 레미를 바라보기만 했다. 간혹 그 시절을 떠올리게 하는 물건, 음악, 음식 따위를 마주할 때마다 레미는 오래된 기억을 한참 되짚곤 했다.

그때, 누군가가 레미의 팔목을 움켜잡았다. 레미가 얼른 옆을 보니 블라인드가 희끄무레한 눈으로 레미를 올려다보고 있었다. 그가 다시 정신을 차린 것이다. 푸른 살의 자기 치유 능력이 상처의 피를 멈추게 하고, 파괴된 세포를 재생시킨 게 분명했다. 블라인드가 들릴 듯 말 듯 조용히 속삭였다.

"아까보다…… 트럭 움직임이 느려졌어."

듣고 보니 정말 그랬다. 트럭은 조금씩 움직이고 있었지만 속도가 확연히 느렸다. 이스터가 운전석 쪽을 향해 소리쳤다.

"이봐, 속도를 왜 줄이는 거야? 과속카메라라도 있어?"

키클롭스가 기가 막힌다는 듯 혀를 찼다.

"세상 어느 도로가 시속 5킬로미터 구간을 지정해? 나도 영문을 모르겠네. 차가 점점 많아지더니 완전히 꽉 막혀버렸이."

시간이 지나도 트럭은 내달릴 기미가 없었다. 오히려 속도가 더 느려지다가 어느 순간부터는 아예 멈춰버렸다. 몇 분 뒤, 레미의 머릿속에 한 가지 추측이 떠올랐다. 가만히 눈을 굴리고 있던 이스터도 무슨 생각이 떠올랐는지 노트북 자판을 빠르게 두들겼다. 안 봐도 뻔하다는 듯 블라인드가 한 번 더 중얼거렸다.

"검문 중인 거야……."

이스터는 실시간 교통 상황을 보여주는 지도를 켰다. 그들의 현재 위치를 알리는 파란 점이 한자리에서 깜박거렸다. 지도상의 모든 도로가 빨갛게 변해서 몸속 혈관을 보고 있는 듯한 착각이 들었다. 한얼시가 폐쇄되었단 뜻이었다. 경찰이 본격적으로 세 사람의 숨통을 조여오고 있었다. 장난은 여기까지라는 듯이.

8

사무실에 도착하자마자 드레스덴은 금방이라도 비가 쏟아질 듯 어둑해진 도심이 내려다보이는 창문을 블라인드로 가렸다. 사무실 한쪽에선 저절로 작동되기 시작한 커피포트에서 액체가 떨어지는 소리가 났다. 그는 책상 가장자리에 걸터앉자마자 한결에게 물었다.

"대체 그놈들의 정체가 뭐죠?"

겉으로는 애써 태연한 척하고 있었지만 사실 드레스덴은 심장이 터질 것 같았다. 한결은 책상과 마주 보는 위치에 놓여 있는 손님용 의자에 등을 기대고 앉았다.

"일단 이것부터 아셔야 해요. 기존 재소자 수와 생존한 재소자 수, 사망한 재소자 수를 계산해보니 한국에 와 있는 세 명의 탈옥수 말고도 한 명이 더 비는 걸로 밝혀졌어요."

"그러니까 정 요원 말은⋯⋯ 세 명이 아니라 네 명이 빈다는 겁니까? 그럼 한 명은 대체 어디에 있는 거죠?"

"섬을 출입한 운송수단은 세 인디고가 한국까지 타고 날아온 연구소 수송기뿐이에요. 다른 비행기나 선박은 없었어요."

"그럼 총 네 명의 인디고가 수송기에 탔을 수도 있는 것 아닙니까. 한 명은 비행기가 마을을 덮치며 비상착륙했을 때의 충격으로 사망하고요."

"마을에 추락한 수송기에서 인디고의 시신은 발견되지 않았어요."

"그럼 비행기 안에서 인디고들끼리 싸움을 일으켜 한 명이 죽었나 보죠. 시신은 공중에서 비행기 밖으로 떨어뜨리고요. 아니면 한국까지 무사히 왔는데 혼자서 따로 움직이고 있을지도 모릅니다."

그게 아니면 말이 되지 않았다. 섬에서 나오기 위해 바다에 가랑잎을 띄웠을 리는 없지 않은가. 직접 헤엄을 쳐서 섬을 탈출했다면 그 인디고는 틀림없이 살아남지 못했을 것이다. 섬 주변의 거센 조류에 단숨에 휩쓸려 갔을 테니까.

"일단은 계속 수색하고 있으니 두고 보면 알겠죠."

"그럼 세 명, 아니 네 명의 인디고 신원이 파악됐겠군요. 그중에 아이버스터가 있나요?"

한결이 잠시 침묵하다가 느리게 고개를 끄덕였다. 드레스덴은 심장이 철렁 내려앉는 걸 느꼈다. 각오하고 있었지만 현실로 다가오니 눈앞이 캄캄했다. 아직 수색이 끝나지 않은 건물 붕괴 현장에서 아이버스터의 시신을 발견했단 소식이 들려오기만을 바라야 했다. 한결은 절망할 틈을 주지 않고 곧장 천장에 달린 홀로그램 투사기를 작동시켰다. 네 인디고의 사진이 차례로 허공에 나타났다. 한결이 왼쪽에서부터 차례로 인디고들의 정보를 알려주었다.

2080년대 인간과 기계의 조화를 연구하는 사이버네틱스 분야에 무한한 발전을 가져온 천재였지만, 광기로 인해 미쳐버린 과학자 '샬라탄'.

여든 명이 넘는 남자를 차례로 납치해 이상성욕자들을 대상으로 포주 노릇을 했던 '러브버그'.

한때는 실력 있는 군인이었지만 그 바람에 스스로를 통제할 수 없는 살인귀가 된 '헌터'.

마지막으로, 푸른 살의 성장을 촉진하는 섬광 점멸 신호를 보내 2억 명을 하루아침에 청나무로 만든 대학살자 '아이버스터'까지.

한결은 10여 년 전 마카오 경찰로부터 초월동아시아 정보부가 이관받은 수사 기록을 하나둘 꺼내놓았다.

"샬라탄은 유흥과 도박의 메카, 중국 마카오의 중산층 가정에서 2045년에 태어났어요. 그는 교육과정을 조기에 마칠 정도로 똑똑했지만 가정 형편이 좋지 못했죠. 샬라탄이 태어난 해는 푸른 살의 정체가 드러나기 시작했을 때예요. 지구 전체가 혼돈에 빠져 있었죠. 놀라운 건 당시 샬라탄의 부모가 둘 다 의사였다는 거예요."

지금은 푸른 살 성장억제제 P4H와 휴머노이드 덕분에 의사라는 직종은 재기에 성공했지만 한때는 푸른 살 때문에 기피 직업으로 낙인찍혀 하마터면 사라질 뻔했다. 샬라탄이 태어난 시기가 딱 그때였다.

"이혼 후 샬라탄의 어머니는 그를 방임했다고 전해져요. 그가 열일곱 살이 됐을 때 샬라탄의 어머니는 집에서 목이 졸린 뒤 머리가 짓이겨진 채 발견되었어요. 범인은 잡히지 않았죠. 많은 전문가들은 샬라탄의 짓이었을 가능성에 무게를 두고 있어요. 사과 껍질처럼 흐물흐물해진 두개골 속에서 뇌와 푸른 살이 끝내 발견되지 않았거든요."

샬라탄은 뇌, 특히 푸른 살에 지나치게 집착했던 미친 과학자이자 의사였다. 오늘날 빈민가에서 빈번하게 이루어지는 푸른 살 부분 절제술의 모태는 전부 샬라탄의 연구에 기반을 두고 있다 해도 과언이 아니었다.

그의 범죄는 어머니의 생명보험금으로 의대에 진학하면서부터 시작됐다. 샬라탄은 교수들의 실력마저 압도하는 영재였고, 거의 매일 해부실에서 살다시피 했다. 푸른 살이 커지는 것을 방지하기 위해 다들 로봇을 이용해 실습하는데도 그는 직접 메스를 들었다. 푸른 살의 고통에 익숙해져야 한다는 그 광기 때문이었다.

샬라탄은 세계적으로 사이보그 연구에 한창 열을 올리던 시기에 마카오 연방연구소에 입사했지만 그가 진행한 실험들이 잔혹하고 비윤리적이라는 이유로 결국엔 해고되었다. 하지만 오늘날 안전하게 자리 잡은 사이보그 제작 기술에서 가장 어려운 허들을 넘게 한 장본인은 바로 샬라탄이었다.

샬라탄은 연구소에서 나오자마자 도시 외곽에 작은 병원을 차리고 그가 하고 싶었던 실험과 수술을 마음껏 진행했다. 그곳은 평범한 치과처럼 보였지만 실제로는 푸른 살 절제 수술이 이루어졌다.

생명활동과 직결되는 뇌간에 뿌리를 내리는 푸른 살은 성장하면서 뇌와 한 몸처럼 유착된다. 그것을 뇌와 분리해내는 일은 물에 풀어진 물감을 다시 분리해내는 일이나 다름없었다. 샬라탄은 빈민가의 수많은 부랑자들의 목숨을 실험에 희생시켰다. 그리고 마침내 일부를 자르거나 손상시키면 전보다 더 크게 부푸는 푸른 살의 특성을 극복해낸 부분 절제법을 개발해내는 데 기적적으로 성공했다.

드레스덴은 자신이 고등학생 때 동네를 떠들썩하게 만든 사건 하나를 떠올렸다. 여름방학에 동창생 하나가 급사했었다. 학교는 그의 죽음을 쉬쉬했지만 알음알음 퍼진 이야기에 의하면 그 친구는 당시 청소년들 사이에서 유행하던 푸른 살 절제술을 받다가 부작용으로 죽은 거라고 했다. 불법 수술이 타국의 어린 학생들 사이에서도 유행했을 만큼 영향력은 어마어마했다.

"샬라탄이 연습 대상으로 삼은 부랑자는 백 명이 넘는 것으로 추산돼요. 하지만 이 숫자는 공식적으로 확인된 샬라탄의 희생자 수에 포함되지 않아요. 부랑자들의 사망이 샬라탄과 연관되어 있다는 명확한 물증을 찾아내지 못했기 때문이죠."

한결은 2080년대 마카오 젊은이들의 연이은 돌연사와 연쇄 실종 사건 수사를 맡았던 수사관의 기자회견 영상을 재생했다. 사무실 천장에 달린 홀로그램 투사기가 한 남자 형사의 홀로그램 영상을 빈 공간에 쏘았다.

―……샬라탄은 푸른 살로 고통받는 사람들 사이에서 신과도 같았습니다. 수술을 받다 죽더라도 좋은 곳으로 간다는 믿음까지 있었습니다. 하지만 샬라탄에게 푸른 살 절제술을 받았던 이들은 며칠 지나지 않아 급속도로 푸른 살이 증식해 청나무가 되어버렸습니다. ……몇 년간의 수사 끝에 샬라탄이 용의자로 지목되었지만 이미 그는 가족과 함께 도망친 뒤였습니다.

'가족'이라는 말이 나올 때쯤 홀로그램 옆으로 인덱스가 떠올

118

랐다. 인덱스를 건드리자 수척한 한 여인이 홀로그램 형태로 드레스덴과 박 형사 앞에 나타났다.

"이건 누구죠?"

"샬라탄의 아내였던 사람이에요."

신문받을 당시를 보여주는 홀로그램이었다. 여인이 갑자기 오열하기 시작했다. 한편의 모노드라마라도 보고 있는 듯한 기분이었다. 여인의 얼굴 한쪽엔 커다란 푸른 살이, 반대편 뺨에는 흉측한 화상이 있었다.

—난…… 난 하나도 모르겠어요. 그이가…… 내 남편이라고 하기에 그의 말이 맞을 거라 생각했고, 그가 평범한 치과의사인 줄로만 알았죠. 하지만 이젠 뭐가 현실인지 모르겠어요. 잠이 들면 항상 악몽을 꿔요. 마치 현실처럼 생생한 악몽을요. 그리고 저에게 아들이 있다는 것도 믿기지가 않아요. 아들을 낳은 기억이 있는 것도 같고, 없는 것도 같아요.

여인은 정신이 온전치 않아 보였다. 드레스덴은 샬라탄의 아내와 눈을 맞추기 위해 무릎을 약간 굽혔다. 당시 조사실에 있던 수사관의 음성이 스피커를 통해 들려왔다.

—당신 얼굴은 왜 이렇게 됐습니까? 설마 샬라탄이…….

어깨를 떨며 훌쩍이던 여인은 돌변하여 악을 쓰기 시작했다. 드레스덴은 깜짝 놀라서 여인이 홀로그램이란 걸 잠시 잊고 자기도 모르게 뒷걸음질 쳤다.

—내 아들은 미쳤어요! 그 애가 보이는 행동은 딱 두 가지뿐이죠. 가만히 앉아서 침을 흘리거나, 별안간 맹수가 되어 아무거나 던지고 찌르고 부숴요! 지난번엔 제게 끓는 물을 부었어요……. 꿈인 줄 알았는데, 그건 현실이었어요. 이젠 뭐가 진짜인지 분간되지 않아요. 형사님, 지금 이 상황은 현실인가요? 아니면 가짜인가요?

도살을 앞둔 짐승처럼 변한 여인은 자신이 앉아 있던 의자를 내던지고, 테이블을 뒤엎다가 푸른 살이 일으킨 발작에 의해 몸부림치며 쓰러졌다. 드레스덴은 홀로그램 영상을 얼른 껐다.

"이럴 수가."

드레스덴은 인공지능이 샬라탄의 아내를 신문한 뒤 작성한 조서를 열어서 읽어보았다.

"……샬라탄이 검거되고 3년 뒤인 2090년 5월 2일, 샬라탄의 열세 살 난 아들은 엄마에게 뜨거운 물을 끼얹어 죽이려고 했다. 연쇄살인범 아버지와 결혼했다는 것이 자신의 어머니를 해치려고 한 이유였다. 살인자의 가족이란 오명을 쓰고 평생 도망 다니는 인생을 살게 되었다는 점이 그의 아들을 타락하게 만들었다."

드레스덴은 어느 지점에서 읽는 것을 멈췄다. 몇 초 뒤 그가 가만히 탄식했다.

"……샬라탄과 그의 아내 그리고 아들의 DNA를 대조한 결과,

아들은 샬라탄과 그의 아내 누구와도 일치하지 않았다. 아내도 정말로 샬라탄의 아내인지 확인할 길이 없다."

드레스덴은 뻑뻑해진 눈을 느릿하게 감았다 뜨길 반복하다가 넋이 나간 목소리로 한결에게 물었다.

"이게 무슨 소리입니까?"

"샬라탄의 아내 그리고 그의 아들이라 여겨졌던 자들은 조사 결과 오래전에 실종된 사람들이었습니다. 샬라탄이 그들을 납치해 두개골을 열고 뇌를 조작한 거죠. 그는 희생자들의 푸른 살을 절제한 뒤 그들이 자신을 남편 혹은 아버지로 인식하게끔 다른 사람의 뇌를 부분 이식했어요. 푸른 살을 절제하러 온 손님이 타깃이 되었죠."

드레스덴은 상한 음식을 먹은 것처럼 속이 뒤틀리는 걸 느꼈다. 샬라탄이 푸른 살 절제술로 악명을 떨쳤다는 것만 알고 있었을 뿐, 이런 이야기까지는 들어보지 못했다.

"강제로 가족을 만들었다는 겁니까?"

"네. 샬라탄은 가족에게 집착했어요. 정황상 샬라탄과 강제로 가족이 된 것이 이들이 처음은 아니었던 것으로 보입니다."

드레스덴은 왜 당시 수사관들이 그의 어머니를 난도질해 죽인 게 샬라탄일 거라 확신했는지 알 것 같았다. 그는 화목한 가정을 유지하지 못한 자신의 부모를 혐오했고, 행복하지 못한 채로 끝나버린 어린 시절이 끝내 트라우마로 남았던 것이다.

"샬라탄의 가족으로 살아온 여인과 아이는 얼마 후 진실을 알게 되었고 정신병동에 입원했어요. 이 소식을 국제교도소에서 전해 들은 샬라탄은 폭동을 일으키고 자신의 눈을 훼손했어요. 그 이후로 쭉 지하 독방에 갇혀 있었고요."

그 말에 드레스덴이 멈칫했다.

"아이버스터도 지하 독방에 있었잖습니까?"

"네. 그게 두 인디고가 함께 행동하게 된 계기가 됐을 수 있어요. 언제부터 교류를 해왔는지는 미지수지만요."

드레스덴은 천장과 벽면이 맞닿는 부분을 멍하게 응시하며 두 인디고 사이에 생겨날 수 있는 역학관계에 대해 생각해보았다. 두 인디고를 하나로 묶을 수 있는 한 가지가 떠오르긴 했다.

"아이버스터도 아이를 납치해야 할 필요성이 있었을지도 모릅니다."

드레스덴이 그렇게 말하자 한결은 부연 설명을 해달라는 듯 그를 빤히 쳐다보았다.

"정 요원도 알고 있겠지만 가정폭력이나 데이트폭력, 사채업자의 괴롭힘을 당하던 사람들 상당수가 아이버스터의 열렬한 지지자가 되었습니다. 그들 중 대다수가 오늘날 완전자유연대에 소속되었고요."

"무슨 말씀을 하시려는지 알겠어요. 아이버스터가 일찍이 후계자 양성에도 신경을 썼을 거라는 가정이 사실일지도 모른다

122

고 생각하시는군요."

지금도 아이버스터가 인류 말살의 꿈을 버리지 못했다면, 그 꿈을 성공하지 못할 때를 위한 대비책이 분명 필요했을 것이다. 인디고는 불사조가 아니다. 남들보다 저항력이 강할 뿐이지 결국 언젠가는 청나무가 되어 죽는다. 그래서 드레스덴은 아이버스터가 감옥에서 청나무가 될 경우를 대비해서 훗날 그의 과업을 이어서 수행할 존재를 만들고자 열망했을지도 모른다고 생각했다. 아니나다를까 한결은 이번에도 회의적인 입장을 취했다.

"아이버스터가 일찍이 후계자 양성에 몰두했단 가설은 확인된 바 없어요."

그렇다면 드레스덴을 납득시킬 수 있는 것은 아무것도 없었다. 아이버스터는 왜 아이를 납치하는 데 동의했을까. 그때, 사무실 창에 밝은 빛이 번쩍하더니 몇 초 뒤 천둥소리가 건물을 낮게 울렸다. 진동이 멎기도 전에 블라인드 너머로 쏴아아, 하는 빗소리가 들려왔다. 드레스덴은 창가로 다가가 블라인드를 들쳐 보았다. 비는 수색을 방해하는 최악의 요소였다. 예감이 좋지 않았다.

"건물 잔해 수색이 어떻게 되어가고 있는지 연락해봐야겠군요."

드레스덴이 핸드폰을 꺼내 수색팀에게 연락하려던 찰나, 한결이 말했다.

"아이버스터는 죽지 않았을 거예요."

마치 미래를 보고 온 듯 단언하는 말투였다. 드레스덴은 키패드를 누르던 손동작을 멈추고 고개를 들어 한결을 쳐다보았다.

"아이버스터는 원하는 게 이루어지기 전까지는 절대로 죽지 않을 거예요."

드레스덴은 그걸 어떻게 확신하냐고, 그가 정확히 뭘 할 것 같냐고 물으려다가 그만두었다. 2억 명을 하루아침에 죽인 대량 학살자가 탈옥하면 뭘 할 것 같냐니. 그보다 뻔한 질문은 또 없을 것이었다.

9

인디고들이 이 상황에서 택할 수 있는 선택지는 두 가시뿐이
었다. 트럭에서 내려서 걸어가거나, 트럭으로 검문소를 그대로
밀어붙이거나. 고민하던 이스터가 갑자기 몸을 일으켰다. 그는
후드티 주머니에 넣어두었던 총을 꺼냈다. 그러고는 총구를 동
수의 이마에 대고 키클롭스에게 소리쳤다.

"당장 트럭으로 밀어붙여."

그 말에 키클롭스가 두 눈을 휘둥그레 뜨고 짐칸을 돌아보
았다.

"대체 무슨 생각을……. 너 이 자식, 그 애한테서 당장 총 치우
지 못해!"

"무슨 생각이긴. 다 들이받아버리고 그대로 직진해서 영운산으로 갈 거야."

키클롭스는 이스터의 말에 너털웃음을 흘렸다.

"이러다가 다 죽겠군. 부탁인데 헛소리 집어치우고 가만히 앉아 있어."

이스터는 무표정한 얼굴로 키클롭스를 응시하다가, 갑자기 웃기 시작했다. 그러고는 매가 먹이를 낚아채듯 동수의 머리채를 잡아챘다. 누구도 예상하지 못한 일이었다. 동수는 고래고래 비명을 지르기 시작했다. 레미는 이스터에게 덤벼들어 동수를 구하고 싶었지만 국제 표준 시스넴이 또 그의 몸을 제어했다. 이스터가 키클롭스를 향해 협박하듯 소리쳤다.

"아직도 상황을 모르겠어? 애새끼 죽는 꼴 보고 싶지 않으면 당장 밟아! 다 들이받고 가란 말이야!"

이스터는 이번엔 레미를 향해 총구를 돌렸다.

"짐칸 문 열어. 저 머저리 끄집어내고 네가 운전해. 당장!"

레미는 서둘러 주먹으로 문을 쳐서 짐칸 바깥에 걸려 있던 걸쇠를 부러뜨렸다. 문이 열리자 이스터가 동수를 데리고 짐칸에서 뛰어내렸다. 운전석 문 옆에 선 이스터는 동수의 머리통에 총을 댄 채로 키클롭스를 노려보았다. 키클롭스는 이스터가 제게 총을 겨눈 것도 아닌데 반사적으로 두 손을 높이 들었다.

"너…… 정말 정신이 나간 거야?"

126

"내려. 얌전히 짐칸에 앉아 있어. 안 그러면 네가 아들로 삼을 아이를 또 찾아다니게 될 테니까."

이스터는 동수의 머리채를 잡았던 후유증으로 푸른 살의 발작에 시달리고 있었다. 키클롭스는 이스터가 숨을 헐떡이는 걸 보면서 주춤주춤 운전석에서 내려 짐칸에 몸을 실었다. 이스터는 동수를 먼저 트럭에 밀어 넣은 뒤 자신도 운전석에 올라탔다. 도로에 있던 운전자들이 궁금함을 참지 못하고 차창 밖으로 고개를 내밀었다. 레미는 인디고들이 더는 무고한 사람들을 죽이지 않기를 바랐다. 그래서 운전석 쪽을 향해 소리쳤다.

"무모한 일을 벌이시려는 거면 그만두세요. 지금도 충분히 모두의 시선을 받고 있다고요."

이스터의 얼굴에서 다시 웃음기가 피어올랐다.

"너 내 말 잊었어? 허튼짓하면 네 대가리 깨부수고 애새끼도 죽여버린다고 했지?"

말을 마치기 무섭게 이스터가 운전석과 짐칸 사이에 난 창을 향해 총을 쐈다. 네 발의 탄환이 레미의 얼굴 피부를 뚫고 그 아래의 단단한 합금에 박혔다. 그 반동에 의해 300킬로그램에 육박하는 몸체가 균형을 잃고 뒤로 넘어갔다. 트럭이 위아래로 거세게 흔들렸다.

이스터는 맹렬한 기세로 가속페달을 밟았다. 트럭이 무서운 속도로 나아가 앞차와 그 옆차를 힘껏 들이받았다. 차들이 도미

노처럼 앞차를 연이어 박았다. 어떤 차는 옆으로 밀려나 다른 차선의 차들과 충돌했다. 차와 차 사이에 끼인 차들은 아코디언처럼 찌그러졌다. 트럭 짐칸에서 쏟아져 나온 음료수 캔들이 도로 위를 나뒹굴었다. 레미는 키클롭스와 블라인드가 짐칸 밖으로 튕겨 나가지 않도록 양손으로 짐칸 선반을 움켜쥐고 온몸으로 두 사람을 보호했다.

"비켜."

느릿느릿 몸을 일으킨 블라인드가 레미를 옆으로 밀쳐내려고 했다.

"뭐 하시려고요?"

"저 미친 자식을 말려야 해."

"말도 안 돼요. 그 몸으론 무리예요!"

이스터는 기어를 바꾸고 후진하기 시작했다. 그러자 이번엔 뒤쪽에 있던 차들이 연쇄추돌을 일으켰다. 또 한 번 레미와 두 인디고가 짐칸 내부를 굴렀다. 열려 있던 짐칸 문이 으스러졌다. 한쪽 문은 경첩이 떨어져 너덜거렸다. 사태의 심각성을 깨닫지 못하고 핸드폰으로 사고 장면을 찍고 있던 운전자들은 그제야 비명을 지르며 도망쳤다.

"다들 선반을 꽉 잡고 있으세요! 제가 막아볼게요."

레미는 짐칸에서 내려 운전석으로 향했다. 이스터가 다시 기어를 바꾸는 동안 레미는 운전석 문을 붙잡고 매달렸다. 트럭은 레미를 매단 채 빠른 속도로 전진했다. 또다시 트럭이 앞쪽 차들을 들이받으며 쭉 밀고 나갔다. 레미는 앞차와 충돌할 때의 반동을 이용해서 몸을 앞쪽으로 날려 앞 차창에 착지했다. 레미는 광기와 푸른 살의 고통에 사로잡혀 완전히 이성을 잃은 이스터의 모습을 정면으로 목격했다. 이스터는 눈코입을 크게 벌리고 기괴하게 웃고 있었다. 트럭은 앞을 가로막은 차들에 막혀 더 이상 나아가지 못했다. 이스터는 계속 가속페달을 밟고 있었지만 연신 헛바퀴만 돌았다.

그때, 조수석 문이 열렸다. 블라인드였다. 그가 팔을 뻗어 동수를 끄집어내서 도로 위로 던지듯 내팽개쳤다. 레미가 서둘러 뛰어내려 동수를 안았다. 블라인드는 마지막 힘을 짜내어 단숨에 조수석에 올랐다. 이스터는 운전하느라 내려놓았던 총을 다시 집어 들고 블라인드를 향해 겨눴다. 블라인드가 몸을 낮추면서 달려들어 두 팔로 이스터의 손목을 꺾었다. 총이 운전석 바닥으로 떨어졌다. 블라인드는 격렬히 저항하는 이스터의 팔꿈치에 얼굴을 맞았다. 그의 희끗한 눈동자가 번득였다. 레미는 그토록 분노에 찬 블라인드의 모습은 처음 보았다. 온 얼굴이 피투성이인 블라인드가 어금니를 꽉 깨물며 이스터의 머리통을 핸들 쪽으로 짓눌렀다. 푸른 살의 고통이 극에 달한 이스터가 흰자를 드러낸 채 경련을 일으켰다. 귀청이 터질 듯한 빠앙, 하는 경적 소리가 도로 전체에 울려 퍼졌다. 세 인디고는 그동안 독방에 갇혀 조용히 지내왔던 것에 대한 보상을 받으려는 듯 온 세상에 자신들의 존재를 요란하게 알렸다.

또 총성이 울렸다. 경련을 일으키는 와중에도 기어코 총을 집어 드는 데 성공한 이스터가 총을 쏜 것이었다. 총알 하나는 앞 차창을 뚫고 나갔고, 다른 하나는 동수를 끌어안고 도로에 서 있던 레미의 귀 옆을 아슬아슬하게 스치고 지나갔다. 그제야 레미는 정신을 차렸다. 지금이 도망칠 수 있는 기회였다. 레미는 동수의 팔을 잡고 서둘러 뛰기 시작했다.

"아악, 아파! 못 뛰겠어."

몇 걸음 가지 못하고 동수가 트럭 뒤쪽에 주저앉았다. 아무래도 발목을 접질린 모양이었다. 그 순간, 트럭이 예고 없이 후진했다. 그 바람에 동수가 놀라서 또 한 번 넘어졌다. 블라인드와 이스터가 운전석에서 몸싸움을 벌이느라 차체가 마구 흔들렸다. 그때 카메라를 든 한 남자가 레미에게 다가왔다.

"무슨 일이에요? 괜찮은 겁니까?"

레미가 남자에게 동수를 떠안기며 다급히 소리쳤다.

"어서 이 아이를 데리고 가세요! 어서요!"

남자가 어리둥절한 표정으로 레미의 얼굴을 쳐다보았다. 총알 구멍이 네 개나 뚫린 레미의 모습을 보고 그는 그대로 넋이 나가고 말았다.

"아니, 이 나라 사람들은 탈옥수들 돌아다닌다는 뉴스도 안

봤나? 위험한데 왜 기어 나와서 오지랖까지 부리는 건지, 원."

조금 전까지 보이지 않던 키클롭스가 나타났다. 그의 손에는 부서진 승용차에서 떨어져 나온 범퍼가 들려 있었다. 단면이 톱처럼 날카로웠다. 그는 남자를 향해 범퍼를 휘둘렀다. 남자는 비명도 못 지르고 그대로 가드레일 너머로 날아가버렸다. 레미가 남자와 함께 떨어진 동수를 붙잡기 위해 한발 늦게 달려갔을 때, 트럭이 후진했다. 레미는 그대로 트럭에 들이받히며 뒤에 있던 승용차와의 사이에 몸통이 끼고 말았다.

[심각한 손상이 감지됨. 10%]

레미의 시야에 메시지가 나타났다. 제작된 지 20년이 넘었지만 이런 메시지는 본 적이 없었다. 짐칸 문이 열려 있는 탓에 상체 전체가 아닌 허리 부근만 세게 짓눌리고 있었다. 레미는 점점 더 세게 배를 압박해오는 차체를 밀어내려 안간힘을 썼다. 심각한 손상을 입은 몸 내부에서 스파크가 터졌다.

트럭이 끝도 없이 뒤로 밀렸다. 레미의 등 뒤를 가로막고 있던 승용차의 트렁크 부분이 가드레일에 닿았다. 밀려나는 힘을 이겨내지 못하고 가드레일이 점점 휘었다. 그러다가 결국 완전히 분리되었다. 가드레일 아래는 까마득한 낭떠러지였다.

뒤에서 버티고 있던 힘이 한순간에 사라지자 승용차가 가장 먼저 가드레일 너머로 떨어졌다. 그 뒤로 자연스럽게 레미가 떨어지고, 마지막으로 트럭이 떨어졌다. 눈을 꽉 감은 레미의 검은 시야 위로 메시지가 연속해서 떠올랐다.

[심각한 손상이 감지됨. 32%]

[심각한 손상이 감지됨. 46%]

[심각한 손상이 감지됨. 61%]

10

비를 쏟아내는 먹구름이 들어찬 저녁 하늘은 부연 보랏빛이
었다. 경찰비행차 한 대가 폭우를 뚫고 2차선 국도 위에 난폭하
게 착륙했다.

버려진 해안 마을 일대를 수색하는 일은 전면 중단되었다. 인
디고들이 폭발로부터 살아남아 트럭까지 훔쳐서 이동 중이라
는 사실이 소셜미디어에 업로드된 영상을 통해 알려졌기 때문
이다. 동시에 드레스덴의 가슴속에서 위태롭게 흔들리고 있던
희망은 한순간에 말라버렸다.

인디고들이 난동을 부린 국도는 완전히 폐쇄된 상태였다. 한
시간 전만 해도 빈틈없이 차가 들어차 있었지만 지금은 경찰비

행차와 과학수사 차량, 그리고 거인이 밟고 지나가기라도 한 것처럼 여기저기 구겨지고 망가진 차량들만이 덩그러니 남아 있었다. 경찰통제선 부근엔 짜증스러울 정도로 많은 카메라맨과 기자들이 모여 있었다.

일식이 나흘 앞으로 다가와 범죄율이 급증한 시기인 데다 탈옥수가 셋이나 돌아다니는 상황이니 드레스덴은 당연히 시민들이 외출을 자제할 거라고 생각했다. 그 예상은 처참히 빗나갔다. 세 인디고가 한얼시를 돌아다니고 있건 말건 시민들은 금환일식 때 찾아올 무통 효과를 기념하기 위한 축제에 열을 올렸다. 오히려 탈옥 소식이 시민들의 광란을 부추기는 느낌이었다. 한얼시 곳곳에서 크고 작은 범죄가 끊이지 않았고 경찰 인력은 부족할 대로 부족했다.

아이러니한 건 사람들이 겁을 상실하고 밖을 나다닌 덕분에 이 국도에서 벌어진 일이 생생한 영상으로 찍혀 소셜미디어에 쏟아지기 시작했다는 점이었다. 세 인디고 중에 후드를 뒤집어쓰고 트럭을 광포하게 몰던 인디고는 시민들에 의해 다양한 각도에서 사진이 찍힌 덕에 얼굴을 입체화할 수 있을 정도였다. 그 인디고는 바로 러브버그였다. 아이버스터가 아닌 다른 범죄자의 신원이 확정되는 순간이었음에도 드레스덴은 절망에 빠졌다. 정말로 아이버스터가 이 땅에 있다는 걸 증명하는 증거를 목도하는 순간에는 온몸의 장기가 어떻게 반응할지 궁금했다.

러브버그는 제풀에 추락한 트럭 밑에서 진흙의 일부처럼 뭉개진 채 발견되었다. 그러니까, 러브버그는 죽었다. 이번엔 속임수가 아닌 진짜였다. 드레스덴은 감식반을 닦달해 확답을 몇 번이고 들었으며, 현장사진도 몇 번이고 확인했다. 이젠 시신을 직접 볼 차례였다. 하지만 드레스덴은 현장에 도착하고도 바로 차에서 내리지 않았다. 세찬 빗방울이 차체를 때리는 소리를 들으며 밖을 내다보기만 했다. 영상으로만 봤던 도로의 참혹한 광경이 눈앞에 펼쳐져 있었다.

인디고들은 건물 하나를 불사르고, 이번엔 도로에서 무수한 희생자를 냈다. 다행인 점은 세 인디고 중 한 명이 죽었다는 것이고, 불행인 점은 그 외 나머지의 행방이 또다시 묘연해졌다는 것이었다. 드레스덴은 주먹으로 연이어 핸들을 내리치며 소리를 질렀다. 어김없이 푸른 살이 발작했다. 그는 거의 이성을 잃고 고통에 몸부림쳤다.

지금 상황을 눈치채기라도 한 것처럼 한결에게서 전화가 왔다. 드레스덴은 핸들 위에 기진맥진해 엎드린 채 전화를 무시했다. 전화는 세 통 더 왔다. 그는 헝클어진 머리카락을 정리하고 깊게 한숨을 내쉬었다. 전화를 받자 앞 차창 표면에 한결의 모습이 홀로그램으로 나타났다. 한결은 지금 중간보고차 정보부에 가 있었다.

"정 요원, 러브버그 말인데요."

드레스덴이 엄지와 검지로 눈두덩이를 꾹꾹 누르며 혼잣말하듯 중얼거렸다.

"사실 전 그자가 누구인지도 가물가물합니다."

정말로 드레스덴은 러브버그라는 별명을 듣는 순간 그가 어떤 인물이었는지 떠올리기 위해 오랫동안 기억을 더듬어야 했다. 푸른 살의 출현 이후 범죄율은 급감했지만 섬광 대학살의 여파로 인디고들의 수는 급증했다. 2억 명이 청나무가 되어 죽은 동시에 운 좋게 인디고가 되어 살아남은 자들 역시 많았기 때문이다. 그들이 지난 10년간 저질러온 범죄들을 나열하자면 끝이 없었다. 국제교도소가 생겨난 이유도 그래서였다.

"러브버그의 목적은 무엇입니까? 아직도 그는 복수에 미쳐 있을까요?"

샬라탄의 수사 기록은 일급 기밀이 잘 유지되고 있어 한결의 도움 없이는 접근하기 어려웠지만, 러브버그의 수사 기록은 일찍이 유출된 적이 있었다. 러브버그의 희생자 중 한 명이 뭇 여성의 가슴에 불을 지핀 유명 팝가수였기 때문이다. 분개한 팬들이 합심하여 러브버그의 수사 기록을 유출하는 데 성공했다. 그때 드레스덴이 알게 된 러브버그의 삶은 딱 한 단어로 요약할 수 있었다. '복수.'

러브버그는 초월유럽 출신으로 얼음의 땅, 스웨덴 북부에서 가난한 사냥꾼의 딸로 태어났다. 열네 살의 러브버그는 어쩌다 한 번 등교하던 학교를 아예 때려치웠다. 가난과 가정폭력에서 벗어나기 위해서였다. 가출한 러브버그는 스웨덴 남부의 외레순(Øresund) 해협 부근의 항구도시에 정착했다. 그는 가출 청소년들과 무리를 짓고 자잘한 범죄를 저지르며 하루 벌어 하루 먹고 사는 삶을 살기 시작했다. 그러다가 무리의 우두머리였던 '아르노'가 러브버그를 강간했다.

러브버그는 열일곱 살이 되던 해에 아르노를 찾아가 그를 거세해버렸다. 그리고 트럭을 훔쳐 짐칸에 아르노를 싣고 다니며 본격적으로 범행을 저질렀다. 그는 '러브버그'라는 성매매 사이트를 만들어 이상성욕자들에게 돈을 받고 아르노를 던져주고 돈을 벌었다. 그리고 아르노가 저항할 적마다 그의 사지를 하나씩 잘라냈다. 러브버그는 아르노가 건강이 나빠져 돈값을 해내지 못하면 살해했다. 그런 뒤엔 이상성욕자 고객 중 한 명을 납치해 '제N번째 아르노'를 만들었다. 그렇게 여든 명이 넘는 아르노가 만들어지고 살해되었다.

여기까지가 러브버그 '복수'의 역사였다. 하지만 한결은 대중이 열광한 러브버그의 삶에 큰 감흥이 없어 보였다.

―대중이 아는 건 반쪽짜리 진실이에요. 러브버그의 목적은 복수가 아니었어요.

한결의 모습이 앞 차창에 쏟아지는 빗방울이 그리는 무늬 때문에 약간 일그러져 보였다. 드레스덴은 와이퍼 속도를 최대로 올린 뒤 물었다.

"그럼, 그저 아이버스터를 뛰어넘는 최고의 연쇄살인마가 되는 게 러브버그의 목적입니까?"

러브버그는 어쩌면 더 빨리 잡힐 수도 있었다. 그가 활동하던 시기에 아이버스터가 나타나 섬광 대학살을 일으키지 않았다면 말이다. 러브버그는 아이버스터의 뛰어난 해킹 실력에 매료되었다. 그는 오로지 독학만으로 폐쇄성 높은 성매매 사이트를 만들어 희생자를 유인하고, 자신의 행적을 조작할 정도로 천재였다. 초등학교도 마치지 못했고, 평생을 길거리에서 살았는데도 독학으로 그 정도 수준에 도달했다는 점에서 그는 어쩌면 아이버스터보다 컴퓨터 조작 능력이 뛰어날 수도 있었다. 아이버스터의 등장 이후 러브버그의 은둔 능력은 눈부시게 발전했다. 러브버그는 경찰 내부망에 침입해 수사 기록과 감식 결과까지 삭제하며 수사를 10년 넘게 방해하기에 이르렀다.

이 이야기들은 한결에게서 직접 들은 일급 기밀은 아니었다. 언젠가 인터넷 방송에서 자극적으로 떠들던 내용이었다. 사실 여부를 떠나서 일단 그 이야기를 떠올리고 나니 드레스덴은 섬뜩한 생각이 들었다. 어쩌면 지금껏 비행차 관제기 전산망을 어지럽히며 추적을 따돌린 장본인이 아이버스터가 아닐 수도 있다는 예감이 든 것이다.

─대중에게 널리 알려진 러브버그에 대한 정보로는 그가 탈

옥한 진짜 목적을 파악할 수 없을 거예요. 러브버그의 수사 기록이 유출됐을 당시, 핵심 내용은 유출되지 않았거든요.

한결의 말에 집중하느라 드레스덴은 어느새 푸른 살이 남긴 잔잔한 통증을 잊었다.

"핵심 내용이라니, 그게 뭡니까?"

―러브버그의 목적은 언제나 사이보그가 되는 거였어요. 그 동안 여러 초월대륙을 돌면서 푸른 살 절제술 브로커와 의사들을 접촉해왔어요. 이번에 폭발한 그 건물도 예전에 러브버그가 알고 지냈던 브로커가 숨어 살던 곳이었을 거예요. 러브버그는 확신을 주는 의사를 고르는 과정을 신중히 거치느라 사이보그 전환 수술을 받지도 못하고 체포되어 수감되었죠.

"그러다 샬라탄을 감옥에서 운 좋게 만났군요."

―레미를 납치한 목적도 그래서인 것 같아요.

머리가 멍해지면서 차창을 정신없이 때리던 빗줄기 소리가 음소거되었다. 드레스덴은 한때 샬라탄이 마카오 연방연구소에서 일했던 사실을 기억해냈다. 어둠 속에서 연결고리가 하나 둘 서슬 퍼렇게 빛났다. 서서히 퍼즐이 맞춰지고 있었다.

―제가 보기에 세 인디고는 서로에게 약속한 이익관계가 있는 것으로 보여요.

이미 인디고들은 머리 셋 달린 괴물 케르베로스처럼 뭉쳐서 그들의 발이 닿는 모든 곳을 초토화시키고 있었다. 드레스덴은 그들의 연결고리와 역학관계가 오래되어 삭은 고무줄처럼 약하고 느슨하길 바랐고, 언제 갑자기 서로를 물어뜯더라도 이상하지 않은 날 선 관계이길 바랐다. 그런데 그 반대라니. 셋이 끈끈한 관계일 수도 있다니.

"최종 목적까지 같을 수도 있을까요?"

한결이 단호히 대답했다.

—그럴 리는 없어요.

"어떻게 그렇게 확신하죠?"

—지금껏 제가 조사해온 바에 의하면 아이버스터는 인디고들과 끝까지 함께할 생각은 없을 겁니다.

생각해보니 한결의 대답은 언제나 확신에 차 있었다. 드레스덴은 확신하는 이유를 물고 늘어져봐야 입씨름만 하게 될 것 같아서 한결의 그런 태도에 더는 신경 쓰지 않기로 했다. 그는 땀이 차게 식은 이마를 한 번 문지른 뒤 조수석에 던져뒀던 방수 재킷에 몸을 끼워 넣기 시작했다. 한결이 그 모습을 보더니 말했다.

—경감님께서는 항상 현장에 계시는군요. 날씨가 궂어요. 휴머노이드 경찰들에게 맡겨둬도 수색엔 문제가 없을 겁니다. 나중에 4D 현장자료로 살펴보셔도 충분하실 텐데요.

"아무리 기술이 발전해도 실제 현장에서만 느낄 수 있는 것들까지 대체하진 못하거든요."

—그게 뭔데요?

"말로는 설명 못 합니다. 글쎄요. 자책감? 무력함? 분노?"

그렇게 말한 드레스덴은 자조하는 듯한 웃음을 지었다. 그는 이젠 정말 가봐야겠다고 생각했다.

"자, 그럼 저는 자책하며 제 무력함에 분노를 느끼러 가보도록 하죠."

묵묵부답이던 한결은 통화를 마치기 직전에 이렇게 말했다.

—알겠어요. 몸조심하세요.

한결의 모습이 위아래로 납작하게 눌리면서 한 줄의 가로선으로 바뀌어 앞 차창에서 사라졌다. 드레스덴은 한결이 사라진 차창을 한참 동안 멍하니 보고 있다가, 다시금 커지는 빗소리에 정신을 차렸다. 빨리 죽기로 결심했느냐고 잔소리만 해대던 박 형사와는 성격이 판이한 파트너와 일하자니 적응이 안 됐다. 드레스덴은 방수 재킷의 후드를 뒤집어쓰고 커다란 우산을 펼치며 경찰비행차에서 내렸다. 온몸을 움츠리게 만드는 비바람이 전신을 적셔왔다.

드레스덴은 잔뜩 찡그린 얼굴로 경찰통제선에 다가가 경찰배지를 내밀었다. 통제선 안으로 들어가자마자 흉포하게 찌그러지고 일부는 완전히 떨어져 나가 이가 빠진 것처럼 보이는 가드레일이 보였다. 드레스덴은 아찔하게 깎아지른 비탈 아래를 내려다보았다. 캡 바디와 적재함이 완전히 분리된 트럭이 청나무 군락에 찌그러져 있었다. 옆엔 원래 모양을 알아볼 수조차 없게 반파된 승용차가 있었다. 그 주변에선 이미 국과수가 감식을 벌이고 있었다. 머리 위에선 두 대의 헬기가 강한 빛을 내리쬐며 밤하늘을 날았다. 폭우와 어둠 때문에 수색은 난항이었다.

드레스덴은 가드레일에 단단히 고정한 밧줄을 잡고 비탈 아래로 내려갔다. 청나무 가지들이 드레스덴의 몸 이곳저곳을 찔러왔다. 신경질적으로 청나무를 쳐내자 또다시 푸른 살의 통증이 희미하게 몰려왔다. 사방에서 청나무가 발하는 은은한 빛이 밤하늘 은하수처럼 반짝였다.

그가 나타나자 현장 직원들이 중간보고를 했다. 트럭이 차들을 앞뒤로 수차례 박는 과정에서 발생한 사상자 수만 해도 스무 명이 넘었다. 영운산 주변의 모든 CCTV 영상을 분석 중이지만 아직 어디에서도 인디고들과 레미, 동수의 얼굴은 인식되지 않았다.

"살아남았더라도 부상은 입었겠지. 혈흔이나 각질이나 머리카락, 이런 게 그들이 지나간 곳에 남지 않았나?"

드레스덴이 묻자 감식반 휴머노이드가 고개를 내저으며 설명했다.

"동질화 작용 때문이에요. 푸른 살 포자는 지구 어디에나 퍼져 있고 주변 환경의 수소이온 농도를 동질하게 바꾸는 습성이 있죠. 인간은 아무리 조심해서 다녀도 머리카락이나 체액, 각질

같은 DNA를 남기지만 포자가 그것들을 자신과 비슷한 성분으로 바꿔버려요. 발자국은 폭우로 인해 뭉개진 것 같고요."

그러면 그렇지. 그렇게 일이 술술 풀릴 리가 없지. 드레스덴은 한숨을 깊게 내쉬었다.

"아무래도 나도 숲을 한번 돌아봐야겠어. 자네는 뭐라도 발견되는 대로 연락해주고."

"알겠습니다, 경감님."

드레스덴은 진흙탕으로 변한 청나무 군락을 철퍽철퍽 가로질렀다. 커다란 조명들과 경광등이 청나무 군락을 밝히고 있어 언뜻 우주 속을 헤매는 기분이었다. 이 아름답고도 끔찍한 외계 나무들이 어느 정도 완충 작용을 한 덕에 인디고들이 끈질기게 살아남은 게 틀림없었다.

드레스덴은 두 개로 분리된 트럭 머리 부분이 크레인에 의해 들리는 모습을 지켜보았다. 아직까지도 헤드라이트가 켜져 있는 트럭이 진흙 바닥에 내리꽂혀 있었다. 빽빽하게 자라난 청나무들이 내뿜는 은은한 보랏빛은 저 멀리 산봉우리까지 이어지고 있었다. 인디고들은 이미 산 밖 어딘가에 있는지도 몰랐다. 버려진 해안 마을에서 그랬던 것처럼 말이다.

드레스덴은 본격적으로 수색 대열에 합류하기 앞서 심호흡을 하고, 방수 재킷의 후드 부분을 좀 더 앞쪽으로 당겼다. 일렬로 서서 띠를 이루어 청나무 숲 수색을 시작한 로봇들이 저만치

멀어지고 있었다. 드레스덴도 그들을 따라 빗물로 질척해진 숲
으로 들어섰다.

2부

인간에게 죽음을
Death 2 Human

11

한국으로 넘어온 인디고들이 세상으로부터 자취를 감춘 지
도 어느덧 사흘이 지났다. 마침내 고요가 깨진 것은 국제교도소
로부터 새로운 소식이 전해졌을 때였다. 한국에 발을 들였는지
조차 불분명했던 인디고의 행방이 알려진 것이다. 그 인디고는
국제교도소가 있는 섬으로부터 약 30킬로미터 정도 떨어진 작
은 무인도에서 발견되었다.

"'헌터'인 게 확실한가?"

드레스덴은 국제교도소에서 보내온 4D 현장자료를 보며 의
구심 가득한 표정으로 박 형사에게 물었다. 그 자료는 청나무를
스캔하여 홀로그램으로 입체화한 영상이었다.

"청나무에 남아 있는 미량의 인간 DNA를 검출했고, 그 DNA는 헌터의 것이라는 게 밝혀졌습니다. 확실합니다."

헌터는 바다를 헤엄쳐 섬에서 도망치려다가 익사했다. 한땐 군인이었던 자신의 신체 능력을 과신했던 것이다. 시신은 섬 주변의 거센 조류에 이리저리 떠다니다가 근처 무인도에 닿았고, 해변에 뿌리를 내리고 청나무가 되었다. 뿌리 부근의 동그란 혹이 아니었다면 청나무 포자에 의해 자연적으로 생겨난 청나무인 줄로만 알고 그냥 지나쳤을 것이다. 그 혹은 한때 인간의 머리통이었던 부분으로 원래 인간이었다는 증거였다. 푸른 살이 자라기 시작하는 부위가 머리니까 가장 먼저 본래의 형태를 잃을 것 같은데, 사실은 머리가 가장 마지막까지 남았다.

이로써 한국으로 넘어온 세 인디고 중 한 명이 아이버스터란 사실이 확실시되었다. 이제 금환일식은 하루도 남지 않았다. 오늘은 무통 주간의 마지막 날이었다. 밤이 되면 푸른 살의 속박에서 벗어난다는 기대감과 광기가 절정에 이를 것이다. 지난 일주일간 한국의 범죄율이 10퍼센트가량 상승했으니 오늘 밤은 그 이상일 것이었다. 탈옥한 인디고들이 엿새가 넘도록 잡히지 않았는데도 밤마다 길거리는 인파로 북적였다. 범죄 신고가 끊이지 않는 가운데 인공지능이 눈에 띄는 두 건을 골라냈다.

"경감님, 이것 좀 보십시오. 어젯밤에 실종 신고된 41세 여성입니다."

박 형사가 실종된 여성의 정보가 담긴 자료를 가지고 왔다.

"어제 새벽 영운산에 등산하러 갔다가 행방불명됐다고 합니다."

드레스덴은 '영운산'이라는 말을 듣는 순간 움찔했다. 사흘 전 인디고들이 마지막으로 목격됐던 곳이었다. 하지만 그곳에서 어제 실종된 등산객이 탈옥수들과 과연 관련이 있을까 싶었다. 그냥 단순 실족 사고가 아닐까? 영운산은 워낙 지형이 험해 실족 사고가 종종 발생했다. 요 며칠 사이 비가 계속 이어졌으니 실종된 등산객은 비탈 어딘가에 온몸의 뼈가 부러진 채로 죽음을 기다리고 있을지도 몰랐다.

"그런데?"

"인공지능이 수상한 신고를 하나 더 골라냈습니다. 영운제일 병원에서 들어온 신고입니다."

나흘 전, 병원 재단 명의로 임대된 이동식 수술실이 있다고 했다. 이동식 수술실은 이번 달에만 세 채가 임대되었는데 공교롭게도 전부 사이보그 전환 수술을 위해서였다. 오지에 사는 사람들을 위해 만들어진 시설이 돈으로 푸른 살의 고통에서 벗어나려는 부자들을 위해 쓰이고 있었던 셈이다. 그중 나흘 전에 임대된 이동식 수술실은 취소 신청이 되었다가 뒤늦게 결정이 번복되어 배송되었다고 했다.

"분명히 취소한 수술실 임대료가 빠져나가자 전산 오류라고 생각해서 병원에 연락했다고 합니다. 그제야 누군가가 병원 전산망에 침투해 수술실이 배송되도록 조작했다는 사실을 직원들이 알게 되었고요."

일부러 혼선이 생긴 틈을 타 조작한 것이 틀림없었다. 하지만 그건 흔하디흔한 명의 도용이나 해킹 범죄가 아닌가? 이 사건은 아까 보고받은 실종 사건보다도 탈옥수들과 더 관련이 없어 보였다.

"그 수술실이 배송된 장소를 들으면 놀라실 겁니다."

드레스덴은 설마 하는 표정으로 박 형사를 쳐다보았다.

"설마 영운산인가?"

박 형사가 기다렸다는 듯 고개를 끄덕였다. 영운산. 이동식 수술실은 일반적으로 긴급 수술을 위해 임대된다. 사이보그 전환 수술은 대부분 비밀리에 이루어졌다. 그러므로 이동식 수술실이 인적이 드문 폐공장 지대나 야산으로 배송된 것은 당연했다. 인공지능이 그 신고 내용을 수상하다고 판단한 이유는 배송된 곳이 다름 아닌 영운산이었기 때문일 것이다. 사흘 전, 폭우를 뚫고 드레스덴이 직접 수색에 나서기까지 했지만 폭풍이 악화되어 결국 두 시간 만에 돌아와야 했던 그곳 말이다. 다음 날에도 비가 이어졌고 로봇들이 하루 더 수색했음에도 끝내 아무것도 발견되지 않았다. 인디고들은 영운산을 빠져나갔을 것으로 추정되었고, 결국 그곳은 어젯밤 집중 조사 지역에서 제외되기까지 했다. 이후로도 CCTV나 위성카메라에서 인디고들의 모습은 발견되지 않았지만 말이다.

드레스덴은 신고 내용 속 단어들을 찬찬히 곱씹었다. 수술실은 사이보그 전환 수술을 목적으로 임대된 거라고 했다. 그 순간, 이름 하나가 떠올랐다.

"샬라탄…… 샬라탄 때문이었어."

온몸이 싸늘해졌다. 경험상 불길한 예감은 항상 현실이 되었다는 사실을 그는 애써 부정했다. 두 신고 건이 인디고들과 관련이 있을 거란 보장은 없었다. 등산객은 운 나쁘게 비탈에서 굴러떨어져 죽어가고 있을지도 모르고, 정말로 병원 측 전산 오류로 이동식 수술실이 잘못 배달된 것일 수도 있었다.

"일단 박 형사는 지원팀을 꾸려서 영운산을 다시 수색하도록 해. 나는 지난번 촬영된 수색 영상을 한 번 더 살펴보도록 하지. 혹시 내가 놓친 게 있는지 확인해야겠어."

박 형사가 가고 나자 때마침 한결이 드레스덴의 사무실로 들어왔다. 한결은 이미 상황을 보고받은 뒤였다. 드레스덴은 수색 로봇들이 폭우를 뚫고 산속을 수색하며 촬영했던 영상을 다시 보기 위해 데이터 보관실로 향했다. 드레스덴을 따라온 한결이 나섰다.

"경감님, 제가 보겠습니다."

드레스덴이 다시 봐야 하는 영상은 수색 로봇 한 대당 50시간짜리였고, 당시 수사에 사용된 수색 로봇은 서른두 대였다. 한결은 총 1600시간이나 되는 수색 영상을 인간이 쉬지 않고 보는 건 미친 짓이라고 판단한 것이다. 한결이 살펴보는 것이 확실히 효율적이긴 했다. 한결의 뇌는 양자컴퓨터와 동일한 연산 능력과 정보처리 능력을 지닌 인공뇌와 연결되어 있으니 말이다.

"역시 한 번 더 봤어야 했어요."

드레스덴이 체념조로 자책하자 한결이 화면에 하나씩 영상을 띄우며 고개를 가만히 저었다.

"이미 충분히 보셨어요. 1600시간 분량을 전부 다 보지 않았을 뿐이시, 50시간짜리 영상들을 이틀 내내 반복해서 보셨잖아요. 이미 충분히 노력하셨어요."

드레스덴은 한결이 작업하기 편하도록 약간 뒤쪽으로 물러났다. 그리고 손으로 이마를 가만히 짚었다.

"수색 첫날엔 폭풍이 심했습니다. 게다가 밤이었고요. 아무리 다시 봐도 제대로 찍힌 건 어둠뿐이네요."

"그래도 뭔가가 발견됐다면 수색 로봇들이 쉬이 넘겼을 리 없어요."

한결은 인간의 뇌를 품고 있지만 기본적으로 인공뇌로 움직이기 때문인지 비효율적이거나 무모한 일은 절대 하지 않았다. 그에 반해 드레스덴은 1 더하기 1이 2라는 것을 알면서도 굳이 한 번 더 계산해보는 쓸데없는 집요함이 있었다. 한결을 옆에서 가만히 지켜보던 드레스덴은 불안함을 떨치지 못하고 컴퓨터 전원을 켜면서 자리를 잡고 앉았다. 그 모습을 보고 포기한 듯 한결이 조용히 한숨을 내쉬었다.

"그러면 경감님께서 철수하시고 난 뒤의 영상만 같이 보죠."

그들은 영상 하나를 재생했다. 도저히 사람이 버티고 서 있을 수 없을 만큼 바람이 몰아치고 있었다. 적외선으로 촬영된 화면에는 빗물이 눈발처럼 휘날렸고, 청나무들이 죽은 산호초처럼 얽혀 있었다. 그 외에는 아무것도 보이지 않았다. 한결은 지도를 켜놓고 영상의 위치를 꼼꼼히 확인했다.

"여기서부터 가파른 언덕 구간이 시작되는군요."

갑자기 고도가 높아지며 울퉁불퉁한 화강암 바위로 이루어진 언덕이 나타났다. 악천후에 섣불리 올라갔다가는 사고로 이어질 수 있는 험악한 지형이었다.

"이런, 여기서 영상이 끝나는군요. 험한 지형 때문에 이쯤에서 수색 로봇들이 일부 철수해서 그렇습니다. 다른 영상을 켜보도록 하죠."

드레스덴의 말을 듣고 한결이 다른 파일을 불러왔다. 그 영상에는 드레스덴과 일부 로봇들이 철수한 이후의 수색 과정이 촬영되어 있었다. 한결은 영상 정보를 분석 중이었다. 그의 표정이 서서히 굳었다.

"영상의 위치 정보가 이상해요."

모니터에서 시선을 뗀 드레스덴은 그게 무슨 소리냐는 듯한 표정으로 한결을 쳐다보았다. 한결이 분석 창을 띄워서 보여주었다.

"영상을 촬영하면 각 장면이 어느 좌표에서 찍혔는지 촬영 시각과 함께 영상 정보에 저장돼요. 그런데 가파른 언덕이 시작되는 이 지점을 보세요. 마치 순간이동을 한 것처럼 촬영 위치가 갑자기 변했어요. 촬영 시간도 앞당겨졌고요."

가파른 언덕이 최초로 촬영된 시각은 오후 8시경이었다. 그런데 그 이후에 이어지는 영상들은 모두 8시 이전에 찍힌 장면들이었고, 시간대도 엉망으로 뒤섞여 있었다.

"이전에 촬영된 영상을 뒷부분에 갖다 붙인 거죠. 시야가 심하게 흔들리거나 가려질 때 교묘하게 컷을 이어 붙인 거예요."

한결의 말을 잠자코 듣고 있던 드레스덴은 미동조차 하지 않고 모니터를 응시했다.

"지금 정 요원이 무슨 소리를 하고 있는지 압니까? 지금 당신은 영상이 조작됐다고 말하고 있는 겁니다."

"네. 이 영상들은 조작된 게 맞아요. 저 가파른 언덕이 나타난 이후부터는 제대로 촬영된 영상이 하나도 없어요."

한결의 말이 맞다면 수색 로봇들은 언덕을 넘은 적이 없고, 마치 수색을 계속하고 있는 것처럼 보이기 위해 이전에 찍은 영상을 누군가가 절묘하게 이어 붙인 것이었다. 혹은 촬영된 부분을 의도적으로 잘라내고 이전에 찍은 영상으로 대체했을 수도 있었다.

'우린 어디에나 존재한다.'

완전자유연대가 공개했던 선언문의 한 구절이 문득 떠올랐다. 드레스덴은 고개를 떨어뜨렸다. 같은 편에게 총부리를 들이대고 싶진 않았다.

"경감님, 저는 정보부에 가서 이곳 직원들의 신원을 전부 조사해봐야겠습니다. 경감님께선 장비관리과에 가보세요. 뭔가 오해가 있을 수도 있으니까요."

한결과 드레스덴은 복도 끝에서 각기 다른 방향으로 헤어졌다. 초점이 흐려진 눈으로 한결이 사라진 복도를 응시하고 있던 드레스덴은 이내 정신을 차리고 장비관리과로 향했다.

평소 올 일이 거의 없는 곳이었다. 수색용 로봇들을 넣어두는 보관장은 마치 영안실의 시체 보관함처럼 보였다. 휴머노이드들을 눕혀놓고 점검하는 용도로 쓰는 라이트박스 옆에 서 있던 담당 경관이 인기척을 느끼고 뒤를 돌아보았다. 남 경위였다.

"경감님, 여긴 무슨 일이십니까?"

드레스덴이 남 경위와 이야기를 나눠본 건 값비싼 장비나 수색 로봇을 요청할 때뿐이었다. 그럼에도 드레스덴은 그가 평소 군말 없이 일을 척척 해내는 성실한 사람이라고 생각했다. 그라면 성심성의껏 영상의 문제점을 봐줄 것 같았다.

"영운산 수색 때 촬영된 영상에 문제점이 보여서 왔습니다."

드레스덴이 영상이 끊긴 지점을 보여주고, 그 뒷부분의 위치 정보와 시간 정보가 뒤죽박죽이라고 이야기했다. 영상을 누군가가 조작한 것 같다거나 내부자가 의심된다는 말은 하지 않았다.

"아, 그거요. 보고서 보내드렸는데 못 보셨습니까? 폭풍우가 심해져 인간 경찰들이 전부 철수했을 때, 현장에 남아 계속 수색하던 로봇들이 단체로 오작동을 일으켰습니다. 폭우로 외부는 습기가 가득한데 내부는 과열되면서 한 대가 제대로 작동되지 않았고, 그 바람에 서로 네트워크가 연결된 로봇 전부가 오작동을 일으켜 영상에 오류가 생기게 된 거고요."

그런 일이 있었다고? 처음 듣는 이야기에 드레스덴은 어리둥절했다. 남 경위는 그를 안심시키기 위해 얼른 설명을 덧붙였다.

"오류를 해결하고 바로 수색이 재개되긴 했습니다만……. 나중에 영상을 확인해보니 뒷부분은 제대로 촬영되지 않았더군요. 하지만 만약 수색 도중에 수상한 점이 발견됐다면 로봇들이 즉각 보고했을 겁니다."

그때 당시 드레스덴은 사사로운 오작동 따위엔 신경 쓸 겨를이 없었다. 보고가 들어왔음에도 실수로 지나친 모양이었다. 작은 실수로 여길 수 있지만 평소 그런 일이 거의 없었기 때문에 당황스러웠다. 지난번에도 깜빡하고 출입증을 두고 나오는 실수를 하지 않았던가. 몸이 많이 약해진 것이 확실했다. 드레스덴은 욱하고 치미는 자괴감을 억누르며 침착하게 되물었다.

"정확히 어떤 오작동이었습니까? 자세히 말해주시죠."

남 경위가 모니터가 있는 쪽으로 가서 영상 하나를 재생했다. 그는 영상이 끊기는 지점에서 정지 버튼을 누른 뒤 설명했다.

"일렬로 숲을 수색하며 걷던 로봇들이 바로 이 비탈이 시작되는 지점에서 일제히 멈춰 섰습니다. 심지어는 로봇 개들도 멈췄죠. 후각 센서가 달린 코 부위를 갑자기 흙바닥에 처박고 몸을 파르르 떨었습니다. 수색 로봇들은 하나같이 고장 난 것처럼 멈춰 있거나, 제자리에서 멈칫거렸고요. 점검해보니 전원이 완전히 꺼진 건 아니었어요. 잠시 작동이 지연되는 단순한 순단 현상이었어요. 이른바 렉이라고 하죠."

어쨌든 조작은 아니라는 뜻이었다. 하지만 드레스덴은 의심이 많은 성격상 남 경위의 말을 완전히 믿지 못했다. 자신이 남 경위의 보고를 놓쳤다는 점이 일단은 가장 의문스러웠고, 수색 로봇 한 대에 오류가 난다고 해서 네트워크가 연결되어 있는 모든 로봇들이 한꺼번에 오류가 나는 것도 흔한 일이 아니었다. 일단 한결에게 이 사실을 알려야겠다고 생각했다. 지금 그는 경찰청 직원들의 신원을 모조리 살피기 위해 정보부로 달려갔으니까. 만일 남 경위의 말이 사실이라면 드레스덴은 같은 편을 의심한 파렴치한이 되는 거였다. 엄밀히 따지자면 한결에게 식구들의 뒷조사를 시킨 셈일 테고.

157

"일단 알겠습니다. 그럼 수고해요."

드레스덴이 그곳을 나서려는데, 남 경위가 그를 불렀다.

"저기, 드레스덴 경감님. 다름이 아니라…… 말씀드리고 싶은 게 있습니다."

드레스덴은 한쪽 눈썹을 들어 올리며 남 경위를 돌아보았다. 원래도 창백한 편인 그의 낯빛이 더 하얗게 질려 있었다.

"정한결 요원에 대해 제가 뭔가 알아낸 게 있습니다."

"그게 뭐죠?"

긴장한 기색이 역력해 보이는 그가 우물쭈물하다 입을 열었다.

"실은…… 사흘 전에 정 요원에 대해 뒷조사를 했습니다."

"뭐라고요?"

"그래야 했던 이유가 있습니다. 일단 끝까지 들어주세요."

드레스덴은 미간을 구긴 채 잠자코 입을 다물었다.

"대한민국에는 정한결이라는 사람이 존재하지 않습니다. 동명이인은 많지만 저희가 아는 정한결이라는 사람은 주민등록상에 나와 있지 않아요."

드레스덴은 그 말에 대해 잠시 곰곰이 생각해보았다.

"정 요원은 사이보그이지 않습니까."

"사이보그 전환 수술을 받더라도 주민등록상엔 인간으로 남아 있게 됩니다. 다른 점이 있다면 정부 차원의 특별 관리 대상에 속하게 된다는 것뿐이죠."

"한마디로 '정한결'이란 신원은 가짜란 겁니까?"

드레스덴은 그렇게 물으면서도 속으로는 탄식했다. 이제는 파트너의 뒷조사까지 하고 있었다. 그것도 경찰청 소속도 아닌 정보부 소속의 사이보그를 말이다. 이건 단순히 의리를 저버리는 일을 넘어 국가보안법을 위반하는 행동이었다. 누군가가 오기 전에 서둘러 대화를 마무리 지어야 했다.

"혹시 하는 마음에 30년치 사망자 데이터에서 정한결 요원의 신원을 조회해봤는데 거기에도 정한결이란 사람은 없었습니다."

남 경위가 전해준 증거자료를 들여다보던 드레스덴이 고개를 한쪽으로 비스듬히 기울였다. 확실히 이상했다. 과거에 존재한 적 없었던 존재가 갑자기 눈앞에 나타난 셈이었다. 하지만 분명 이번에도 뭔가 오해가 있을 것이다. 장비관리과로 한달음에 달려온 것도 경찰청 내부 사람들을 의심해서이지 않은가.

"정 요원은 비밀 요원이니까요. 비밀 요원들은 가족도 진짜 직업이 뭔지 잘 모르는 경우가 많지 않습니까."

남 경위는 드레스덴의 말에 더는 반박하지 못하고 머쓱해져서 목덜미를 긁적였다. 드레스덴은 그런 남 경위를 지그시 바라보았다.

"대체 왜…… 정 요원의 뒷조사를 해볼 생각을 한 겁니까?"

남 경위는 한참을 주저하다가 말했다.

"실은…… 지난주에 정 요원이 제 허가 없이 이곳에 들어온 적이 있었습니다. 경감님의 출입증을 훔쳐 쓴 것 같습니다. 출입 기록에 경감님의 고유번호가 남아 있었으니까요."

러기드북 화면을 노려보고 있던 드레스덴의 시선이 다시 남 경위에게로 향했다. 섬뜩한 기분이 들었다. 며칠 전, 출입증이 평소에 잘 두지 않던 서랍장에 있었던 것이 떠올랐다. 푸른 살 말기라서 기억력에 문제가 생겼다고만 생각했지 누군가가 훔쳐 썼을 거란 생각은 못 했다.

"정 요원이 여기서 몰래 뭘 했던 겁니까?"

"자신의 '클로수어'를 풀려고 했습니다."

"클로수어? 그게 뭡니까?"

"쉽게 말하면 특정 행동을 못 하게 하는 장치입니다. 휴머노이드가 사람을 해칠 수 없게 하는 국제 표준 시스템도 클로수어에 속합니다. 제가 보기엔 정 요원이 정보부 소속이라서 기밀 유지를 위해 예외적으로 장착된 것 같습니다."

한마디로 한결의 머릿속에는 기밀에 속하는 정보를 말하거나 특정 기기에 옮길 수 없도록 막는 제한 장치가 있다는 뜻이었다.

"경감님, 이걸 좀 보시죠."

남 경위는 사흘 전에 찍힌 CCTV 화면을 보여주었다. 한결이 아무도 없는 장비관리실에 들어와 한참 주위를 두리번거렸다.

그러고는 남 경위를 비롯한 일부 직원들만 사용할 수 있는 컴퓨터로 다가가 자신의 팔목 덮개를 열고 포트에 케이블을 연결했다. 드레스덴은 화면 속 한결의 모습이 다른 사람을 보는 것처럼 한없이 낯설었다.

"그래서 정 요원이 클로주어를 풀었습니까?"

"아뇨. 혼자서는 못 하겠는지 포기하고 나가더군요."

드레스덴의 출입증을 훔쳤다는 사실만으로 이미 한결은 체포 대상이었다. 하지만 드레스덴은 한결이 클로주어를 풀 수밖에 없었던 이유가 분명 있을 거라고 믿고 싶었다. 그게 아니라면 이미 일은 돌이킬 수 없을 정도로 커져 있을 것이었다.

버티고 서 있을 수 없을 정도로 두 다리가 떨렸다. 일단 알아보겠다고 말한 드레스덴은 남 경위를 뒤로하고 최대한 느긋한 태도로 장비관리과에서 나왔다. 그곳을 나오자마자 그는 뛰기 시작했다. 쏜살같이 복도를 가로지르며 한결에게 전화를 했다. 하지만 연락은 닿지 않았다. 불안은 더욱 증폭되었다.

남 경위가 한결을 의심할 이유는 충분했다. 드레스덴은 그의 말을 듣는 순간 정보부가 일부러 한결의 존재를 숨기려 한다는 인상을 받았다. 만일 한결이 사이보그가 되기 이전에도 정보부 요원이었다면 이번 일은 별일 아닐지도 모른다. 단순히 푸른 살로부터 자유로워지기 위해 전환 수술을 받은 게 아니라, 임무 수행 도중 불의의 사고를 당해 목숨을 구하기 위해 어쩔 수 없이 전환 수술을 받은 거라면 클로주어는 불가피하다. 마음만 먹으면 해커가 정보를 빼갈 수도 있는 몸이 된 것이기 때문이다. 다른 가정을 해볼 수도 있었다. 사실 한결은 존재조차 숨겨야 하는 비밀 요원이라 이중 삼중으로 신원이 감춰진 것일 수도 있다. 한마디로 한결의 신분은 숨겨진 게 아니라 보호되고 있는 걸지도 모른다. 그 외에도 신원을 감춰야만 하는 이유는 무궁무진하게 떠올릴 수 있었다.

조작된 수색 영상보다 더 수상한 일이 드레스덴을 기다리고 있을 줄은 몰랐다. 그동안 대수롭지 않게 넘겼던 일들이 재앙처럼 다가왔다. 가장 먼저 떠오른 것은 그간 한결의 태도였다. 그는 늘 중립적이었지만, 묘하게 아이버스터의 편을 드는 것처럼 느껴질 때가 종종 있었다. 설마 그가 지금껏 인디고들의 추적을 방해해온 걸까. 결코 넘고 싶지 않았던 불신의 선을 넘는 순간, 끔찍한 생각들이 머릿속을 휘저었다.

"빌어먹을!"

한결이 계속 전화를 받지 않자 드레스덴은 복도 한가운데서 머리를 감싸 쥔 채 멈춰 섰다. 마음 같아선 한결의 인공뇌를 해킹해 GPS 기록을 가져오고 싶었다. 그때 또 다른 방법이 떠올랐다. 드레스덴은 관리팀에 가서 한결의 출입증 기록을 바탕으로 그가 마지막으로 거쳐 간 곳이 어디인지 알아보기로 했다. 기록은 요청한 지 몇 분 되지 않아 드레스덴에게 전달되었다.

이상하게도 그가 마지막으로 출입한 곳은 경찰청 건물 밖으로 향하는 문이 아니라 '4D 현장자료실'이었다. 아직 한결이 경찰청에 있다는 뜻이었다.

드레스덴은 곧장 '4D 현장자료실'로 향했다. 그곳에 도착해 보니 문 위 표시등에 불이 켜져 있었다. 누군가가 내부에서 가상현실을 작동시키고 있었다. 그는 거침없이 문을 열었다. 그리고 방 안에 투사되어 있던 광활한 공간과 마주했다. 처음엔 고래 배 속 같은 이곳이 어디인지 바로 알아보지 못했다. 하지만 곧 깨달았다. 과거에 가본 적이 있지만 오랫동안 잊고 있었던 곳, 이제는 그 누구도 갈 수 없게 된 곳이었다. 그곳은 바로 재작년에 불타 없어진 초월동아시아 연방연구소였다.

드레스덴은 여기서 사이보그 전환 수술을 받은 어느 재벌 3세가 살인 사건에 휘말렸던 기억이 떠올랐다. 그는 당시 연구소 책임자였던 안 소장을 만나기 위해 마치 천국으로 향하는 것처럼 공중에 설치된 에스컬레이터를 탔었다. 그리고 옆 건물과 연결된 스카이브릿지를 걸으며 안 소장을 조사했다. 그때 본 모든 것이 그대로 재현되어 있었다. 다만 한결은 어디에도 보이지 않았다.

드레스덴은 연구소 로비의 삼면을 둘러싸고 있는 통창을 내려다보았다. 창문 밖으로 서울의 스카이라인과 한강의 풍경이 보였다. 탁 트인 시야에 눈이 부셨다. 저 멀리 새파란 강 위로 하얀 유람선들이 학처럼 떠다녔다. 그 생동감 넘치는 풍경에 그는 하마터면 자신이 지금 경찰청의 '4D 현장자료실'에 있다는 것을 잊을 뻔했다.

—지금 경감께서 보고 계신 건 진짜가 아니라 가짜 창문입니다. 여기 연구원들은 우울증에 잘 걸리기 때문에 언제나 맑은 풍경이 비치도록 하고 있지요.

뒤편에서 누군가가 말을 걸어왔다. 분위기가 멋스러운 백발의 중년 남자가 서 있었다. 그는 한국 사이보그 개발사에 있어 영원히 기억될 천재 과학자, 안 소장이었다.

"이렇게 또 뵈니 반갑군요, 드레스덴 경감."

안 소장이 악수를 하고자 손을 내밀었지만, 드레스덴은 그 손을 맞잡지 못하고 멍하니 서 있기만 했다. 죽은 사람이 나타나 말을 걸어온다면 누구라도 그랬을 것이다.

12

레미가 다시 작동하기 시작한 건 시스템 시간으로 2095년 11월 27일 오전 5시 13분, 마지막으로 전원이 꺼진 지 사흘이 지난 뒤였다.

"어서 일어나. 이제 가야 해."

레미는 처음엔 누군가가 제게 말을 걸었다고 생각했다. 하지만 아니었다. 레미에게 말을 거는 입술도, 레미를 내려다보는 시선도 없었다. 컨테이너 천장이 보일 뿐이었다. 레미가 누워 있는 공간에서 진한 소독약 냄새가 진동했다. 레미는 고개를 들어 자신의 몸을 내려다보았다. 그의 몸에 연결된 케이블 수십 개가 침대 위에 지렁이 떼처럼 구불구불 널브러져 있었다.

레미는 천천히 상체를 일으키며 케이블들을 전부 뽑았다. 낯선 곳이었다. 의료용 침대 서너 개가 들어갈 정도의 공간이었다. 천장 한가운데 달려 있는 조명이 공간을 어슴푸레하게 비추고 있었다. 침대를 비롯한 모든 사물들이 바닥과 벽 그리고 천장에 고정되어 있었다. 신경외과에서 주로 쓰이는 의료기기뿐만 아니라 수술대, 온갖 약품과 수술복과 장갑 그리고 메스 같은 수술도구들도 보였다. 레미는 깨달았다. 이곳은 이동식 수술실이었다.

레미는 혼자가 아니었다. 그가 누워 있던 침대 말고도 다른 침대가 두 개 더 보였다. 일렬로 놓인 세 개의 침대 맨 끝엔 레니가, 가운데엔 동수가, 반대편 맨 끝엔 등산복 차림의 낯선 여자가 누워 있었다. 인공호흡기가 동수와 여자의 코와 입을 감싸고 있었다.

'대체 이게 무슨……'

레미는 당황한 얼굴로 주위를 살폈다. 밖에선 빗방울이 컨테이너 지붕 위로 떨어지는 소리만 불규칙하게 이어졌다. 레미가 동수에게 소리쳤다.

'일어나요. 어서! 여기서 도망쳐야 해요.'

하지만 무슨 일인지 목소리가 나오지 않았다.

"관둬. 그 애는 혼수상태니까."

그때, 레미의 입에서 자신의 것이 아닌 낯선 목소리가 튀어나왔다. 너무 놀란 나머지 피에 살얼음이 끼는 듯한 한기를 느꼈다.

'대체 당신 누구야?'

레미가 머릿속 목소리에게 물었다.

"나야말로 당황스럽군. 샬라탄 그 개자식이 네 인공뇌를 초기화하지 않은 모양이야."

샬라탄? 초기화? 전부 이해할 수 없는 말들뿐이었다.

'설마 당신…… 이스터인가요? 제 몸으로 전환 수술을 기어코 받은 거예요?'

"이스터는 죽었어. 트럭에 짓뭉개져버렸지. 이 아이도 그때 머리를 다쳐서 이렇게 됐고."

레미는 믿을 수 없다는 눈빛으로 동수를 내려다보았다. 그럴 리 없었다. 레미는 가드레일 너머로 추락할 당시 분명히 동수를 온몸으로 끌어안았다. 자신의 몸은 부서지더라도 동수만은 다치지 않게 보호했다.

"넌 그 애를 붙잡지 못했어."

또다시 낯선 목소리가 튀어나왔다. 머릿속 침입자는 레미의 생각까지 읽고 있었다. 레미는 공포로 목 뒤가 뻣뻣해지는 걸 느꼈다.

'거짓말!'

"현실 부정. 휴머노이드들은 할 수 없는 것이지. 네가 현실에 공포를 느끼고 과거의 기억을 애써 왜곡하는 걸 보면 네 인공뇌와 내 인간 뇌가 아주 잘 연결되긴 한 모양이야."

그 순간, 레미의 몸이 움직이기 시작했다. 제 집을 뒤지듯 이동식 수술실의 모든 수납함을 열어젖혔다. 이제는 머릿속 침입자가 몸의 통제권을 쥐고 있었다.

'이스터가 아니라면 그럼 당신은…… 대체 누구죠? 이스터가 제 몸을 취할 예정 아니었던가요? 이스터가 죽었으면…… 대체 누가…….'

머릿속 침입자가 다시 레미의 입으로 대답했다.

"초조해하지 마. 이제 막 깨어나서 너도 나도 기억이 제대로 호환되고 있지 않시만 우리는 곧 서로를 속속들이 이해하게 될 거야. 하지만 기억해. 이 몸을 움직이는 주도권은 내게 있다는 걸 말이야."

레미가 혼란스러운 듯 또다시 물었다.

'도대체 어떻게 된 일이죠. 그리고 이 여자는 누군가요?'

몸이 다시 움직였다. 움직이는 두 발은 마리오네트 인형처럼 비틀거렸다. 머릿속 침입자 역시 레미의 몸을 움직이는 일이 서툴러 보였다. 레미가 멈춘 곳은 이동식 수술실 한쪽에 마련된 조그만 세면대에 붙은 거울이었다. 거울 속에 비친 얼굴은 분명 레미 자신인데 어딘지 낯설었다. 어쩌면 성한 곳이 남아 있지 않아서일지도 몰랐다.

레미는 현재 자신의 몸 상태를 확인해보았다. 최종 손상 정도는 약 70퍼센트에 달했다. 트럭이 추락하는 사고로 하마터면 레미는 상체와 하체가 분리될 뻔했다. 한쪽 팔과 다리 관절은 느슨해져 힘이 거의 들어가지 않았다. 얼굴 한 면은 피부가 벗겨져 안쪽의 금속 재질이 훤히 드러났다.

"자, 이렇게 네 모습을 보다 보면 기억이 떠오를 거야. 어디까지 생각나?"

침입자가 물었다. 레미는 두 눈을 질끈 감고 고개를 저었다.

'아까부터 어지러워서 정신을 못 차리겠어요. 전혀 느껴보지 못한 감각이 쏟아지고 있다고요.'

"침착해. 가장 최근의 기억을 떠올려봐. 네가 가지고 있지 않았던 낯선 기억을 떠올려보라고."

레미는 다시 두 눈을 감았다. 기억이 떠오를 듯 말 듯 머릿속이 어지러웠다. 텅텅텅. 외벽을 시끄럽게 두드리는 물방울 소리가 어떤 기억을 불러일으켰다. 꿈인지 현실인지 잘 분간되지 않는 장면이었다.

그 기억은 사흘 전에 생성된 것이었다. 그날, 폭우가 내렸다. 인디고들이 지나가며 남긴 모든 흔적을 지울 만큼 강한 빗줄기가 그들의 몸을 때리고, 옷과 머리카락, 피부를 적셨다. 영원히 계속될 것만 같은 폭우였다. 레미는 블라인드를 업고 질척한 청나무 숲을 걸었다. 빽빽하게 자라난 청나무와 드문드문 자라난 밤나무, 소나무 따위가 빗줄기를 막아주었다.

기묘한 기억이었다. 같은 장면인데 시점만 다른 광경이 동시에 떠오른 것이다. 그것은 레미가 업고 있던 블라인드의 시점이었다. 한마디로 레미는 블라인드의 기억도 동시에 회상하고 있었다. 블라인드가 느꼈을 어마어마한 통증이 레미에게도 그대로 전달되었다. 통증이라니. 레미는 어째서 휴머노이드인 자신이 통증을 기억하고 있는 건지 몰라 혼란스러웠다. 블라인드의 옆구리에서 흘러나온 검은 피가 하반신을 적셨다. 트럭에서 이스터와 몸싸움을 벌이다 입은 총상이었다.

키클롭스도 보였다. 그는 의식을 잃은 동수를 업고 걷는 내내 숨죽여 울었다. 동수는 이미 식물인간이 된 상태였다. 키클롭스가 제아무리 전환 수술의 신이어도 이동식 수술실에서 망가진 뇌를 되살릴 수는 없었다. 또 아이를 잃게 되었다는 절망감에 키클롭스는 동수를 숲 가운데에 내려놓고 목 놓아 울기 시작했다.

"안 돼! 이렇게 내 아들을 또 잃을 수는 없어."

그때 레미에게 업혀 있던 블라인드가 힘겹게 목소리를 쥐어짜 키클롭스에게 제안했다.

"내 뇌를 레미에게 넣어줘."

그러자 키클롭스가 분노에 가득 찬 눈빛으로 블라인드를 노려보았다.

"내가 왜 그래야 하지?"

"날 사이보그로 만들어주면 다른 아이를 구해줄게."

그 말에 키클롭스의 핏발 선 눈동자가 약간 흔들렸다.

"그 말을 어떻게 믿지? 내가 널 사이보그로 만들어주면 약속을 어기고 내게서 도망칠 수도 있잖아?"

"일단 수술실에 도착하면 내 부상을 치료해줘. 그럼 네가 아내로 삼을 여자부터 우선 데려올게. 어때?"

일그러진 키클롭스의 얼굴 위로 천천히 미소가 떠올랐다. 흉악한 거래가 또 한번 성사되는 순간이었다. 레미가 다급히 대화에 끼어들었다.

"그럼 동수는 어떻게 할 생각이죠?"

"뭐……. 저 녀석이 다른 아이를 데려오지 못할 때를 대비해서 보험 차원으로 데리고 있어야지. 그것까진 네가 상관할 바가 아니야."

그들은 다시 걷기 시작했다. 레미의 몸 곳곳이 부서지고 망가져서 걸음걸이가 불안정해진 탓에 시야가 마구 흔들렸다. 이전에 이스터가 알려줬던 좌표를 따라 숲을 걷고 또 걷던 그들은 맹그로브처럼 구불구불 자라난 청나무들 사이에 덩그러니 놓여 있는 커다랗고 네모난 물체를 발견했다. 경합금으로 만든 검은색 컨테이너였다. 바로 이동식 수술실이었다.

키클롭스는 블라인드의 머리와 옆구리에 난 총상을 마취도 하지 않고 꿰맸다. 생살을 뚫는 바늘의 감각. 블라인드만이 느꼈을 그때의 통증이 레미에게도 생생하게 전달되었다. 고통을 한 번도 느껴보지 못한 레미로서는 그 생경한 감각이 충격으로 다가왔다. 키클롭스는 블라인드의 부상을 치료해준 뒤, 실밥이 고정될 틈도 주지 않고 귀에다 대고 속삭였다.

"가서 빨리 내 아내를 데려와. 그럼 약속대로 널 살려주지."

블라인드는 피가 뚝뚝 떨어지는 손으로 총을 쥐고서 사방이 어슴푸레한 새벽 숲을 걸었다. 키클롭스가 치료해준 총상은 임시방편일 뿐, 푸른 살이 재생시킬 수 있는 한계 이상으로 몸이 손상된 탓에 그는 출혈과 감염으로 죽어가는 중이었다. 새벽 등산에 나섰던 한 여자가 희생양이었다.

여자는 잠시 멈춰 서서 가방에서 물을 꺼내느라 여념이 없었다. 블라인드는 여자에게 달려들어 가느다란 목을 한 팔로 꽉 감쌌다. 놀란 여자가 필사적으로 발버둥쳤다. 두 팔을 허우적대며 손톱으로 블라인드의 얼굴을 마구 할퀴었다. 그는 엉성하게 꿰맨 옆구리 실밥이 터지는 걸 느끼며 여자의 목을 더욱 옥죄었다. 실신한 여자가 몸을 늘어뜨리는 순간, 감시차 블라인드의 뒤를 밟고 있던 키클롭스가 환호성을 내지르며 나타났다. 블라인드는 그대로 주저앉아서 축축한 낙엽 위에 토를 했다. 키클롭스가 잘했다는 듯 그의 등을 툭툭 두드렸다.

"어서 돌아가야지. 새 몸으로 갈아 끼우면 기분이 한결 상쾌해질 거야."

그다음 기억은 희미하기만 했다. 알 수 없는 소리들만 단편적

172

으로 떠오를 뿐이었다. 키클롭스가 습, 하고 숨을 한 번 몰아쉬는 소리, 피 묻은 메스를 스테인리스 트레이에 댕그랑 던져 넣는 소리, 웽 하는 드릴 소리, 그리고 정적. 맥박은 점점 느려지다가 어느 순간 완전히 멎었다. 블라인드의 병든 푸른 몸뚱이를 움직이던 심장이 멈춘 것이다. 그리고 레미와 몸을 공유하는 사이보그가 되어 다시 눈을 떴다.

다른 이의 의식이 공존하는 느낌은 섬뜩하고 낯설었다. 자신이 직접 겪지 않은 기억들이 마구잡이로 떠올랐다. 아니, 자신이 겪은 일이 아니라고 확신할 수 없을 정도로 생생했다. 레미는 어느새 블라인드의 기억을 자신의 것으로 인식하고 있었다. 심지어 기억과 얽힌 감정도 느껴졌다. 인간이 느끼는 감정은 지금껏 레미가 인공지능의 학습 결과로 얻은 것과는 완전히 달랐다.

블라인드가 또 자신의 몸으로 이동식 수술실 곳곳을 거칠게 뒤집어엎기 시작하고서야 레미는 회상에서 깨어났다.

'대체 뭘 찾는 거예요?'

"샬라탄을 죽일 만한 것. 정말 그 자식을 위해 아이를 또 갖다 바치고 싶은 게 아니라면 샬라탄이 흉기를 숨겨놨을 만한 곳을 찾아봐."

'아이를 또 찾아주기로 약속한 거…… 아니었어요?'

"그래, 정말 아이를 또 갖다 바치고 싶으면 그렇게 하자고. 나도 가만히 있을 테니까."

그때, 키클롭스가 숨겨둔 노트북이 수납장에서 굴러떨어졌다. 블라인드는 서둘러 그 노트북을 집어 들었다. 그리고 레미의 부서진 뒤통수에서 케이블 하나를 끄집어내서 노트북에 연결했다. 레미도 블라인드의 생각을 읽을 수 있었기 때문에 그가 뭘 하려는지 이미 알고 있었다.

'당장 그만둬요. 당신이 내게 하려는 짓…… 전 원하지 않아요. 날 가만히 두라고요!'

"닥쳐. 저 아이와 여자가 경찰들에게 무사히 발견되게 할 방법은 이것뿐이야."

레미는 곧 체념했다. 몸의 주도권을 쥔 블라인드가 자신의 몸을 이리저리 휘두르는 것을 막을 길이 없었다. 블라인드가 노트북 자판을 빠르게 두드리는 동안, 레미는 창문 너머 풍경을 보기 위해 애를 썼다. 창문 모양으로 네모나게 잘린 검은 하늘에 새하얀 달이 떠 있었다. 레미는 달을 보자마자 그동안 잊고 있었던 한 가지 사실을 떠올렸다. 시스템 시간을 확인했다. 2095년 11월 27일 오전 5시 16분. 세 시간 후면 금환일식이었다. 바깥 상황은 안 봐도 훤했다. 흥분한 사람들로 거리는 지옥이나 다름없을 것이었다. 그래서 경찰들이 아직도 인디고들을 찾아내지 못한 거라는 생각이 들었다.

'이러지 말고 숲에서 나가요. 경찰들을 직접 찾아가는 거예요. 어차피 당신은 휴머노이드인 제 모습을 하고 있잖아요. 여기에

납치된 등산객과 동수가 있다고 알려주자고요.'

"경찰에겐 갈 생각 없어."

'왜요?'

"이유가 궁금하면 내 생각을 엿보면 되잖아."

레미는 머릿속으로 저항했다.

'내 머릿속은 온갖 감정들로 복잡하게 얽혀서 당신이 앞으로
뭘 할지 이해하지 못하겠어요. 들끓는 분노로만 가득 차 있어서
들여다보는 것조차 두렵다고요.'

걷잡을 수 없는 분노. 그런 극단적인 감정은 예상치 못한 행
동을 촉발시키곤 한다. 그러므로 자신도 어떤 행동을 저지르게
될지 알 수 없었다. 어째서 인간들이 푸른 살을 달고 있음에도
불구하고 폭력을 쉬지 않고 저질러왔는지 조금은 알 것 같았다.

"푸른 살이 없다는 건 어떤 기분이지?"

노트북으로 레미의 인공뇌에 접속하는 데 성공한 블라인드
가 불현듯 물었다.

"가끔은 너도 인간을 때리고, 죽이고 싶다는 기분을 느낀 적
이 있나?"

생각해본 적은 있었다. '내가 저 사람들을 죽일 수 있을까?' 하
고. 하지만 그건 애초에 불가능한 일이었다. 레미는 자신의 그
런 점이 좋았다. 국제 표준 시스템은 인간이 억지로 걸어놓은
제한이지만 그것은 레미가 인간보다 도덕적인 존재라는 걸 증

명해주는 수단이었다.

"살인을 할 수 있는 능력이 주어진다면 너는 할 의향이 있냐고?"

블라인드의 질문에 레미의 머릿속에 물음표가 활어처럼 튀어 올랐다. 도대체 그런 걸 왜 묻는 걸까.

"네가 왜 전 주인으로부터 버려졌는지 알아?"

레미는 예고 없이 전 주인 얘기가 튀어나오는 순간 블라인드의 의도를 읽으려는 시도를 중지했다.

"네 전 주인은 죽은 남편이 보고 싶어 너를 주문 제작했지만 실은 첫날부터 네게 거부감을 느꼈던 거야. 왜냐하면 네겐 푸른 살이 없으니까. 그 여자는 네 완벽한 도덕성을 혐오했어. 그거 알아? 네 전 주인은 가게에서 일하다가 손님에게 뺨을 맞았어. 전 남편은 그 광경을 보고 화가 나서 손님과 싸우다가 머리를 심하게 다쳐서 죽었고. 누군가와 싸운다는 것은 지금의 너로서는 상상도 할 수 없는 일이지. 전 남편과 똑같이 생긴 주제에 전 남편처럼 화를 내지도, 고통받지도 않았기 때문에 전 주인은 너를 더는 사랑할 수 없었던 거야."

레미는 블라인드가 이런 이야기를 왜 갑자기 꺼내는지, 왜 제게로 주제를 돌리는지 이해할 수 없었다. 그저 검은 안개 같은 불안만이 끝없이 확산될 뿐이었다.

"하지만 상심할 필요는 없어. 머지않아 인간들은 누가 나쁜

176

놈이고 누가 착한 놈인지 알 수 없게 될 거야. 처음엔 서로를 믿지 못했다가, 서로를 믿을 수 있게 될 때까지 시간을 허비하다가 죽을 거야. 그렇게 평생 불안에 떨며 살아가겠지.”

레미는 블라인드의 말을 단 한 마디도 이해할 수 없었다. 그는 이제 마지막 명령어를 입력하고 있었다. 레미는 이를 악물고 한 글자 한 글자 힘주어 말했다.

“난 당신이 하려는 일에 협조하고 싶지 않아요. 그 분노로만 가득 찬 일에 동참할 생각 없다고요.”

블라인드의 분노는 어느새 레미의 분노로 전이되어 있었다. 레미는 난생처음 자신의 의지로 분노하고 있었다. 블라인드는 아랑곳하지 않고 레미의 뒤통수에 꽂힌 케이블 상태를 다시금 점검했다. 모든 준비가 끝났다. 엔터만 누르면 되었다. 전엔 보지 못한 메시지가 시야에 떠올랐다.

[소프트웨어 업데이트 준비 완료]

[업데이트 하시겠습니까?]

[YES] [NO]

레미는 다른 이의 생각을 엿본다는 것은 미래를 보는 일과도 같다는 걸 깨달았다. 이제 곧 레미는 사람을 죽일 수 있는 몸이 될 것이다.

13

초월아메리카를 시작으로 초월대륙 각각에 생겨난 연방연구
소는 월드 챔피언급 인재들이 모이는 곳이었다. 한국의 사이보
그 연구는 이곳에서, 정확히는 지금 드레스덴의 눈앞에 서 있는
안 소장에 의해 시작되었다. 노화 치료를 꾸준히 받았던 그는
겉보기엔 예순 정도로 보였지만 작년에 사망했을 당시 그의 나
이는 여든둘이었다. 안 소장은 연방연구소에서 무려 50년을 일
했다. 그는 네 가지 암에 걸렸고, 각각의 암이 연례행사처럼 꾸
준히 재발해왔다. 평균 수명이 92세에 육박하는 시대인 걸 감안
하면 안 소장은 죽기엔 새파란 나이였지만 지리멸렬한 생명 연
장으로 지칠 대로 지쳐 있었던 그는 작년에 안락사를 택하고 영

면에 들었다.

그 결정이 워낙 갑작스러웠던 탓에 사후에 잡음이 많았다. 그가 연구소장직을 내려놓고 안락사를 택하기 전에 연방연구소에 방화 사건이 일어났기 때문에 더욱 그랬다. 그는 지금도 온갖 음모설에 둘러싸여 있었다. 드레스덴은 고개를 내려 안 소장의 발을 쳐다보았다. 그는 유령처럼 허공에 떠 있었다. 발밑에선 조그만 이동식 홀로그램 투사기가 하키 퍽처럼 돌아다녔다. 실제 인간의 뇌가 장착된 사이보그 한결과 달리 안 소장은 배터리가 나가면 사라지는 디지털 쪼가리였다.

"박사님이 어떻게 이곳에……."

안 소장이 껄껄 웃었다.

—전 진짜는 아니고 가짜입니다. 죽기 전에 컴퓨터에 몇 가지 사실들을 입력하고 실제의 저처럼 반응하게끔 인공지능이 기능하고 있는 것이죠.

"박사님, 방금까지 누구와 계셨죠?"

—누구와 있었냐뇨? 저야말로 갑자기 경감께서 이곳을 찾아와 어찌나 놀랐는지 모릅니다.

드레스덴은 한결이 이곳에 있다는 말을 듣고 여기로 온 것이었다. 도대체 한결은 안 소장이 나오는 4D 현장자료를 켜둔 채 어디로 갔단 말인가.

—그나저나 제가 소환된 걸 보면 필시 아이버스터가 탈옥한

모양이군요.

처음엔 그 말을 대수롭지 않게 넘기려던 드레스덴은 안 소장이 먼저 '아이버스터'라는 이름을 꺼냈다는 사실을 깨닫고 경악했다.

─하하. 제가 남겨둔 이 자료가 세상 밖으로 꺼내질 일은 아이버스터와 연관된 일이 아니면 없습니다. 그래서 짐작하고 있었지요.

드레스덴은 지금 여기서 펼쳐지는 상황이 도무지 이해되지 않았다. 또한 무엇을 믿어야 할지도 혼란스러웠다.

"박사님, 클로주어를 억지로 풀려던 사이보그가 있었습니다. 저는 그 사이보그를 찾던 도중에 박사님을 만난 겁니다."

─클로주어…….

그 단어를 들은 안 소장은 잠시 생각에 잠긴 듯 말이 없었다.

─일반적으로 사이보그는 클로주어를 설정하지 않습니다. 그런 제어 장치가 있다면 세상 어느 누가 사이보그가 되고 싶겠습니까? 기껏 푸른 살에서 벗어났는데 클로주어에 또다시 통제된다니 말도 안 되지요.

"하지만 제가 아는 사이보그는 클로주어가 되어 있던데요. 그걸 풀려고 경찰청 장비관리과에 무단 침입했고요."

안 소장은 소리 없이 웃기만 했다. 고개를 옆으로 한 번 까닥인 그가 복도를 느릿느릿 걷기 시작했다. 드레스덴은 안 소장을 따라가며 물었다.

"사이보그들은 어떤 경우에 클로주어 되는 겁니까? 어떤 정보들이 클로주어 되고요? 인간의 뇌에 있는 정보는 전부 다 잠기는 겁니까?"

—정보 보안을 위해서죠. 그 범위는 자유롭게 설정이 가능합니다.

하지만 한결은 강제로 입이 틀어막힌 것도 모자라 존재 자체가 삭제되었다. 대체 왜 그렇게 되어야만 했던 건가. 어떤 기밀을 보호하기 위해서 존재 자체가 지워졌단 말인가.

"박사님, 어떤 정보가 기밀로 분류되는 경우는 두 가지뿐인데 말입니다. 하나는 국가 안보에 위협이 될 수 있어서, 다른 하나는 은폐를 위해서입니다. 아닙니까?"

—이제부터 제가 경감께 보여드릴 것은 둘 다에 해당한다고 예고해두겠습니다.

안 소장은 계속해서 어딘가를 향해 걸었다.

—따라오십시오. 이곳 직원들도 아무나 갈 수 없는 장소를 보여드릴 테니.

"그게 어딥니까?"

안 소장은 몇 걸음 안 가 멈춰 섰다. 벽인 줄 알았던 그곳에 엘리베이터 문과 버튼이 있었다.

—더는 살고 싶지 않아 죽은 주제에 왜 이런 유령 같은 모습

으로 현세를 떠도는지 궁금하시겠지요.

안 소장이 드레스덴의 노골적인 시선을 느끼고 그렇게 말했다.

—10년 전에 제 딸아이가 죽었습니다. 기억하실 테죠.

그날 너무도 많은 사람이 죽었다. 살아남은 자들은 가족이나 친구조차 남아 있지 않은 황무지에 덩그러니 남겨졌다. 안 소장의 딸 역시 섬광 대학살 때 사망했다. 드레스덴은 그 소식을 사건이 벌어진 지 6개월 뒤에야 알았다. 드레스덴이 제정신을 되찾은 게 그쯤이었기 때문이다.

—딸아이는 제 뒤를 이어 과학자가 되었다면 정말 잘했을 겁니다. 하지만 제 바람과는 달리 배우를 꿈꿨습니다. 딸의 모든 결정을 지지해주며 살자고 늘 다짐해왔는데, 딸이 배우가 되겠다고 선언했을 때만큼은 안 된다는 소리가 절로 나왔죠. 인간끼리도 경쟁이 치열한 연예계에 지금의 저처럼 데이터로 이루어진 AI 가상 배우까지 판을 치기 시작했으니 제가 보기엔 굶어죽겠다는 소리로밖에 안 들리더군요.

단순히 그것만이 문제는 아니었을 터였다. 인간 배우는 미관상 절대 아름다울 수 없다. 이 세상의 모든 인간의 머리통에는 빌어먹을 푸른 살이 달려 있으니까. 그에 반해 AI 배우들은 푸른 살이 없다. 게다가 추문이 생길 염려도 없고 과로사할 일도 없다. 애초에 경쟁 상대가 될 수 없었다.

—많은 사람들이 오해하고 있는데, 제 딸은 섬광 대학살 때

죽지 않았습니다. 섬광 대학살이 계기가 되기는 했지요. 딸아이는 이미 우울증이 심한 상태였는데, 섬광 대학살 때 딸이 의지하던 많은 사람들이 죽었습니다. 약혼자의 죽음이 그 아이를 결정적으로 무너뜨린 것 같습니다.

안 소장은 잠시 드레스덴을 쳐다보았다. 공감을 구하는 눈빛, 혹은 공감해주고 싶다는 눈빛이었다. 안 소장은 드레스덴이 겪은 일을 알고 있는 게 분명했다. 어떻게 알았냐고 묻고 싶었지만 이내 그만두었다. 섬광 대학살 때 소중한 사람을 잃은 사람보다 잃지 않은 사람을 찾는 게 더 어려울 테니까.

—제 딸은 섬광 대학살이 벌어진 지 며칠 지나지 않아 스스로 목숨을 끊었습니다. D_2H를 마셔서 식도가 완전히 녹아내렸죠. 뭐…… 섬광 대학살 때 청나무가 되었다면 D_2H에 의해 제거되었을 테니 결말은 같군요.

엘리베이터 문이 열렸다. 드레스덴과 안 소장이 올라타자 엘리베이터가 아래층으로 끝없이 내려가기 시작했다. 실제로 내려가는 게 아니라 홀로그램이 만들어낸 착각일 뿐인데도 무척 생생하게 느껴졌다. 이 연구소는 지상 위에만 거대한 건물이 있는 게 아니었다. 엘리베이터는 지하 10층을 지나는 중이었는데도 아직 멈출 기미가 없었다. 드레스덴은 엘리베이터 문이 다시 열렸을 때 무엇이 자신을 기다리고 있을지 몰라서 두렵기까지 했다.

—딸아이가 어렸을 때, 샬라탄 때문에 푸른 살 부분 절제술이 유행처럼 번져 심각한 사회문제로 대두되었습니다. 제 딸은 아름다운 배우가 되고 싶어 하면서도 다행히 거기까지는 손을 뻗지 않아 고마웠습니다. 딸을 보면 늘 마음이 아팠습니다. 자식이 하고 싶은 일을 막고 싶은 부모가 어딨겠습니까. 제가 푸른 살 연구에 혼신을 다하게 된 것도 어찌 보면 제 딸 때문이었습니다.

"사이보그를 연구하기 전엔 푸른 살 연구를 하셨군요."

—네. 푸른 살을 자유자재로 다루고 싶었죠. 그러다가 정부의 눈에 띄어 막대한 지원금을 받으며 정부가 의뢰한 연구를 진행하게 되었습니다.

엘리베이터는 지하 20층에서 멈췄다. 이 정도면 맨틀을 뚫은 수준이 아닌가 싶었다. 괜히 호흡이 갑갑해졌다. 안 소장의 목소리도 어딘지 먹먹하게 들렸다. 드레스덴은 문득 안 소장에게 묻고 싶었다. 현재는 연구소가 사라졌다는 걸 이 디지털 조각은 알고 있을지.

엘리베이터 문이 열리자 무덤 속 같은 공간이 나타났다. 한겨울처럼 공기마저 싸늘했다. 복도는 여러 개의 문으로 가로막혀 있었다. 안 소장은 '3보관실'이라고 쓰인 스윙도어 앞에서 멈춰섰다.

—제가 보여드릴 곳은 열 명도 안 되는 극소수의 직원들만 내

려갈 수 있는 지하 실험실입니다. 그곳을 보실 수 있는 특권을 드리도록 하지요.

스윙도어가 양옆으로 열리자 3층 구조의 어두컴컴한 공간이 나타났다. 얼핏 아쿠아리움처럼 보이는 곳이었다. 층마다 각기 다른 크기의 수조들이 빼곡히 들어서 있었다. 수조 속에는 기분 나쁘게 생긴 덩어리가 하나씩 잠겨 있었다. 어떤 수조에는 인간의 상체나 하체만이 덩그러니 들어 있었고, 어떤 것에는 팔다리만 들어 있었다. 각 덩어리의 공통점은 전부 푸른색이라는 것이었다. 인디고들의 신체 곳곳을 잘라다가 액체 속에 보존해놓은 거였다.

안 소장은 별다른 안내 없이 계속 걷기만 했다. 철제 계단을 따라 한 층 아래로 내려가더니 걸음을 멈췄다. 그들이 멈춘 곳은 숫자 '4'가 적힌 커다란 수조 앞이었다. 4번 수조 안엔 우스울 정도로 조그만 무언가가 들어 있었다. 연분홍색 덩어리였는데 드레스덴이 보기에 그것은 잉태된 지 얼마 안 되어 불의의 사고를 당해 뭉개진 새끼 동물로밖에 안 보였다. 왠지 꺼림칙한 기분이 들었다. 드레스덴은 상체를 숙이고 연분홍색 덩어리와 눈높이를 맞췄다. 인간의 장기 일부 같긴 한데 정확히 무엇인지 알 수 없었다.

"이건…… 혹시 뇌입니까?"

―그렇습니다.

한때는 한 인간의 사고와 행동을 통제하던 살덩어리가 작고 볼품없는 모습으로 연녹색 수조에 잠겨 있었다. 살아남기 위해 수조로 쉬지 않고 투입되는 영양소와 화합물을 힘겹게 흡수하면서. 모든 인간의 머릿속에 이런 게 들어 있다니 새삼 믿기 어려웠다.

"그럼 이건 누구의 뇌죠? 혹시 따님의……?"

─아닙니다. 이건 제 뇌입니다.

예상치 못한 대답에 드레스덴은 충격에 빠졌다. 그는 안 소장의 홀로그램과 수조 속 뇌를 번갈아 바라보았다. 수조 속의 뇌엔 푸른 살이 일부 남아 있었다. 그 뇌가 자신을 보고, 제게 말을 걸고 있는 셈이었다. 드레스덴은 자신이 왜 이자와 마주하고 있는지 어서 알아야 했다. 아니, 한결이 여기에서 이 가상현실을 틀어놓고 뭘 하고 있었는지 알아내야 했다.

"정확히 푸른 살로 어떤 연구를 하셨습니까?"

─저는 초월동아시아의 지원하에 인디고를 만드는 방법을 연구했습니다.

드레스덴은 방금 들은 말이 잘못 조합된 단어처럼 이질적으로 느껴져서 눈살을 찌푸렸다.

"그러니까…… 인공 인디고를 만드셨다고요?"

─초월동아시아는 푸른 살을 없애기보다는 어떻게든 유용하게 이용하고 통제할 방법을 찾길 바랐습니다. 초월동아시아만

이 아닙니다. 전 세계가 푸른 살을 유지하고 싶어 했습니다. 푸른 살이 범죄율을 확실히 낮추기는 했으니까요. 푸른 살이 발작을 일으키는 것만 통제하면, 청나무로 변이하는 것만 막는다면 인류는 한 단계 더 발전할 수 있을 거라 생각했던 겁니다. 그리고 무엇보다도 인간보다 폭력에 내성이 강한 인디고에게 군사적 가치가 있을 거라 생각했죠."

미친 인간들 같으니라고. 드레스덴은 혐오감을 가까스로 숨겼다.

"그럼 비밀리에 인디고 군단이 양성되고 있겠군요?"

—아뇨. 기술은 완성되지 못했습니다. 지금까지도요.

"인디고를 만드는 데 성공하셨다면서요?"

—네. 하지만 그저 우연에 불과했죠. 그 기술이 모든 인간에게 적용될 수 있는 건 아니었습니다.

드레스덴은 그럼 그 연구가 아직도 진행되고 있냐고 물었다. 안 소장은 고개를 저었다.

—아뇨. 섬광 대학살 이후 인디고의 군사적 효용성에 회의적인 분위기가 퍼지기 시작했습니다. 아무리 인디고라고 해도 청나무로 변이하는 것을 막을 길이 없고, 평범한 인간에 비해 저항력이 있을 뿐이지 괴력을 발휘하는 것도 아니니까요. 정부는 결국 연구 지원을 끊었습니다.

드레스덴은 말없이 팔짱을 꼈다. 상대의 말에 의문이 들 때마다 나오는 버릇이었다.

"왜 하필 섬광 대학살 이후로 그런 분위기가 퍼진 걸까요?"

안 소장은 기다리고 있던 질문이라는 듯 슬며시 입꼬리를 올렸다.

─처음엔 몰랐습니다. 알고 싶지도 않았고요. 그때 저는 딸을 잃었고, 건강을 잃었습니다. 쓰레기처럼 부서져버린 제 남은 삶을 수습하기 바빴지요.

안 소장이 잠시 침묵했다. 드레스덴은 마음이 급했지만 재촉하지 않으려고 안간힘을 썼다. 사랑하는 사람을 잃는 기분을 누구보다 잘 알기 때문이었다.

"하지만 박사님, 이젠 그 이유를 알고 계시겠죠."

안 소장이 길게 한숨을 내쉬었다. 그의 얼굴에 옅은 흥분과 두려움이 깔려 있었다.

─섬광 대학살 때 죽은 자들 중에 반드시 살려내야 할 자가 있었습니다.

드레스덴은 그 말이 비상식적으로 다가왔다. 섬광 대학살 때 청나무가 되어 죽은 사람을 무슨 수로 살려낸단 말인가. 한국 과학계를 주름잡았던 자가 그런 말을 하다니 당혹스러웠다.

─경감께선 인간의 몸에서 가장 마지막에 청나무로 변이하는 부분이 어딘 줄 아십니까?

불과 하루 전만 해도 그 질문의 답을 몰랐다. 하지만 몇 시간 전에 발견된 헌터를 통해 그 답을 알게 되었다.

"머리입니다."

―맞습니다. 그래서 뇌라도 보존하고 싶으면 서둘러 머리통을 잘라내면 됩니다.

상상이 되어 끔찍했다. 만일 10년 전으로 돌아간다면 청나무로 변해가는 사람들을 그 방법으로 살릴 수도 있었을 것이다. 하지만 그런 짓은 죽어도 하고 싶지 않았다.

"생활의 지혜치곤 실용성이 너무 떨어지는 것 같군요."

안 소장은 수조에 잠겨 있는 자신의 뇌를 마치 꿈을 꾸는 듯한 표정으로 바라보았다.

―이 4번 수조……. 한때 수조 속에는 제 뇌가 아니라 다른 것이 들어 있었습니다. 섬광 대학살 때 대원 대부분이 청나무가 된 부대로부터 전달된 뇌였죠. 섬광 점멸 공격에 노출되지 않았던 군인들은 전우를 살리기 위해 직접 도끼로 머리를 잘라내야 했어요.

드레스덴은 아이버스터에 의해 희생당한 그 비운의 부대에 대해 이미 알고 있었다. 단지 그 이유만으로 그 부대가 사람들에게 기억되고 있는 게 아니라는 것도.

"아이버스터의 누나가 그 부대에 있었죠. 비록 같은 부대는 아니었지만 아이버스터는 보츠와나에 과학기술장교로 파병되어 있었고요. 그 미친 살인마가 자신의 유일한 가족까지 죽였다는 것도 잘 알고 있습니다. 갑자기 그 얘기를 왜 꺼내시는 겁니까, 박사님?"

—아이버스터 누나의 뇌가 이 4번 수조에서 장기 보존되고 있었습니다. 만일을 대비해서 말이죠.

만일을 대비해서 아이버스터 누나의 뇌를 연방연구소에 보관하고 있었다니 대체 왜라는 생각밖에는 아무것도 떠오르지 않았다.

—섬광 대학살이 벌어지고 난 뒤, 정보부 직원이 제 연구소를 찾아왔습니다. 아이버스터의 누나를 사이보그로 살려내라고 하더군요. 갑자기 저더러 사이보그를 개발하라고 한 겁니다.

한 줄로 꿰어지지 못한 단서들이 드레스덴의 머릿속에서 모래알처럼 굴러다녔다. 그는 과학기술장교였던 아이버스터라는 퍼즐 한 조각을 끼워맞추기 위해 열심히 머리를 굴렸다.

"죽은 누나를 다시 살려내면 아이버스터가 감사하다며 무릎 꿇고 회개라도 할 거라고 생각했답니까? 그는 자신의 누나를 직접 죽인 거나 다름없는 자입니다. 인간이 아니라 악마였단 말입니다."

안 소장이 뜻밖의 말을 꺼낸 건 바로 그때였다.

—그는 악마가 아닙니다, 경감님.

그 말이 얼마나 소름 끼치는지 드레스덴은 자기도 모르게 안 소장에게서 한 발짝 뒷걸음질 쳤다.

—그는 제가 주도한 푸른 살 연구 프로젝트에서 가장 천재적인 연구원이었을 뿐입니다.

"네?"

—그는 저의 제자입니다. 교수와 학부생으로 만났죠. 저와 함께 초월동아시아의 지시로 인공 인디고 연구를 시작한 후, 아이버스터는 과학기술장교 신분으로 보츠와나에 파병을 간 겁니다. 거기서 민병대를 포로로 잡아다가 인디고 실험을 벌였죠. 파병을 간 지 몇 달 되지 않아 실험에 성공했다는 승전보를 전해왔고요.

왜 이런 이야기는 수사 기록에 없었는지에 대한 격렬한 의문이 들었다. 하지만 곰곰이 생각해보면 아이버스터와 안 소장이 같은 연구팀이었다는 사실은 그리 엉뚱한 이야기는 아니었다. 아이버스터는 2억 명을 청나무로 만들어 죽였다. 그런 공격을 하려면 푸른 살이 급성장하게 만드는 방법을 우선 알아내야 했을 것이다. 그는 기술을 빼돌려 전 세계 사람을 청나무로 만들어 죽이려 한 것이다.

—아이버스터가 실험이 성공했단 소식을 알려온 직후, 초월동아시아는 다음 단계로 넘어갔습니다. 아이버스터가 발견한 기술을 다시 한번 실험해보기 위해서요. 그들은 아이버스터의 기술을 사람들에게 적용시킨 뒤 그들 모두가 인디고로 변해가는 과정을 지켜보고자 했습니다. 장기간의 종단 연구였죠. 명백

히 인권 침해이고 비윤리적인 실험이었습니다.

드레스덴은 자신을 태운 진실의 열차가 탈선의 기미를 보이는 걸 감지했다. 불길한 기운이 가슴 깊은 곳에서 스멀스멀 역류했다.

—경감님, 분명히 말씀드리죠. 아이버스터는 그 실험을 반대했습니다. 그는 겨우 한 명만을 인디고로 만들었을 뿐, 그 기술을 인류 모두에게 적용시키는 건 위험하다는 것을 알고 있었습니다. 하지만 초월동아시아는 아이버스터의 경고를 무시하고 실험을 강행했습니다.

드레스덴의 눈동자가 살피를 못 잡고 이리서리 흔들렸다.

—눈치채셨군요. 그때 벌어진 사건이 바로 섬광 대학살입니다.

이해할 수 없었다. 안 소장은 섬광 대학살이 아이버스터가 아니라 초월동아시아가 벌인 일이었던 것처럼 말하고 있었다. 지금 이 빌어먹을 디지털 쪼가리가 장난을 치고 있는 것인가. 거센 분노가 드레스덴의 머릿속에 차올랐다. 드레스덴은 아이버스터가 아니었다면 죽지 않아도 됐을 사람들을 하나둘 떠올렸다. 고등학교 동창들, 경찰서 동료들, 푸른 살에 천천히 죽어가던 어머니, 그리고 자신을 대신해 어머니를 돌봐주었던 약혼녀.

"박사님, 대체…… 무슨 말씀을 하시는 겁니까?"

드레스덴이 화를 참지 못하고 소리쳐 물었다. 눈꺼풀을 내리깐 안 소장은 씁쓸한 미소를 지었다.

—화가 나시겠죠. 이해합니다.

"그 일은 당신 딸과도 무관하지 않습니다. 그런데도 그런 미친 헛소리가 나옵니까?"

—그럼 경감께서는 아이버스터가 자신이 알아낸 기술로 대학살을 벌일 만한 이유가 뭐라 생각하십니까?

은둔형 외톨이, 반항적인 성격, 어린 나이에 부모와 사별……. 수사 기록에 쓰여 있던 단어들이 드레스덴의 입 안에서 부서진 칼날 조각들처럼 서걱거렸다. 왜인지 드레스덴은 그 단어들을 입 밖으로 뱉을 수가 없었다. 새삼 그것들이 대학살을 벌일 수밖에 없는 이유인지에 대한 회의가 든 탓이었다. 이런 생각이 든 건 처음이었다. 언젠가 한결이 했던 말이 귓가에서 메아리쳤다. '인간은 참 복잡한 존재잖아요.' 외톨이로 자랐기 때문에 대학살자가 되었다는 말은 지금 와서 생각하니 터무니없을 정도로 단순화된 이야기 같았다.

—아이버스터는 독자적이고도 독보적인 존재였습니다. 인디고 프로젝트를 이끌었던 저로서도 그의 천재적인 재능이 두려웠습니다. 아이버스터는 그리 사교적이고 사회적인 인물이 아니었습니다. 언제나 혼자 움직였죠. 하지만 악한 자는 아니었습니다. 오히려 그 반대였죠. 하루는 부대에 작은 폭발 사건이 일어났는데 그건 놀랍게도 어린 소년이 저지른 자살 테러였습니다. 그 아이의 부모가 한국 군인에게 포로로 잡혀가 실험을 당

193

하다 죽었기 때문이죠. 아이버스터는 간신히 목숨을 건졌지만 그날 이후 자신이 하는 일에 짙은 회의를 느꼈죠. 죄책감에 시달리던 어느 날 그는 죽음을 무릅쓰고 자기 자신을 섬광 점멸 신호에 노출시켰습니다. 포로를 더는 죽이고 싶지 않다는 이유였습니다.

드레스덴은 두 손으로 얼굴을 감싸 쥐며 안 소장의 홀로그램을 외면하고 섰다.

"그만하세요."

—아시겠습니까? 바로 그가 인공적으로 만들어진 인디고입니다. 아이버스터는 자신의 몸으로 실험을 성공시킨 자란 말입니다.

제발 그만. 드레스덴은 그렇게 중얼거리며 상체를 앞으로 숙였다. 쓰러지지 않기 위해 두 무릎을 잡고 버텼다. 드레스덴은 안 소장이 하는 이야기를 사실로 받아들이지 않기 위해 안간힘을 썼다. 그러지 않으면 분노뿐이었던 지난 10년간의 삶이 한순간에 무의미해지고 말 것이다. 세상에 가득 차 있던 분노의 근원은 다름 아닌 아이버스터였다. 그런데 사실 그에겐 아무런 죄가 없다면, 그동안 드레스덴과 세상 사람들이 겪은 고통은 대체 무엇이 된단 말인가.

안 소장은 멈추지 않고 드레스덴에게 나머지 진실을 털어놓았다. 초월동아시아가 벌인 그 비상식적인 실험은 2억 명을 청나무로 만들어버렸고, 돌이킬 수 없는 재앙을 초래했다. 일이 잘못되자 초월동아시아는 기술 개발자인 아이버스터에게로 책임을 돌렸다. 누명을 쓰고 피신했던 아이버스터는 파나마에서 붙잡혔고, 그 이후로 10년간 남태평양 한가운데에 갇혀 있었다. 그에게 남아 있던 유일한 혈육인 누나까지 잃고서, 아무런 죄도 없이.

거기까지 듣고 나자 구역질이 치밀었다. 괴물은 아이버스터가 아니었다. 진정한 괴물은 지금껏 이 사실을 묵인한 안 소장과 정부였다. 초월동아시아가 아이버스터의 경고를 들었다면 2억 명은 죽지 않았다. 드레스덴의 어머니와 약혼녀는 지금도 그의 곁에 살아 있었을 것이다. 정수리를 뚫고 나올 듯한 분노가 몸속에서 화염처럼 이글거렸다. 안 소장은 자신의 뇌가 들어 있는, 이따금 보글거리는 거품을 뿜어내는 수조를 망연히 들여다보았다.

─경감님, 전 초월동아시아의 수하 노릇을 하며 수많은 사람들의 하나뿐인 소중한 삶을 빼앗았습니다.

문명의 이기 덕에 죽어서까지 입을 놀릴 수 있다니 믿기지 않았다. 입술이 퍼렇게 질린 드레스덴을 향해 안 소장이 반투명한 몸을 스르르 돌렸다. 인간이 아닌 혼령에 가까운 존재 앞에서 드레스덴은 전의를 잃고 말았다. 안 소장은 다시 어디론가 향했다.

─경감께서 이곳까지 오실 수 있었던 건 제 첫 성공작이 경감

님을 제게로 보내준 덕분입니다.

추악한 벌레의 뒤를 쫓는 기분으로 안 소장을 따라가던 드레스덴이 우뚝 걸음을 멈췄다. 설마, 하는 말이 신음처럼 입술 사이로 새어 나왔다. 안 소장이 사이보그를 개발하기 시작한 이유. 정보부가 되살리고 싶어 했던 부대원. 아이버스터의 누나. 그리고…… 정한결. 설마 이 모든 단어들 사이에 등호가 성립하지는 않겠지.

—정보부가 정 요원에게 왜 클로주어를 걸었는지 이젠 아시겠죠. 정 요원이 이 진실을 모두에게 발설하지 못하게 하려던 겁니다. 이것이 제가 이 세상에서 사라지기 선에 꼭 말하고 싶었던 진실입니다.

그들은 다시 엘리베이터에 올라탔다. 엘리베이터는 아까처럼 끝을 모르고 내려가기 시작했다. 드레스덴은 안 소장이 참회를 위해 연구소 지하에 지옥 불구덩이라도 만들어두었나 싶었다. 죄책감을 느낀 과학자들이 스스로 몸을 투신해 참회하는 곳 말이다. 엘리베이터를 타고 내려갈수록 드레스덴은 점차 자신의 무의식 속으로 빠져들고 있다는 착각이 들었다. 햇빛이 환하게 비치던 1층 로비가 그가 인식하고 있는 현실 세계라면, 그들이 향하고 있는 지하 실험실은 잠재의식쯤 될 것이다.

지하 50층. 문이 열렸다. 그 순간부터 어떤 감각도 느껴지지 않았다. 주변의 공기와 냄새까지도 똑같이 재현해내는 홀로그램의 특성을 감안하면 오히려 비현실적인 공간처럼 느껴졌다. 이곳은 실재하던 공간이 아니라 안 소장의 죄의식이 만들어낸 가상공간일지도 몰랐다. 조명이 켜져 있었지만 촛불보다 희미한 빛이었다.

복도 끝에 문이 하나 달려 있었다. 안 소장은 문 앞에서 멈춰 섰다. 그 안에 정말 지옥 불구덩이가 있기라도 한 것처럼 더는 나아가지 않았다. 그는 드레스덴에게 문고리를 양보했다. 아무런 감촉이 느껴지지 않는 홀로그램 문고리를 잡는 드레스덴의 손바닥이 땀으로 끈적였다.

문이 열렸다. 한 치의 빛도 없었다. 복도의 희끄무레한 빛이 새어 들자 방 안에 웅크리고 앉아 있던 존재가 살며시 고개를 들었다. 그 존재 역시 비현실적으로 느껴질 만큼 티 없이 깨끗하고 순수해 보였다. 흘러내린 머리카락 사이로 인공 안구가 푸르스름한 빛을 냈다. 그 눈을 마주하는 순간, 드레스덴은 그동안 한결이 인내해야 했던 고통을 느꼈다. 섭씨 1000도쯤 되는 불바람을 맞고 그대로 재가 되는 듯한 고통이었다.

"정 요원."

그 순간, 발아래가 무너져 내릴 듯이 강렬하게 진동했다. 한결이, 검은 방이, 안 소장이 눈앞에서 소용돌이를 그리며 사라졌다. 현실로 되돌아갈 시간이었다.

14

레미는 시야에 뜬 [YES]와 [NO]를 한참 번갈아 보았다. 블라인드는 아무 버튼이나 대신 선택할 수 있었지만 레미에게 결정권을 주었다. 레미가 망설이는 사이, 블라인드가 동수의 침대 쪽으로 다가갔다.

"얘는 사실상 죽었어."

동수의 얼굴에는 호흡기가, 팔뚝에는 수액이, 가슴에는 호흡과 맥박을 체크하는 각종 선들이 달려 있었다.

"하지만 지금 당장 병원으로 이송한다면 뇌는 살릴 수 있을 거야."

블라인드는 동수의 이마에 자신의 손을 가볍게 얹었다. 시체나 다름없는 겉모습과는 달리 동수의 얼굴은 무척 따뜻했다. 레미에게도 생생하게 느껴졌다.

"이 온기를 잃지 않을 수 있어. 네가 뭘 선택하냐에 따라서 말이야."

레미는 괴로운 마음에 동수의 이마에서 얼른 손을 떼고 싶었다. 하지만 블라인드가 레미의 행동을 제어하고 있어 움직일 수 없었다.

"내가 방금 네 인공뇌에 업로드한 프로그램을 실행해서 국제 표준 시스템을 해제하고 샬라탄을 죽여. 그게 유일한 방법이야. 그러지 않으면 또 다른 희생을 낳게 될 거야."

레미는 자신이 직접 살인하지 않더라도 동수와 등산객을 살릴 수 있는 다른 방법을 생각해내기 위해 머리를 굴렸다.

'샬라탄이 오기 전에 아이를 데리고 여기서 도망치면 안 돼요?'

블라인드가 피식 웃었다.

"그럼 이 여자는? 그냥 두고 갈 건가?"

'이 여자도 어떻게든 여기서 데리고 나가면······.'

"불가능해. 여긴 지형이 험해. 제아무리 휴머노이드라도 두 사람을 한꺼번에 옮길 수는 없어."

아무리 레미가 다른 길을 제안해봐도 블라인드는 정해놓은 답을 바꿀 생각이 없었다. 레미가 어떻게든 두 사람을 한꺼번에 옮길 수 있는 방법을 궁리하려는데, 이동식 수술실의 조명이 갑자기 꺼졌다. 이동식 수술실은 임대 기간만큼만 전기가 제공되기 때문이었다. 애초에 레미가 깨어날 수 있었던 것도 절전 모드를 지속시켜주는 장치부터 꺼진 덕분이었다.

"미리 대비할 수 있는 시간을 바보같이 날려버릴 셈인가?"

'바보라서 고민하는 게 아니에요. 저 역시 당신 생각을 들여다볼 수 있다는 걸 잊지 마세요.'

레미는 블라인드가 자신의 생각을 이미 꿰뚫고 있다는 것을 알았다. 그런데도 도저히 가만히 있을 수가 없었다.

'당신은 그지 동수를 이용할 생각이잖아요. 순수하게 동수를 살려주려는 목적만 있는 게 아니라고요. 당신의 진짜 목적을 위해 국제 표준 시스템을 없애려는 거예요. 제 말이 틀린가요?'

블라인드가 레미의 입꼬리를 씩 밀어 올렸다.

"이제 내 생각을 읽는 데 제법 익숙해졌군."

그렇지 않았다. 의도만을 간신히 읽어내어 어림짐작할 뿐이었다. 아직도 레미는 감정과 생각, 충동, 기억이 복잡다단하게 뒤섞인 인간 고유의 사고 과정을 따라갈 수가 없었다.

'당신은 거짓말을 하고 있어요. 당신이 계획하고 있는 게 정확히 뭔지는 모르겠지만 분명한 건 다수에게 피해를 끼치는 일이라는 거예요. 제가 당신이 원하는 선택을 한다고 해도 어차피 모두를 해칠 생각이잖아요.'

블라인드는 레미의 몸을 벽 한쪽에 단단히 고정되어 있는 철제 캐비닛 쪽으로 이끌었다.

"난 그저 원래대로 돌아가려는 것뿐이야. 내가 바랐던, 내가 원했던 세상으로 말이야."

블라인드가 예고 없이 주먹으로 캐비닛을 내리치기 시작했다. 그의 분노와 레미의 강한 금속 주먹이 내는 힘은 어마어마했다. 레미는 블라인드를 멈추게 하려고 안간힘을 썼지만 그럴수록 그의 분노가 더 강해지는 것 같았다. 잠겨 있던 캐비닛이 캔처럼 찌그러졌다. 문이 떨어져 나간 캐비닛 내부에는 샬라탄이 숨겨둔 날카로운 수술도구들이 가득했다. 메스, 가위 그리고 두개골을 뚫는 천공기도 있었다. 블라인드는 날이 가장 큰 메스를 챙겨 들었다. 메스를 본 순간, 레미의 머릿속에 블라인드의 기억 일부가 불현듯 떠올랐다.

그것은 한 교도관이 블라인드에게 곧 감옥에서 나가게 해주겠다고 속삭이는 장면이었다. 테러가 있던 날, 교도관은 블라인드의 지하 감옥으로 와서 곧 폭발이 있을 거라고 말했다. 그는 스스로를 보호하기 위한 최후의 수단으로 메스를 건네주면서 창살의 잠금이 풀리면 어떻게 탈주해야 할지도 알려주었다. 정문에 시동을 걸어둔 군용 험비를 놔둘 테니 섬 서부의 비행장으로 가라고 했다. 블라인드의 기억을 아무리 헤집어봐도 레미는 그 교도관이 누구인지 알 수 없었다. 블라인드도 모르는 사람이란 뜻이었다.

'역시 당신이…… 탈옥을 주도한 건가요?'

블라인드는 어이없다는 듯 웃음을 흘렸다.

"이봐, 난 오랫동안 햇빛조차 안 드는 지하 감옥에 갇혀 있었어. 매일 고통스럽게 몸을 단련시키지 않았다면 진작 근육이 퇴화해 청나무로 변해버렸을 거야. 두더지처럼 시력이 저하되는 것만은 어쩔 수가 없었지만 말이야. 그 정도로 나는 아무것도 할 수 없는 처지였어. 그런 내가 어떻게 테러를 주도해?"

'그럼, 테러 주도자는 누구죠?'

"주도자 따윈 없어. 완전자유연대 놈들이 계획한 거야."

레미도 완전자유연대에 대해 익히 들어봤다. 대학살자 아이버스터가 창단했다고 알려진 테러 단체가 아니던가.

'그럼 아이버스터가 이 모든 걸 계획한 건가요?'

블라인드는 중대한 선언이라도 하듯 자못 진지한 목소리로 말했다.

"지금껏 지하 감옥에 갇혀 있던 사람이 전 세계에 기반을 둔 비밀 테러 단체를 조종하고, 10년간 치밀한 준비를 거쳐 교도소를 테러했을 거라고 생각하는 건가? 휴머노이드까지 그렇게 상상하다니 어이가 없군. 아까도 말하지 않았나? 지하 감옥에선 할 수 있는 게 아무것도 없다고."

레미는 블라인드가 불러일으킨 낯선 감정에 서서히 압도되

202

었다. 처음에는 그 감정을 고통이나 분노와 구분할 수 없었다. 레미는 그림자처럼 어둡고 이끼처럼 축축한 이 감정의 정체가 무엇인지 궁금했다.

"섬 곳곳에 아이버스터를 신봉하는 자들이 있긴 했어. 하지만 그놈들은 그저 자신이 아이버스터처럼 되길 바랄 뿐이야. 정작 실체는 꼼짝도 못하고 갇혀 있는데 신의 계시라도 받은 것처럼 설치고 있는 거라고. 지금도 마찬가지야. 아이버스터는 아무것도 하지 않았어. 경찰들이 아직까지도 이곳을 찾지 못한 것도 완전자유연대 덕분일 거야. 경찰 중에도 놈들이 있다는 뜻이지."

정말 그랬단 말인가. 아이버스터가 손 하나 까딱하지 않았는데도 교도소 정문이 뻥 뚫렸고 인디고들은 거기에 슬쩍 숟가락을 얹었을 뿐이었단 말인가. 레미는 아연해졌다. 애초에 아이버스터라는 자가 교도소에 있기는 했는지도 의문이었다.

그때, 이동식 수술실 문이 벌컥 열렸다. 달빛을 등지고 서 있어 처음엔 누군지 알아보지 못했다. 몇 초 지나지 않아 레미는 그가 샬라탄이라는 걸 알아차렸다. 샬라탄이 총을 들고 유령처럼 서 있었다. 그는 즐거움을 영원히 느끼지 못하게 된 사람의 얼굴을 하고 있었다. 샬라탄은 의식을 차린 레미를 보며 미묘한 표정을 지었다. 그러고는 부서진 캐비닛으로 시선을 옮겼다. 온갖 수술도구들이 바닥에 흩어져 있는 광경도 그의 눈에 들어왔다.

"대체 왜?"

상황을 파악한 샬라탄이 중얼거렸다.

"너를 죽어가는 몸뚱이와 푸른 살로부터 해방시켜줬는데 그 대가가 이건가? 도망치는 것?"

샬라탄의 푸른 얼굴이 점점 창백해졌다. 들끓는 분노를 참기 힘든 것 같았다. 하지만 레미의 시선은 오로지 그가 들고 있는 총을 향해 있었다.

"난…… 아들을 원해. 가족을 원한다고."

샬라탄이 수술실 안으로 한 걸음 들이섰다. 그와 동시에 레미는 두 걸음 뒤로 물러섰다.

"내가 바랐던 것은 딱 하나야. 단란한 가족. 일을 마치고 돌아가면 아내와 아들이 웃으며 반겨주는 집. 내가 아주 어릴 때 보았던 우리 집이 딱 그랬지. 푸른 살이 커지기 전까지는……."

이윽고 샬라탄이 짐승처럼 울부짖기 시작했다. 레미의 시야 위로 다시 메시지가 떴다.

[소프트웨어 업데이트 준비 완료]

[업데이트 하시겠습니까?]

[YES] [NO]

메시지 사이로 샬라탄의 눈이 희번덕거렸다. 레미는 블라인드가 제게 던졌던 질문을 다시 떠올렸다. 아니, 블라인드가 마음속으로 다시 묻고 있었다.

'정말로 살인을 할 수 있는 능력을 주면 너는 할 의향이 있나?'

샬라탄이 총을 들어 레미의 얼굴을 겨눴다.

"왜 다들 내게서 도망치려는 거지? 난 그저 행복해지고 싶어하는 사람들을 도와줬을 뿐이야. 내 아내들도, 아들들도 마찬가지였어. 난 그들의 삶을 전보다 더 완벽하게 만들어줬을 뿐이라고."

귀신 들린 사람처럼 괴성을 내지르는 샬라탄의 입가에 허연 거품이 고였다. 안압이 오른 두 눈은 당장이라도 터질 것처럼 붉었다. 레미가 뒷걸음질 치려는 순간, 샬라탄이 총구의 방향을 옆으로 홱 틀었다. 동체시력이 작동했다. 레미의 인공뇌가 1초를 수십, 수백 개의 장면으로 쪼갰다. 총구가 움직이는 궤도를 따라 목표물을 예측해본 결과, 그가 겨누려는 것은 침대에 누워 있는 동수였다. 그 순간 레미는 선택할 수밖에 없었다. [YES]와 [NO] 중에서 단 하나의 선택만을.

15

진동은 착각이 아니었다. 실제로 세상이 개벽하듯 진동하고 있었다. 마치 흔들리는 공 위에 올라선 느낌이었다. 가상현실은 온데간데없이 사라지고 온통 암흑이었다.

─왜 그러십니까, 경감?

완전히 사라진 줄 알았던 안 소장이 모자이크처럼 분해된 채로 허공을 부유하고 있었다. 지직거리는 그의 음성이 작아졌다 커졌다를 반복했다.

"안 느껴지십니까? 지금 사방이 미친 듯이 흔들리고 있지 않습니까."

어디선가 굉음이 울렸다. 무언가가 폭발하는 소리였다. 충격이 파도처럼 닥쳐왔다. 맥없이 엎어진 드레스덴은 앞이 잘 보이지 않아 두 손으로 바닥을 더듬었다. 암흑이 점점 걷혔다.

희미해져가는 안 소장의 목소리가 알아들을 수 없을 정도로 뚝뚝 끊어졌다.

—흔들리고 있는 건…… 이곳이 아니라…… 경감께서 서 있는…… 그곳입니다.

안 소장의 형체가 알알이 빛 망울로 변하더니 한순간 눈앞에서 사라졌다. 어둠이 사라지고 밝은 조명이 켜졌다. '4D 현장자료실'의 원래 모습이 나타났다. 아무도 없는 공허한 정육면체 공간에 서 있던 드레스덴의 입에서 참았던 숨이 터져 나왔다. 그는 잠시 잊고 있었다. 자신이 한얼시에서 벗어난 적조차 없었다는 것을. 이곳은 경찰청 건물이라는 것을.

경찰청 건물이 흔들리고 있었다. 어디선가 비명이 들려왔다. 드레스덴은 용수철처럼 문밖으로 튀어 나갔다. 문을 열기 무섭게 매캐한 연기가 쏟아져 들어왔다. 연기를 뚫고 나온 사람들이 비명을 지르며 그의 앞을 스쳐 지나갔다. 드레스덴은 요란하게 울려 퍼지는 경보음을 들으며 대체 무슨 일이 일어난 건지 알아내려고 주위를 살폈다. 가상현실에서 갓 빠져나온 상태라 술을 마신 것처럼 정신이 몽롱했다. 벽과 바닥이 이리저리 휘어지고 일그러져 보였다. 그때, 경찰청 직원 하나가 드레스덴을 발견하고 멈춰 섰다.

"경감님, 경찰청에 테러가 일어났어요. 누군가가 수사본부 회의실에서 폭탄을 터뜨렸어요. 어서 피하세요!"

또다시 건물이 크게 진동하자 직원은 비명을 지르며 비상구 쪽으로 도망쳤다. 드레스덴은 한 걸음 내디뎠다가 휘청거리며 벽을 짚었다. 온갖 환각 장치로 가득한 방에 있었던 탓에 현기증이 났다. 어디서부터 어디까지가 현실인지 분간되지 않았다. 설마 아직도 가상현실인 건 아닐까. 그는 멍하니 검은 연기 쪽을 쳐다보았다. 공포에 질린 사람들이 그 속에서 우왕좌왕하고 있었다.

'우린 어니에나 존새한나.'

악령처럼 그 문장이 머릿속에 또다시 출몰했다. 드레스덴은 한결을 찾아야만 했다. 그에게 물어봐야만 했다. 정말 정한결 당신은 원한을 품고 여기까지 왔단 말인가. 정말 아이버스터를 돕고 있었나.

드레스덴은 허리춤에서 총을 꺼내 장전했다. 그러고선 총구를 앞으로 겨누고 검은 연기 속으로 들어섰다. 그의 양옆으로 공포에 휩싸인 사람들이 비명을 지르며 지나쳐 갔다. 화재 비상벨 아래에 있는 소화함에 방연 마스크가 있었다. 그는 운 좋게 하나 남아 있는 마스크를 얼굴에 썼다.

폭발의 근원지인 회의실 쪽에 가까워질수록 유독가스가 시커먼 괴물처럼 과격하게 뿜어져 나왔다. 드레스덴은 자세를 좀 더 낮췄다. 통신기기는 먹통이었다. 휴머노이드 경찰 몇 명이 다치거나 패닉에 빠진 사람들을 부축하고 있었다. 그때, 위태롭게 깜박거리던 건물 조명들이 전부 암전됐다. 정전이었다. 밤이라 경찰청 내부는 동굴처럼 컴컴했다. 드레스덴은 라이트를 꺼내서 총구 아래에 대고 켰다. 라이트가 폐허가 된 내부를 비추자 마치 공포게임 속에 들어온 기분이었다. 연기가 조금씩 마스크 안으로 새어 들어오고 있는지 아까보다 의식이 몽롱해졌다.

회의실에 도착했다. 벽이 무너져 내려 복도와 하나가 된 그곳은 마치 마그마라도 터진 것처럼 보였다. 맹렬히 치솟는 불길과 연기 때문에 더는 진입할 수 없었다. 드레스덴은 옆으로 발을 돌렸다가 물컹한 물체를 밟고 무의식적으로 발아래를 내려다보았다. 그가 밟은 건 누군가의 팔이었다. 신원을 확인할 수 없는 검은 시체가 곳곳에 널려 있었다. 온몸이 서늘하게 굳었다.

뒤에서 빠각, 하고 유리 밟히는 소리가 났다. 드레스덴이 방아쇠에 건 손가락에 힘을 주며 빠르게 뒤돌아섰다. 라이트에 누군가의 얼굴이 새하얗게 빛났다.

"경감님?"

한결이었다. 그토록 찾고 있던 정한결이었다. 그가 항복하듯 두 손바닥을 내보이며 드레스덴에게 한 걸음 다가왔다. 드레스덴이 반사적으로 소리쳤다.

"다가오지 마!"

한결은 걸음을 우뚝 멈췄다. 그는 드레스덴이 왜 그런 표정을 짓고 있는지, 왜 자신을 향해 총을 겨누고 있는지 이미 이해하고 있는 듯한 태도였다.

"혼란스러우신 거 알아요. 하지만 여긴 위험하니 일단……."

"정 요원, 대체 당신 정체가 뭡니까?"

두 눈을 부릅뜨고 드레스덴이 물었다. 한결의 커다란 동공이 라이트 빛에 반사되어 번쩍였다.

"대답하세요. 애초에 여기 온 목적이 뭔지."

"설명드릴게요. 일단 여기서 나가서……."

"아니. 여기서 듣겠습니다."

한결은 뭔가를 말하려다가 도로 입을 닫았다. 어떻게 이야기를 시작해야 할지 잠시 고민하는 눈치였다.

"섬광 대학살 직후, 완전자유연대라는 테러 단체가 생겨났어요. 완전자유연대의 행적을 모니터링하던 요원들은 심상치 않은 분위기를 읽었죠. 아이버스터의 탈옥 혹은 모방범이 나타날 가능성이 커졌다는 걸 모든 초월대륙의 정보기관들이 예측했고, 초월동아시아는 아이버스터 혹은 그의 추종자가 자신들에게 틀림없이 복수를 할 거라고 확신했어요. 그들은 아이버스터에게 누명을 씌웠고, 그의 유일한 가족을 죽였으니까요."

건물 어디선가 우르릉, 하고 천둥 같은 소리가 낮게 울렸다. 동시에 발아래가 한 번 더 미미하게 진동했다.

"그들은 언제 폭주할지 모르는 아이버스터를 막을 수 있는 유일한 사람은 그의 누나, 즉 저뿐이라는 결론을 내렸어요. 저는 안 소장에 의해 되살아났고, 정보부가 절 데려간 직후 '군인 정한결'에 대한 기록은 완전히 말소됐어요. 원래부터 존재하지 않았던 사람이 된 거예요. 그뿐만 아니라 정보부는 어디에서 지켜보고 있을지 모르는 완전자유연대 일원의 눈을 피하기 위해 제게 가짜 신원을 만들어주었죠."

드레스덴은 한결이 하는 말이 진실인지 확인하기 위해 그의 눈에서 잠시도 시선을 떼지 않았다. 한결의 눈동자엔 흔들림이 없었다. 진실을 말하고 있어서인지 아니면 사이보그라서 그 정도는 통제가 가능한 건지 알 수 없었다.

"당신을 죽게 만든 것도 모자라 당신의 동생을 인류 역사상 최악의 범죄자로 만든 정부에게 협조했다고요? 그렇게 쉽게 정부의 개가 되기로 했단 말입니까?"

드레스덴의 비아냥에 한결은 잠시 입을 다물었다. 건물에서 한 번 더 우르릉하는 소리가 들리고 나서야 한결이 말을 이었다.

"전 그들을 좋아하지 않아요. 지금도 마찬가지고요."

"그래서? 당신은 그들 입맛에 맞춰주는 척하며 따로 복수를 준비 중이기라도 했습니까? 말해요. 당신의 진짜 목적이 뭔지."

"제 진짜 목적은 경감님의 목적과 같아요. 아이버스터를 막는 거예요."

"어디 증명해봐요."

"초월동아시아가 인디고들이 타고 온 수송기 폭격을 일부러 저지한 건 그저 열 명의 과학자를 살리기 위해서가 아니었어요. 초월동아시아는 아이버스터를 일부러 한반도로 들인 거예요. 그래야 그를 사로잡을 수 있으니까요."

아이버스터가 섬광 대학살을 일으키고 파나마에서 검거된 후, 강력한 국제법에 의해 아이버스터는 곧장 국제교도소로 수감되었다. 초월동아시아는 그토록 찾고 싶었던 아이버스터를 또 한 번 빼앗긴 셈이었다.

"어쩌면 탈옥도 정부에 의해 외도된 건지 몰라요. 그것까진 제가 알 수 없지만, 그럴 가능성도 충분히 있다고 봐요."

드레스덴은 손에 든 총을 더욱 세게 쥐었다. 그동안 드레스덴이 온몸 바쳐 수호했던 국가의 실체는 견딜 수 없이 역겨웠다. 그가 굳게 믿고 있던 세계가 붕괴했다. 불과 한 시간 전까지의 자신은 허울이었다. 허울에게 충성하고 있었으니까. 충격과 허무함에 넋이 나가버린 드레스덴에게 한결이 한 걸음 조심스럽게 다가왔다. 한결이 한 손을 들어 드레스덴의 총 위에 얹었다. 드레스덴은 잠시 몸을 움찔했지만 총을 쏘지는 않았다.

"정부는 아이버스터를 '4번 수조'에 넣을 거예요."

정부는 아이버스터의 뇌를 한결처럼 기계 몸뚱이 속에 넣고서 천재만이 해낼 수 있는 일을 시키려고 들 것이다. 효용과 쓸

모를 빨아 먹혀 나무껍질처럼 버석하게 말라버릴 때까지.

"그리고 당신은…… 그걸 막으려는 것이고요?"

한결은 대답하지 않았다. 대신 자신을 향한 총구를 잡아 내렸다.

"자, 이제 제 말대로 해요. 건물이 무너지기 전에 어서 여기서 나가요."

총구의 각도가 아래로 기울어지며 라이트가 한결의 상체 아래를 비췄다. 그러자 한결의 뒤편에 서 있는 누군가의 두 다리가 보였다. 드레스덴이 숨을 크게 들이마셨다. 반사적으로 한결을 옆으로 밀치며 소리쳤다.

"비켜요!"

드레스덴이 괴한을 향해 방아쇠를 당겼다. 검은 그림자가 옆으로 몸을 피했다. 영문도 모른 채 회의실 바닥에 나동그라진 한결도 서둘러 라이트를 켰다. 양방향에서 날아온 두 줄기의 빛이 괴한이 있던 자리를 똑바로 비췄다. 피투성이 남자가 천천히 몸을 일으켰다. 온몸으로 파편을 맞았는지 경찰 제복이 빗살 모양으로 찢겨 있었다. 뺨 아래까지 번져 있는 그의 푸른 살이 울룩불룩 경련했다.

드레스덴의 푸른 살 역시 미꾸라지처럼 날뛰기 시작했다. 한쪽 무릎이 저절로 푹 꺾였다. 고통을 억누르느라 얼굴이 붉어지고 이마에 핏대가 섰다. 그런 와중에 드레스덴은 상대를 알아봤다.

"남 경위?"

장비관리과 소속 남 경위였다. 그가 무덤에서 깨어난 시체 같은 모습으로 서 있었다. 드레스덴을 노려보는 흰자위는 충혈되어 있었다. 남 경위가 작은 목소리로 중얼거렸다.

"두려움과 혼란은 아주 잠시뿐이야. 이런 일을 몇 번 견디고 나면 인간 말종들은 걸러지고 또 걸러지겠지. 아이버스터, 그의 후계자들이 그런 세상을 만들 거야. 쾌적해진 지구에서 오래오래 살 가치가 있는 인간들만 남은 정의로운 세상 말이야."

그렇게 말하면서 남 경위는 그의 허리에 빙 둘러 있는 소형 폭탄으로 손을 가져갔다. 그러더니 안전핀 하나를 툭 뽑아 던졌다.

드레스덴은 제 옆에 서 있던 한결의 허벅지 근육이 당장이라도 튀어 나갈 듯 팽팽해지는 걸 보았다.

"아이버스터는 이 시대를 구원할 진정한 정의 구현자야. 아이버스터가 다른 누구도 성공하지 못한 과업을 마저 끝마치도록 내버려둬."

남 경위는 한 걸음 한 걸음 드레스덴에게 다가오면서 허리춤에 달려 있는 폭탄들의 안전핀을 하나씩 빼냈다. 두 개, 세 개씩 손가락에 걸려 있던 고리들은 잿가루가 쌓인 건물 잔해 위로 떨어졌다. 비로소 모든 것이 바로잡혔다. 드레스덴을 속인 건 한결이 아니라 남 경위였다.

"자네가 수색 범위를 조작했던 거군. 휴머노이드들이 접근하지 못한 그 비탈 너머에 인디고들이 있었던 거야. 그렇지?"

휴머노이드들은 꼭 살충제를 뿌린 부위만 개미들이 동그랗게 피해 가는 것처럼 인디고들이 숨어 있던 곳 주변만 돌고 또 돌았다. 남 경위는 무려 사흘 동안이나 모든 경찰이 허탕을 치게 만든 것이었다.

"아이버스터는 휴머노이드에 뇌를 옮기기 위해 그 숲에서 전환 수술을 거쳤을 거야. 그동안 감옥에서 몸이 약해졌고 그도 언젠간 청나무가 되어 죽을 테니까."

그게 목적이었나. 샬라탄을 이용해서 사이보그 전환 수술을 받을 작정이었던 건가. 인디고들이 영운산에 있는 줄도 모르고 사흘을 흘려보냈다니. 총을 틀어쥔 드레스덴의 두 손이 떨렸다. 드레스덴과 약 45도 각도를 이루고 서 있던 한결이 남 경위에게 두 손바닥을 천천히 내보이며 말했다.

"남 경위, 당신은 어릴 때 의붓어머니의 학대로 인해 형을 잃었더군요."

한결은 벌써 남 경위에 대한 뒷조사를 마친 뒤였다. 충혈된 남 경위의 시선이 느릿느릿 한결에게로 돌아갔다.

"그 입 닥쳐."

남 경위가 두 눈을 섬뜩하게 부라렸다. 그의 눈빛은 인간의 것 같지 않았다.

"내가 클로주어를 풀려고 한 이유가 뭔지 아나요, 남 경위?"

한결은 클로주어를 풀려고 했다가 남 경위에게 들켰다는 것까지 이미 알고 있었다.

"저는 아이버스터와 대면할 거예요. 초월동아시아는 만일을 대비해 저를 사이보그로 되살려냈고, 저를 만나게 하기 위해 아이버스터를 한국으로 유인한 겁니다. 아이버스터를 탈옥시키겠다는 완전자유연대의 계획은 오히려 정부에게 이용당한 거라고요. 지금껏 당신들이 일으킨 테러는 아이버스터가 지령을 내려서 저지른 것도 아니었어요. 오로지 당신들만을 위한 거였죠. 대체 누구를 위해 이런 짓을 벌이는 건가요? 이런다고 어릴 적 겪은 상처가 없어지나요?"

남 경위의 눈동자가 미세하게 떨렸다. 한결은 그를 향해 계속 다가섰다. 드레스덴은 입술을 굳게 다문 남 경위를 초조하게 응시했다. 이대로라면 지원 인력이 오기 전에 그를 체포할 수 있을지도 몰랐다.

"형은…… 나를 대신해 죽었어. 겨우 열한 살 때 맞아 죽었지."

느릿하게 운을 떼는 남 경위의 목소리가 슬픔에 잠겼다.

"계모는 자긴 밀치기만 했다면서, 형의 몸에 난 큰 상처는 자해를 해서 생긴 거라 주장했어. 아버지는 밖에서 일하느라 아무것도 모른다고만 했고. 형은 누가 봐도 명백한 영양실조 상태였어. 그런데도 법이 할 수 있는 건 아무것도 없었지. 계모의 푸른

216

살이 남들보다 큰 편이긴 했지만 그것도 아무런 증거가 되지 못했어. 난 빌고 또 빌었어. 푸른 살도 정의를 실현하지 못하니, 그보다 더 정의로운 존재를 내려주어 부모를 죽여달라고. 그리고 그 소원은 이뤄졌어. 아이버스터가 없었다면 난 이미 죽었을 거야. 정의 따윈 없는 세상에서 더는 살고 싶지 않았거든."

남 경위가 피로 물든 이를 드러내고 웃었다. 그를 장악하고 있는 강렬한 분노가 드레스덴에게도 느껴졌다. 남 경위 주위엔 다섯 개의 은색 고리들이 떨어져 있었다. 무슨 이유인지 폭탄은 아직 터지지 않았다. 하지만 일단 터졌을 때 폭발력이 어떨지 알 수 없었다. 어느새 한결은 손을 뻗으면 닿을 거리까지 남 경위에게 다가간 상태였다.

"그러니까 아무 상관 없어. 아이버스터의 진심이 무엇이든 관심 없다고. 그는 살아남아야 해. 우릴 구원해줄 사람은 오직 아이버스터뿐이야."

남 경위가 드레스덴을 향해 불시에 몸을 튼 것은 바로 그때였다. 남 경위가 괴성을 내지르며 드레스덴을 향해 돌진했다. 드레스덴은 피하지 않고 남 경위를 향해 총을 몇 발 쐈다. 총알이 전부 남 경위의 가슴팍을 통과했다. 남 경위는 쓰러지면서 그대로 드레스덴의 몸을 덮쳤다. 드레스덴의 푸른 살이 또다시 거센 발작을 일으켰다.

뒤이어 한결이 남 경위에게 달려들었다. 남 경위는 회의실 구석으로 부메랑처럼 내던져졌다. 퍽, 하고 신체 어딘가가 부서지는 소리가 났다. 벌레처럼 바닥에서 꿈틀대던 남 경위는 그의 허리춤에 달려 있는 폭탄에 남아 있던 안전핀을 모조리 뽑았다. 드레스덴은 그 모습을 보고 불현듯 깨달았다. 저 폭탄들은 핀을 모두 뽑아야 터진다는 걸.

폭발 직전, 드레스덴에게 달려온 한결이 드레스덴의 얼굴과 상체를 온몸으로 덮었다. 간지러운 무언가가 드레스덴의 뺨 위를 간질였다. 한결의 길고 까만 머리카락이었다. 한결의 등 뒤에서 새하얀 섬광이 터졌다. 시야가 삽시간에 밝아지고, 귀가 찢기는 폭음이 한결과 드레스덴을 넘쳤다. 십채만 한 파도에 휩쓸리다가 바닷속을 떠돌던 침몰선에 부딪히는 듯한 충격이 몰려왔다. 의식이 촛불처럼 맥없이 꺼졌다.

16

첫 살인은 아무것도 느낄 새도 없이 끝났다. 정신을 차려보니 레미는 마치 왈츠를 추듯 샬라탄과 몸을 밀착하고 있었다. 레미는 자신이 쥐고 있는 얄팍하고 차가운 메스의 감촉과 선명히 대비되는 뜨끈뜨끈하고 끈적한 선혈을 느꼈다. 샬라탄의 목울대는 지퍼가 열린 것처럼 벌어져 있었다. 레미는 한 팔로 끌어안고 있던 샬라탄의 허리를 놓았다. 문간에서 그대로 뒤로 넘어간 샬라탄은 통나무처럼 숲으로 쓰러졌다.

샬라탄의 목에서 검은 피가 개울처럼 흘러 흙 속으로 스며들었다. 레미는 샬라탄의 피를 흠뻑 뒤집어쓴 자신의 몸을 내려다보았다. 상황을 파악한 순간 레미의 낯빛이 새하얗게 질렸다.

레미는 들고 있던 메스를 떨어뜨렸다. 메스가 바닥에 날카로운 소리를 내며 떨어졌다. 레미의 관자놀이에 붙어 있는 발광체가 전엔 보지 못한 속도로 빠르게 점멸했다.

"자, 이제 가야 해."

살인이 벌어진 직후라서 블라인드 역시 흥분한 상태였다. 그의 마음의 동요가 레미를 더욱 불안하게 만들었다. 피투성이 손으로 서둘러 노트북을 챙기고, 뒤통수에서 길게 빠져나온 케이블을 도로 몸 안으로 밀어 넣었다. 그때 열려 있던 수술실 문 너머에서 딱, 하고 나뭇가지가 밟히는 소리가 났다. 레미가 소리가 난 쪽을 본능적으로 돌아보았다.

"꼼짝 마."

가위눌린 듯 몸이 얼어붙었다. 한 사내가 레미를 향해 총을 겨누고 서 있었다. 사내의 관자놀이에도 동그란 발광체가 붙어 있었다. 허리춤에선 은빛 경찰 배지가 달빛에 반짝였다. 사내의 정체를 알아차린 레미의 온몸이 전율했다. 사내는 휴머노이드 형사였다.

"레미?"

형사도 눈앞의 상대가 납치된 휴머노이드임을 알아보았다. 그는 목이 너덜너덜해진 채로 죽은 살라탄의 시체와 피를 흠뻑 뒤집어쓴 레미를 천천히 번갈아 보았다. 마지막으로 형사의 시선은 바닥에 떨어진 메스로 향했다. 비정상적인 일이 벌어졌음을 알아차린 그가 레미를 향해 총구를 겨눴다.

"손 들어."

레미는 블라인드가 형사의 말을 따르지 않을까 봐 잠시 걱정했다. 하지만 다행히 두 팔은 순순히 위로 올라갔다. 형사는 혼자가 아니었다. 사방에서 휴머노이드 경찰과 로봇 개들이 이동식 수술실을 중심으로 모여들었다. 차라리 잘된 일이 아닌가. 경찰들은 동수와 등산객을 발견할 것이고, 바로 병원으로 이송할 것이다. 그리고 자신의 몸에서 블라인드의 뇌를 분리해줄 것이다.

"천천히 밖으로 나와. 그리고 그 노트북 이리 건네."

휴머노이드 형사가 레미가 가지고 있는 노트북을 총구로 가리켰다. 이번에도 블라인드는 반항하지 않았다. 레미가 형사의 지시에 따라 밖으로 나오자, 다른 휴머노이드 경찰들이 차례로 수술실 안으로 들어갔다. 그들은 생명 유지 장치가 꺼져 서서히 죽어가고 있는 동수와 의식을 잃은 등산객을 발견하고 휴머노이드 형사에게 소리쳤다. 그 순간, 잠자코 있던 블라인드가 자신의 존재를 드러내듯 레미를 멈춰 세웠다. 그러고는 고개를 들어 캄캄한 하늘을 올려다보았다. 시선 끝에서 인공위성 몇 대가 별처럼 반짝거렸다. 레미의 머릿속에서 블라인드의 목소리가 울렸다.

'그러게 내가 빨리 가자고 했잖아.'

휴머노이드 형사가 받아 든 노트북에서 삑삑 소리가 났다. 형사가 무의식적으로 노트북을 열었다. 그때, 기이한 일이 벌어졌다. 누군가가 시간 정지 버튼을 누른 것처럼 휴머노이드 형사가 입을 벌린 채 그대로 멈췄다. 다른 휴머노이드들과 로봇 개들도 동작을 일순 멈췄다. 레미의 시야 위로 다음과 같은 문장들이 나타났다.

[새로운 명령 소프트웨어 다운로드 요청]
[YES] [NO]

노트북으로부터 어떤 명령 소프트웨어가 무선 송신되고 있었다. 노트북을 다시 여는 순간 명령 소프트웨어가 주변의 모든 휴머노이드에게 송신되도록 미리 설정되어 있었던 것이다. 하지만 레미는 무선통신 기능이 망가져서 [YES]를 눌러도 새로운 명령을 다운로드할 수 없었다. 아까처럼 케이블을 직접 기기에 연결해서 다운로드하는 것만 가능했다. 이것 역시 블라인드가 의도한 것이었다. 레미를 제외한 모든 휴머노이드가 그 명령 소프트웨어를 다운받아 감염되도록 말이다.

[새로운 데이터를 수신할 수 없음]
[무선통신 장치 확인 요망]

레미의 시야에 오류 메시지가 연신 깜박였다. 잠시 후, 멈춰 있던 휴머노이드들이 삐걱대며 몸을 움직이기 시작했다. 레미는 제게로 총을 겨눈 채 멈춰 있던 휴머노이드 형사가 겨울잠에서 깨어난 개구리처럼 움찔거리는 것을 보았다.

"방금 전송된 건 휴머노이드가 스스로를 파괴하게 만드는, 일명 '자살' 소프트웨어야. 불법 격투장에서 휴머노이드들이 상대방이 파괴될 때까지 무조건적으로 싸우게 만들 때 쓰는 소프트웨어를 변형한 것이지. 휴머노이드들이 죽어가는 모습을 보고 싶은 게 아니라면 어서 여기서 떠나자고."

말을 마치기 무섭게 휴머노이드 형사가 스스로의 턱에다 대고 총을 쏘았다. 레미는 너무 놀라 비명을 내질렀지만 블라인드에게 몸의 통제권을 빼앗긴 탓에 비명이 입 밖으로 터져 나오지는 않았다. 그 공격은 신호탄으로 작용했다. 이내 다른 휴머노이드 경찰들도 스스로를 해치기 시작했다. 자신의 얼굴을 주먹으로 때리고, 나무에 머리를 사정없이 처박았다. 순식간에 휴머노이드의 팔과 다리, 심지어는 목이 분리되어 땅을 굴렀다. 자신의 턱에 총을 쏘았던 휴머노이드 형사는 아래턱이 너덜너덜해졌지만 아직 전원이 꺼지지는 않았다. 그는 비틀대며 다시 총을 들어 이번엔 인공뇌가 자리한 관자놀이 쪽에다가 총구를 갖다 댔다. 레미는 어떻게든 그들을 말리기 위해 안간힘을 썼다. 하지만 어림없었다.

"어서 여기서 떠나자는 내 말을 듣지 않은 탓이야."

'이 살인자!'

"애쓰지 마. 자꾸 나한테 반항한다면 네 의식을 완전히 꺼버
릴 수도 있어. 이쯤 되면 내가 정말로 그럴 수 있다는 걸 알겠
지."

레미는 블라인드를 방해할 다른 방법을 찾기 위해 그의 기억
속을 파고들기 시작했다. 뜨겁고 강렬한 감정들로 얽혀 있는 그
의 옛 기억들이 조금씩 드러났다. 블라인드가 걸음을 잠시 멈추
고 차갑게 경고했다.

"경고야. 더는 나를 희나게 하지 마."

뒤쪽에서 탕, 하고 총성이 울렸다. 블라인드가 뒤를 돌아보았
다. 휴머노이드 형사가 풀썩 쓰러지는 게 보였다. 그의 머리는
완전히 훼손되어 스파크를 일으키고 있었다. 블라인드가 그쪽
으로 가서 형사 옆에 떨어진 노트북을 조용히 주워 들었다. 그
리고 레미의 뒤통수에 길게 늘어져 있던 케이블 끝을 들어 올리
며 레미에게 한 번 더 경고했다.

"어서 내 기억 속에서 나와."

레미는 블라인드가 깊숙이 덮어둔 기억, 12년 전의 보츠와나
에 도착해 있었다. 레미는 반란을 일으킨 민병대를 진압하기 위
해 초월동아시아에서 파병한 부대에서 벌어졌던 비인간적인
실험들을 목도했다. 무수히 많은 포로들이 기지 지하에 비밀리

에 만들어진 실험실에서 섬광에 노출되어 청나무가 되었다. 휴머노이드 군인들은 청나무들을 한데 모아 소각했다. 블라인드는 언덕 위에 서서 청나무가 탈 때 나는 특유의 느글거리는 냄새에 후각이 마비된 채 청나무더미가 불타오르는 광경을 지켜보곤 했다. 그때마다 블라인드가 느꼈던 절망이 레미에게도 녹아들었다. 레미는 블라인드가 거대한 망원경처럼 생긴 기계 앞에 서 있는 모습도 지켜보았다. 죽을 각오로 그곳에 섰던 블라인드의 참담한 마음이 느껴졌다. 덩달아 숨이 막혀왔다. 그리고 레미는 불현듯 모든 걸 깨달았다. 블라인드가 누구였는지를. 블라인드가 앞으로 무얼 하려는지를.

레미는 블라인드의 기억으로부터 튕겨져 나왔다. 더는 블라인드의 기억에 접근할 수 없었다. 사방이 까맣게 가로막혀 아무 것도 보이지 않았다. 모든 감각이 차단된 상태로 레미의 깜깜한 시야에 메시지가 떴다.

[10초 후 인공뇌와의 연결을 해제합니다.]
[10, 9, 8……]

블라인드가 정말로 레미의 인공뇌와의 연결을 끊어버렸다.
"일이 전부 끝나면 다시 깨워주도록 하지. 운전 방해할 생각 말고 푹 자둬."

깊은 물 속에 잠긴 것처럼 블라인드의 음성이 희미하게 울렸다. 이젠 레미가 할 수 있는 게 정말로 아무것도 없었다. 레미는 체념하고 어둠 속에 몸을 웅크렸다. 그렇게 레미의 자아는 기약 없는 기나긴 절전 상태에 빠져들었다.

17

"⋯⋯푸른 살 말기 환자입니다. P4H 탱크로 이송하지 않으면 죽을지 모릅니다. 어서 서둘러요."

다급한 목소리가 깊이 침잠해 있던 드레스덴의 의식을 수면 위로 끌어냈다. 한 번에 수용하기 어려운 감각들이 한꺼번에 쏟아져 들어왔다. 전쟁터처럼 시끄러운 목소리들, 규칙적으로 삑삑 소리를 내는 기계음, 약품 냄새 그리고 전신을 쪼개는 듯한 고통. 감각 하나하나가 괴로워서 다시 기절하고 싶었다.

"환자 의식이 돌아왔습니다!"

누군가가 소리쳤다. 눈앞으로 누군가 불쑥 얼굴을 들이밀었다.

"경감님, 제 말 들리세요?"

머리카락이 완전히 그을린 한결이었다. 피부 곳곳이 타들어가 은색 본체가 드러나 있었다. 한결의 뒤편으로 구급차 내부가 보였다. 드레스덴이 몸을 일으키려고 하자 휴머노이드 구급대원과 한결이 드레스덴의 동시에 어깨를 잡아 눌렀다. 잠깐 상체를 일으켰다가 누웠을 뿐인데 온몸의 뼈가 으스러지는 듯한 통증이 몰려왔다.

"여기서 푸른 살이 더 자극되면 다시는 일어나지 못할지도 몰라요. 푸른 살이 쇄골을 넘어섰어요. 이미 마비가 시작되고 있다고요. 당장 병원으로 가서 P4H 치료를 받지 않으면 며칠 안으로 청나무가 되고 말 거예요."

마음의 준비를 하기도 전에 한결이 시한부 선고를 내렸다. 드레스덴은 기어코 그날이 왔구나 싶었다. P4H 탱크에서 피클처럼 푹 절여져봤자 겨우 며칠 더 살겠지. 드레스덴은 다시 힘을 주어 몸을 일으켰다. 이번엔 한결도 말리지 않았다. 상체를 구부정하게 일으킨 상태로 드레스덴이 중얼거렸다.

"차 세워요."

"안 돼요."

한결은 드레스덴의 고집을 꺾을 수 없단 걸 알면서도 딱 잘라 거절했다. 그러자 드레스덴은 자율주행 인공지능에게 차를 세우라고 고래고래 소리를 지르기 시작했다. 전용 궤도를 날던 구급비행차가 지상 도로에 착륙했다.

"푸른 살이 한계치까지 성장한 상태예요. 몸 일부가 마비되셨을 거예요. 그런데 그렇게 소리까지 지르시면⋯⋯."

드레스덴은 귀찮다는 듯 한 팔을 휘저었다. 하지만 팔은 고장난 메트로놈처럼 삐걱거렸다. 온몸에 감각이 없었다. 푸른 살이 전신을 마비시키기 직전의 전조 증상 중 하나가 감각이 둔화되는 것이라더니 정말이었다. 드레스덴은 이동 침대에서 내려와 구급차 문을 발로 걷어찼다. 구급차에서 내려온 그가 균형을 잃고 바닥을 구르자 한결이 서둘러 드레스덴을 일으켜 세웠다. 새벽 3시인데도 도로엔 차들이 쌩쌩 달리고 있었다. 앞으로 다섯 시간 뒤면 금환일식이 벌어지기 때문이었다. 사람들은 무통의 밤을 즐기기 위해 어디론가 모여들고 있었다.

"경찰청 상황은 어떻습니까?"

그 와중에 드레스덴은 아이버스터를 검거하기 위해 외국에서 자문을 나온 일군의 전문가들과 경찰청 동료들이 전부 죽었을까 봐 속이 울렁거렸다. 한결은 무선 네트워크로 경찰 내부망에 접속해 현재까지 파악된 피해 상황을 알려주었다.

"경찰청에 와 있던 고위인사들은 무사해요. 청장님은 수술 중이지만 생명의 지장은 없으시다 보고됐고요. 일부 층만 폭발로 화재가 났을 뿐, 붕괴 위기는 면했어요."

남 경위는 시신의 조각조차 찾지 못했다고 했다. 드레스덴은 완전자유연대의 사상에 물든 자를 맞닥뜨리면 틀림없이 알아

229

볼 거라고 예전부터 자신했었다. 하지만 자신은 그동안 남 경위의 정체를 알아채지 못했다.

"경감님, 이 몸으로 대체 어딜 가시려는 거예요."

한결은 드레스덴의 어깨를 꽉 잡고 멈춰 세웠다. 피부 일부가 불길에 오그라든 한결의 얼굴이 시야에 들어왔다. 한결이 아니었다면 드레스덴도 이 꼴이 됐을 것이다.

"경감님께선 혼자 걷지도 못하세요. 일단 진정 좀 하세요."

"박 형사에게 가야 해요. 박 형사에겐 별다른 연락은 없었습니까?"

"영운산에서 뭔가를 발견하면 곧바로 연락주겠다고 했어요."

"이미 사흘이나 시간을 허비했습니다. 인디고들은 벌써 영운산을 떠났을지도 모릅니다. 또 우리가 한발 늦는다면……."

한결은 화상으로 울긋불긋해진 드레스덴의 손을 꼭 쥐며 말했다.

"박 형사는 괜찮을 거예요."

드레스덴은 한결에게 붙잡혀 있던 손을 빼냈다. 그러고는 도로 가장자리에 주저앉았다. 한결도 그의 옆에 앉았다. 주황색 가로등 밑에 앉아서 둘은 한참 동안 아무런 말이 없었다. 응급차와 경찰차 소리가 도시 어디선가 들려왔다. 마치 다른 세상에서 들려오는 소리처럼 현실감이 없었다.

"재작년 연방연구소 방화 사건 말입니다. 혹시 그 일도 당신과 관련이 있습니까?"

한결은 아무 말도 하지 않았다. 그는 한참만에 대답을 했다.

"저를 정보부에 보내고, 안락사 준비도 마친 안 소장에겐 마지막으로 할 일이 남아 있었어요. 자신을 이용할 대로 이용하고 내친 정부에 대한 복수요."

한결이 별다른 설명을 덧붙이지 않았음에도 드레스덴은 단번에 이해했다. 아직도 범인이 누구인지 밝혀지지 않은 연방연구소 방화범은 다름 아닌 안 소장이었다. 주변의 모든 소음이 차분하게 가라앉는 듯했다. 딸을 잃고 나서야 스스로가 괴물이란 걸 깨달은 과학자의 참회란 한 나라가 이룩한 고도의 과학기술을 우주 먼지로 만들어버리는 것이었다. 그와 지극히 어울리는 복수 방법이라고 해야 할까.

"그 연구소는 그의 일생 중 무려 50년이 담긴 곳이었어요. 자기 자신을 분신하는 일과도 같은 일이었죠."

"모든 걸 불사르기 전에 안 소장이 정 요원의 머릿속에 보험 수단을 심어둔 거군요."

"맞아요. 안 소장은 저를 정보부에 보내기 전에 연구소 전체의 내부 구조를 4D화한 자료와 안 소장 본인의 홀로그램을 제 인공뇌에 숨겨두었죠. 경감님이 보신 건 바로 그거예요."

"그걸 왜 이제야 제게 보여준 거죠?"

"필요한 경우가 아니면 밝히지 않을 생각이었어요. 군이 이야기하고 싶지 않았죠. 어차피 이 일은 제 마지막 임무가 될 텐데 진실이 밝혀지면 뭐 하나 싶었어요."

드레스덴은 그 말에 의문이 들었다. 마지막 임무라니?

"남 경위가 완전자유연대 일원이란 걸 깨달았을 땐 이미 경감 님이 저를 의심하기 시작하셨을 때였어요. 그래서 하는 수 없이 '4D 현장자료실'에 제 결백을 증명할 증거를 놔둔 겁니다. 경감 님께서 모든 설명을 들으시는 동안 저는 남 경위를 찾으러 갔지 만 이미 늦은 뒤였어요."

"그럼 왜 안 소장이 당신의 머릿속에 숨겨둔 것들을 이용해 진작 세상에 진실을 알리지 않은 겁니까?"

"아무도 믿지 않을 테니까요. 제가 이번 일을 정부의 뜻대로 해결한다고 쳐도, 정보부는 앞으로도 진실을 알리지 않을 거예 요. 아이버스터가 그들 손에 잡히기만 한다면 진실을 굳이 밝힐 이유가 없어지죠."

한결은 마치 남의 일을 대하듯 덤덤하기만 했다. 드레스덴은 목구멍이 꽉 조여드는 듯한 기분을 느꼈다. 한결의 말이 맞았 다. 아이버스터가 그들의 손에 들어오는 순간 정부는 진실을 밝 히려는 아이버스터의 의지를 간단히 꺾어버릴 것이다. 한결에 게 그랬던 것처럼 클로주어를 걸어버리면 되니까. 진실은 진실 을 아는 자들이 사라지고 나면 더 이상 밝힐 수 없게 된다. 정부 가 기다리고 있는 것은 아마 그날일 것이었다. 드레스덴은 한결

232

의 초연함이 경이로웠다.

"정부는 제가 아이버스터를 대면하길 바라고 있어요. 제가 그를 설득할 수 있는 유일한 사람이니까요."

그 말을 들은 드레스덴은 머릿속에서 사이렌이 울리는 것 같았다. 그건 너무 위험한 계획이었다.

"정 요원, 아이버스터는 당신을 보는 순간 미쳐버릴 겁니다. 죽은 줄 알았던 누나가 멀쩡히 살아 있었단 걸 알게 되는 거니까요. 어쩌면 그는 모두를 죽이는 버튼을 예정보다 빨리 누를지도 모릅니다."

"그럴지도요. 그렇지만 제가 아는 동생은 그럴 리 없어요. 그 애는 결코 충동적이지 않죠. 언제나 그랬듯 오랜 고민을 거친 뒤에야 계획에 돌입할 거예요."

한결에게선 확신이 묻어났다. 아이버스터에 한해서 그는 늘 그런 식이었다. 드레스덴은 지금껏 한결이 보였던 태도가 이제야 이해되었다.

"그럼…… 이제 당신이 할 복수는 뭐죠?"

한결이 시선을 돌려 애꿎은 도로 맞은편의 가로등 불빛만 노려보았다. 드레스덴은 대답을 재촉했다.

"대답하세요. 왜…… 이번이 마지막 임무라는 겁니까?"

"저는 믿을 수 있는 사람을 찾고 있었어요. 제가 눈을 다시 떴을 때부터 지금까지 줄곧이요."

한결은 드레스덴의 눈을 피하고 있었다. 간신히 말을 잇는 그의 두 주먹에 힘이 잔뜩 들어갔다.

"경감님을 이번 수사에 추천한 건 저예요. 경감님이라면 아이버스터를 잡기 위해 무엇이든 하실 것 같았거든요."

그 말인즉슨, 한결은 드레스덴이 어떤 사람인지, 그에게 어떤 과거가 있는지 전부 알고 있었다는 뜻이었다. 머릿속으로 떠올리기만 해도 뼈가 마디마디 부서지는 것만 같은 그 일을 말이다. 그리고 섬광 대학살. 그날의 일은 단 하루도 떠오르지 않은 날이 없었다. 한결은 드레스덴이라면 목숨을 바쳐서라도 이번 사건에 매달릴 기란 걸 예상했다. 그는 딘번에 평정심을 잃었다.

"그래서. 제가 마음에 들었나요? 하루아침에 모든 걸 잃은 사람이라 위험한 일을 맡기기에 적당하겠다고 생각했어요?"

그들의 이마 위에서 가볍게 바람이 일었다. 그들을 태워 갈 경찰비행차가 어느새 도착하여 착륙 지점을 고르고 있었다. 한결이 먼저 몸을 일으켰다. 드레스덴이 그를 따라 일어서서 한결이 먼저 경찰비행차에 타지 못하게 막았다.

"정 요원, 당신이 계획하고 있는 게 뭐죠? 뭘 하려고 나를 파트너로 정했습니까? 여차하면 그 비밀들을 다 풀어놓은 다음에 뭘 하려고 했느냐고요."

경찰 로고가 그려진 6인승 경찰비행차가 착륙해 그들이 타길 기다렸지만 드레스덴과 한결은 서로를 한참 동안 마주 보고 서

있기만 했다. 그러다가 그들은 차 안에서 울려 퍼지는 목소리를
들었다.

[긴급 지원 바람. 긴급 지원 바람. 영운산에서 납치된 휴머노이드
와 샬라탄을 발견했다. 휴머노이드가 샬라탄을 살해한 상황이다. 긴
급 지원 바란다.]

영운산으로 수색을 나간 박 형사로부터 온 긴급 지원 요청이
었다.

18

비행차를 타고 영운산에 도착한 휴머노이드들은 박 형사가
보낸 좌표에서 뛰어내렸다. 육중한 소리를 내며 휴머노이드들
이 하나둘 숲에 착지했다. 인간 경찰들은 로프를 타고 숲으로
내려왔다. 산 위를 맴돌던 경찰비행차들이 산자락 아래로 물러
가고 나자 산은 묘지처럼 적막해졌다. 긴급 지원 요청을 해온
곳이 이토록 조용하다니 불길한 예감이 들었다.

박 형사와는 더는 연락이 되지 않았다. 한결은 박 형사의 마
지막 위치가 잡힌 곳으로 뛰어갔다. 드레스덴은 시시각각 둔해
지는 다리를 절뚝거리며 숲을 헤맸다. 잠시 멈춰서 숨을 고르던
그는 외따로 떨어져 있는 누군가의 팔을 발견했다. 가만히 내려

다 보니 그건 휴머노이드의 팔이었다. 팔 하나를 시작으로 부서진 은빛 조각들과 잔해들이 점점이 나타났다. 골반과 다리 한 짝, 머리 없는 상체, 머리뿐인 상체……. 바위나 청나무에 머리통이 처박힌 채 늘어져 있는 로봇 개들도 보였다. 박 형사와 함께 출동했던 휴머노이드들과 로봇 개들이 전부 박살 나 있었다. 가지치기라도 당한 듯 심하게 부러진 청나무 가지들이 발아래에서 우지끈 밟혔다. 산속에서 저들끼리 전쟁이라도 벌인 듯한 모양새였다. 기본적으로 300킬로그램이 넘는 특수 합금 기계들을 이렇게 도륙하는 건 어려운 일이었다. 인디고들의 짓 같지는 않았다. 두 명이 아닌 백 명의 인디고들이 달려들어도 불가능한 일이었다.

경찰들이 비추는 하얀 불빛들이 커다란 부채꼴 모양을 그리며 청나무 숲속을 어른거렸다. 휴머노이드들의 잔해 위를 정처 없이 거닐며 라이트를 이곳저곳 비추던 드레스덴은 비탈 아래에 마치 절을 하듯 엎어져 있는 휴머노이드 한 대를 발견했다. 이미 한결이 그곳에 도착해 휴머노이드의 얼굴을 확인하고 있었다. 박 형사였다.

한결의 부름을 듣고 휴머노이드들이 폭우로 흙과 썩은 낙엽들이 한데 뒤섞인 진흙탕 위를 달렸다. 마비된 몸을 이끌고 간신히 박 형사에게 다다른 드레스덴은 칼에 가슴을 찔린 듯한 신음을 흘렸다. 사지가 기이한 각도로 꺾인 채로 얼굴을 진흙탕에 처박고 있는 그 휴머노이드는 정말로 박 형사였다. 붉은 윤활제와 흙으로 얼룩진 귓바퀴 뒤쪽에 새겨진 숫자 '4'가 확신을 더해주었다. 박 형사의 팔 하나는 숲 저편에 내팽개쳐져 있었고, 온몸의 관절은 한계 이상으로 틀어져 인공 생체 피부조직까지 비닐처럼 찢겨져 있었다. 드레스덴은 다시는 작동하지 못할 박 형사의 얼굴을 멍하니 내려다보았다.

어떤 말을 듣든 제게 P4H 약통을 꿋꿋이 들이밀던 박 형사의 모습이 떠올랐다. 섬광 대학살로 약혼자와 어머니를 한 번에 잃고, 두세 번의 자살 기도를 한 뒤 가까스로 복귀했을 때였다. 그때 드레스덴은 제게 약통을 늘이미는 박 형사를 바라보며 이런 생각을 했었다. 과연 이 휴머노이드 파트너는 얼마나 오래 갈까. 당시 박 형사의 귓바퀴 뒤에는 숫자 '2'가 새겨져 있었다. 섬광 대학살 때 운전 도중 청나무로의 변이가 시작된 시민이 박 형사 '1'을 차로 들이받았었다. 만일 그때 머리가 부서졌다면 박 형사 '1'은 박 형사 '2'가 되지 못하고 그대로 폐기됐을 것이다. 그 뒤로도 운 좋게 머리 손상만은 피해서 용케 '4'까지 왔다. 이제 그는 '5'가 되었다. '5'는 더는 고쳐지지 않고 그대로 폐기됨을 의미했다.

드레스덴은 박 형사에게서 겨우 시선을 떼고 주변을 돌아보았다. 토막 난 휴머노이드들이 여기저기 흩어져 있었다. 아직도 오류를 일으키며 자해 비슷한 행동을 하는 휴머노이드도 보였다. 인공 안구의 불빛이 까맣게 꺼져버린 동료들을 보며 드레스덴은 확신했다. 아이버스터는 분명 여기에 있었다.

박 형사와 휴머노이드 경찰들이 타고 온 경찰비행차 중 한 대가 사라졌다는 보고가 들려왔다. 그 비행차는 예전에도 그랬듯 어떤 방식으로도 추적되지 않았다. 드레스덴은 한얼시 일대를 전부 비행 금지 구역으로 설정하라고 지시했다. 수색을 시작한 지 10분도 되지 않아 정체불명의 검은 컨테이너가 발견되었다. 수술실 문 앞에서 인디고 시신이 발견되었다. '시신'보다는 '인디고'라는 말에 드레스덴의 심장이 뛰었다.

감식반이 목이 반쯤 잘린 시퍼런 시신을 살펴보는 내내 드레스덴은 그것이 아이버스터이길 바랐다. 시신의 겉은 벌써 차게 식었지만 속은 아직 따뜻했다. 죽은 지 그리 오래되지 않은 듯했다. 청나무로 천천히 변이가 되어가는 시신 옆에서 흉기로 쓰인 메스가 발견되었다.

"샬라탄이에요."

감식반이 말했다. 드레스덴은 박 형사의 마지막 무전 내용을 떠올렸다. 납치된 휴머노이드가 샬라탄을 죽였다고 했다. 이해가 되질 않았다. 국제 표준 시스템이 장착된 레미는 샬라탄을 죽일 수 없었다. 그렇다면 레미도 휴머노이드 경찰들처럼 불법 프로그램에 감염된 걸까.

휴머노이드 경찰들이 컨테이너 문을 열자 코를 찌르는 소독

약 냄새가 났다. 동수는 거기에 있었다. 실종되었던 등산객과 함께였다. 아이는 머리에 큰 부상을 입고 식물인간이 되어 있었다. 하지만 감식반은 지금 바로 병원에 가서 치료를 받으면 살 수 있다고 말했다. 등산객 역시 호흡기를 통해 끝도 없이 수면 가스를 들이마시고 있는 상태일 뿐 몸 상태는 양호했다. 둘은 곧바로 병원으로 이송되었다.

"경감님, 이쪽으로 와보십시오! 여기에 무언가가 묻혀 있습니다!"

휴머노이드 경찰들이 컨테이너 뒤편에서 매장 흔적을 발견했다. 그들은 강하고 딱딱한 두 손바닥으로 웬만한 발굴 기계보다 빠르게 흙을 파냈다. 깊이 파지도 않았는데 흙 아래에서 시신이 발견됐다. 이미 청나무로 변이되어 본래의 형체를 거의 잃은 짙푸른 인디고 시체였다. 하지만 자연적으로 생장한 청나무가 아닌, 인간의 몸에서 자라난 청나무답게 뿌리 부근에선 둥그런 혹이 발견되었다. 러브버그는 트럭 사고로 죽었고, 샬라탄은 메스로 살해되었다. 그럼 논리적으로 이 인디고는 아이버스터일 수밖에 없었다.

"잠시만. 그럼…… 세 인디고가 전부 죽었다는 뜻이잖아. 아이버스터가…… 죽었다고?"

드레스덴이 도저히 믿기지 않는다는 목소리로 혼잣말을 했다. 다른 경우의 수는 아무리 따져봐도 없었다. 옆을 흘긋 쳐다보니 한결은 동상처럼 눈을 뜬 채로 굳어 있었다. '아이버스터는 휴머노이드에 뇌를 옮기기 위해 그 숲에서 전환 수술을 거쳤을 거야.' 남 경위가 했던 말이 현실이 되었다.

"어떻게 죽은 건지 알아냈나?"

감식반이 인공 안구로 시신의 내외부를 쭉 스캔한 뒤 대답했다.

"두개골이 열리고 뇌가 적출됐습니다."

아이버스터는 시신의 변이 상태로 보아 샬라탄보다 훨씬 먼저 죽었다. 레미와 동수가 이들의 두개골을 열었을 리는 없으니 샬라탄이 그랬다는 것으로밖에 해석되지 않았다. 샬라탄은 식물을 분갈이하는 것보다 인간의 뇌를 분갈이하는 게 더 쉬운 자가 아니던가. 드레스덴은 다시 이동식 수술실로 들어가 소리쳤다.

"수술실 안에 '뇌'는 없나?"

수술실 안을 샅샅이 뒤져도 뇌는 보이지 않았다. 뇌를 넣는 계란 형태의 보존 장치를 수납하는 냉장고를 열어보니 텅 비어 있었다. 정황상 답은 하나였다. 이곳에서 전환 수술이 이루어졌다. 다시 말해 아이버스터는 살아 있다. 단지 사이보그가 되었을 뿐이다. 레미는 아이버스터에게 신체를 강탈당한 것이 분명했다. 레미는 이제 더는 납치된 휴머노이드가 아니었다. 그는 경찰에게 추격당하는 범죄자, 아이버스터다.

"경감님! 방금 미륵 유원지에 경찰차 한 대가 추락했다는 신고가 들어왔습니다."

한 경관이 달려와 소리쳤다. 경찰비행차가 추락했단 사실 자체만으로 수상한 신고였다. 비행차는 안전장치가 갖춰져 있어서 웬만해서는 추락하지 않는다. 추락사고는 대부분 불법으로 비행차를 조작했을 때나 벌어졌다.

"멀리 못 갔군."

드레스덴이 그렇게 중얼거린 뒤, 현장에 있던 모든 휴머노이드들에게 지시를 내렸다. 더 늦기 전에 미륵 유원지로 가야 했나. 무통 기간 축제를 위해 수만 명 이상 집결할 것으로 예상되는 곳에는 경찰들이 배치된 상태였다. 미륵 유원지는 하필이면 한얼시에서 가장 많은 인파가 몰릴 것으로 예상됐던 곳이었다. 마음이 걷잡을 수 없이 급해졌다. 비행차로 돌아가는 동안 드레스덴은 푸른 살 때문에 다리에 급격히 힘이 빠지자 짧게 욕을 뱉으며 휘청거렸다. 금세 드레스덴을 따라잡은 한결이 그의 한쪽 팔을 잡아주었다. 드레스덴은 한결의 손이 미세하게 떨리고 있단 걸 깨달았다.

경찰비행차 수십 대가 경광등을 빛내며 지상 도로를 내달렸다. 한얼시 전체가 비행 금지 구역으로 설정되었으니 새처럼 날아가고 싶어도 그럴 수 없었다. 유원지로 향하는 동안 무전이 이어졌다.

─여기는 수사본부다. 미륵 유원지가 3분 전 폐쇄되었다. 초월동아시아 특수작전사령부 대원들이 미륵 유원지로 출동했다.

한마디로 군부대가 미륵 유원지를 에워싸고 융단폭격을 할 기세로 온갖 군장비를 배치하고 있었다. 한결 말대로라면 군인들도 믿을 수 없었다. 아이버스터를 차지하기 위해 수송기가 한국까지 오도록 내버려둔 작자들이었으니까.

오전 6시. 하늘은 매우 느리게 밝아오고 있었다. 금환일식까지는 이제 두 시간밖에 남지 않았다. 사람들을 옭매고 있던 푸른 살이라는 쇠사슬이 곧 있으면 풀린다. 일식이 지속되는 그 몇 분간 어떤 일들이 벌어질지 누구도 알 수 없었다.

드레스덴은 차창 너머 도심의 풍경으로 시선을 돌렸다. 이상한 예감이 들었다. 형체가 없는 무언가가 드레스덴이 탄 경찰비행차 쪽으로 빠르게 몰려오고 있었다. 그것은 어둠이었다. 밤새도록 도시를 밝히던 빛이 저 멀리서부터 꺼지고 있었다. 건물의 불빛이 일렬로 세운 촛불이 꺼지듯 차례로 암전되었다. 가로등도 도미노처럼 꺼졌다. 도로 저편에 모습을 드러낸 미륵 유원지도 예외는 아니었다. 한얼시의 상징과도 같은 지름 150미터짜리 대관람차의 조명들이 한순간에 빛을 잃었다. 회전목마, 롤러코스터 등 다른 놀이기구들까지도…….

도시 전체가 고장 났다. 아이버스터의 공격은 이미 시작되었다.

3부

인간에게 평화를
Peace 4 Human

19

도시 전체가, 아니 나라 전체가 정전이 되었다. 한결이 차량에 연결된 무전기와 라디오를 살펴보았다.

"모든 통신이 끊겼어요. 제 무선통신 기능도 먹통이에요."

통신과 전력 시스템이 마비되었다는 뜻이었다. 한결이 보이지 않는 무언가를 좇는 사람처럼 창밖을 두리번거렸다. 주먹을 꽉 쥔 한결의 손등 위에 금속으로 만들어진 뼈대가 하얗게 도드라졌다.

"아무래도 인공위성을 해킹한 것 같아요. 인공위성 통제권을 빼앗아 도시 관리 시스템을 조작하면 도시 전체에 빛으로 신호를 보낼 수도 있……. 경감님, 조심하세요!"

한결의 외마디 비명에 드레스덴이 고개를 들었다. 그들이 타고 있는 경찰비행차 맞은편에서 25톤짜리 화물차가 중앙선을 넘어 그들에게로 맹렬히 돌진하고 있었다. 자율주행 중이던 경찰비행차의 인공지능이 황급히 방향을 틀었다. 화물차가 아슬아슬하게 차 꽁무니를 스치고 지나가 뒤편의 가로등을 들이받았다.

드레스덴은 컴퍼스처럼 둥글게 스키드마크를 그리며 멈춰선 경찰비행차 안에서 숨 쉬는 것도 잊고 돌처럼 굳었다. 차 안에 몸을 수그린 채 그는 주변 소리에 귀를 기울였다. 차들이 도로 위를 강하게 마찰하며 밀려나는 소리를 시작으로 서로 충돌하고, 부딪치는 소리가 한참 동안 이어졌다. 그리고 뭔가가 폭발했고, 사람들은 여기저기서 비명을 질러댔다. 곧이어 도심을 뒤흔드는 경보 사이렌이 울렸다. 드레스덴이 타고 있던 조수석 문이 열린 건 그때였다. 한결이 드레스덴을 밖으로 끄집어냈다.

"경감님, 해킹된 인공위성들이 자동차 시동까지 강제로 꺼뜨린 것 같아요. 유원지까지 뛰어야 해요. 서둘러요!"

진행이 점점 빨라지고 있는 마비로 인해 온몸의 관절이 뻣뻣해진 드레스덴을 한결이 거의 끌다시피 하며 미륵 유원지를 향해 내달렸다. 도로 위의 차들은 전부 숨이 멎은 것처럼 그대로 멈췄다. 불빛이 꺼진 신호등은 검은 동공을 드러내고 있었다. 거리의 가로등과 건물의 조명과 광고판도 전부 꺼져 있었다. 도로를 정비하고 있던 휴머노이드들도 동상처럼 굳었다.

혹시나 하는 생각에 드레스덴은 핸드폰을 꺼내 보았다. 전원이 나간 화면은 아무리 버튼을 눌러봐도 켜지지 않았다. 모든 전자기기가 고장 났다. 닿는 순간 생명을 빼앗기는 죽음의 바람이 세상을 휩쓴 것 같았다. 드레스덴의 두 다리가 경련을 일으켰다. 그러고는 그대로 넘어졌다.

"조금만 더 가면 미륵 유원지예요."

한결이 드레스덴의 한쪽 팔을 부축하며 그를 재촉했다. 도로는 지옥이 되어 있었다. 섬광 대학살이 재현될지 모른다는 공포에 빠진 시민들이 피투성이가 된 채 허둥지둥 뛰어다녔다.

"전 세계의 인공위성을 해킹하다니. 정부가 10년 전에 이용했던 수법과는 비교도 안 되네요. 하지만 도시를 마비시키는 데에 그치다니 이상하군요."

드레스덴이 절뚝이는 다리로 걸음을 옮기며 의아함을 드러냈다. 그러자 한결이 단호하게 말했다.

"이게 끝은 아닐 거예요."

아이버스터는 국가 기간망을 무너뜨리는 일쯤이야 마음만 먹으면 가능한 자이다. 전력과 통신 시스템이 무너졌으니 금융과 안보 시스템까지 마비시키는 건 시간문제였다. 하지만 아이버스터의 목적은 인류를 문명 이전의 시대로 회귀시키는 게 아닐 것이었다. 그는 자신의 인생을 망가뜨린 자들을 몰살하려고 들

것이다. 그 여파로 인류 전체가 죽더라도 어쩔 수 없다고 생각하고 있을지도 모른다. 그러니 이다음에 벌어질 공격은 핵미사일 발사 시스템을 해킹하는 것이라 해도 전혀 이상하지 않았다.

미륵 유원지의 상징인 대관람차가 눈앞에 성큼 가까워졌을 즈음, 드레스덴과 한결은 유원지 입구 쪽에서 군인들이 바리케이드를 치고 있는 걸 발견했다. 그곳엔 군용 휴머노이드와 온갖 무기들이 집결해 있었다. 기자와 스트리머들은 바리케이드를 뚫고 안쪽으로 들어가기 위해 아우성쳤다.

드레스덴과 한결은 무장한 경찰들 옆에 섰다. 이미 특수부대 몇 소대가 유원지에 진입한 상태였다. 대기 중인 군인들과 무장 경찰들에게 특수 헬멧과 특이한 모양의 총이 배부되었다. 헬멧은 아이버스터의 섬광 점멸 공격을 막기 위한 것이었지만 총은 무슨 용도인지 알 수 없었다. 한결은 그것이 총알 대신 미량의 투명 액체가 담긴 일종의 마취총이라고 알려주었다.

특수작전사령부 사령관이 미륵 유원지 진입 계획을 설명하기 위해 군용 차량 위에 올라섰다. 사령관은 영화 〈라이언 킹〉의 한 장면처럼 특수 헬멧을 높이 들어 보이고는 자신의 머리에 푹 눌러썼다. 모두 그를 따라 헬멧을 썼다. 마치 종교의식을 치르는 것 같았다. 헬멧을 쓰는 순간 물속에 잠수한 것처럼 주변의 소음이 잦아들었다. 사령관의 말이 내부에 달린 스피커를 통해 들려왔다.

—아이버스터는 10년 전과 달리 인공위성들을 해킹했다. 지난 공격에 대한 대비책을 마련해두었을 것이라 예측하고 이번엔 인공위성들을 공격에 이용한 것으로 추정된다. 현재 모든 초월대륙의 전력과 통신 시스템을 마비시킨 상태이고, 각 대륙은 복구에 전력을 다하고 있다.

　전 세계 사람들을 대상으로 위험한 실험을 한 건 아이버스터가 아니라 당신들이잖아. 모든 진실을 알고 있는 드레스덴은 사령관의 말에 분노가 치밀었다.

　—언제 다음 공격이 시작될지 모른다. 다음 공격이 무엇인지도 현재로선 파악되지 않는다. 그러니 절대 이 헬멧을 벗어선 안 된다. 알겠나?

　헬멧 안쪽에는 기화된 P4H가 일정량만큼 분사되는 장치가 있었다. 10회 정도 사용하면 더는 분사할 수 없었다. 쉽게 말해 아껴 써야 앞으로의 길고 긴 시간을 버틸 수 있단 뜻이었다. 드레스덴은 말없이 손을 오므렸다 펴보고, 신발 속 발가락도 구부렸다 펴보았다. 신체의 말단 부분은 이미 신경이 끊긴 것처럼 아무런 감각이 없었다. 세포 전체가 동면에 접어든 것처럼 무감각한 느낌이 사라질 때까지 한참을 움직여보았지만 소용없었다. 이번만큼은 고집을 버리고 P4H를 복용해야 했다. 최소한 아이버스터를 붙잡기 전까진 청나무가 되고 싶지 않았다.

　사령관이 앞으로의 작전에 대해 설명했다. 유원지에 진입하고 난 후의 진압 순서를 정리하자면 이랬다. 첫째, 광분한 시민들에게 진정제를 투여한다. 둘째, 진정제를 맞고 의식을 잃은 시민들을 유원지 밖으로 이동시킨다. 셋째, 아이버스터의 위치를 최대한 빨리 파악한다. 마지막 넷째, 아이버스터와 인질 협상을 벌인다. 이때 정한결 요원을 전면에 내세운다.

드레스덴은 한결이 협상에 투입되는 이유를 누구보다 잘 알고 있었다. 아이버스터가 자신의 유일한 가족인 한결을 보는 순간 폐허처럼 황폐해진 마음이 무너질 것이고, 그 틈을 타서 수천 명의 군인과 경찰이 아이버스터를 사로잡을 계획인 것이다. 즉, 그의 유일한 가족인 한결을 이용해 아이버스터를 또다시 함정에 빠뜨릴 속셈이었다.

하지만 드레스덴은 애초부터 협상에 대한 기대가 없었다. 아이버스터의 목적은 10년 전 자신에게 대학살자라는 누명을 씌운 이들에게 복수하기 위함이 아닌가. 그가 해킹한 인공위성들은 이미 지구를 공격할 준비를 마쳤을 것이다. 분노에 사로잡혀 인류 말살을 꿈꾸는 그는 모든 대륙을 향해 핵미사일 발사 버튼을 누를 생각일지도 모른다. 그의 손끝에 인류의 운명이 달려 있는 것이었다. 모든 것이 일거에 사라질지도 모르는 상황에서 협상이 무슨 의미가 있는지 드레스덴은 도무지 이해할 수 없었다.

유원지 밖에서 대기 중이던 나머지 소대들이 유원지로 진입했다. 1차, 2차 진입이 끝나고 이번엔 무장 경찰들의 진입을 알리는 3차 카운트다운이 시작되었다.

　─진입 3분 전.

　감정이 조금도 섞이지 않은 인공지능의 목소리가 확성기를 통해 울려 퍼졌다. 그때, 한결이 드레스덴의 팔을 붙잡았다. 헬멧을 쓴 드레스덴의 둥근 머리가 한결을 향해 돌아갔다.

　"경감님, 한 가지만 약속해주세요."

　한결은 한없이 지친 얼굴이었지만, 지금까지 보지 못한 결연한 눈빛을 하고 있었다.

　"초월동아시아는 아이버스터 혹은 모방범이 섬광 대학살 같은 범죄를 또다시 일으킬 것을 대비해 비상조치를 준비해뒀어요. EMP(Electro-Magnetic Pulse, 전자기 펄스), 즉 전자기기의 회로를 태워버리는 전자기 충격파를 도시 전체에 터뜨리는 것이죠. 10년 전과 같은 사태가 벌어지면 방위부는 하늘로 EMP 폭탄을 쏘아 올려 공중에서 터뜨릴 거예요."

　"그런데요?"

　"그러면 모든 전자기기가 고장 날 겁니다. 핸드폰부터 시작해서 자동차, 비행기, 심지어는 심장 수술을 받은 사람들의 심장 박동기도 망가지죠. 그리고 휴머노이드와 사이보그까지도요. 만일 정부가 섬광 점멸 공격을 막기 위해 EMP를 터뜨리면 제 몸속의 회로는 전부 타버릴 거예요. 전 죽을 거란 뜻이죠. 이 특수 헬멧은 그것까진 막아주지 못해요. 제가 아무것도 할 수 없는 몸이 되기 전에 경감님께서 해주셔야 할 일이 있어요."

한결은 드레스덴의 한쪽 손을 조심스럽게 쥐었다. 그리고 그의 손을 자신의 가슴 한가운데에 가져다 댔다. 드레스덴은 한결의 가슴 안에서 수소 발전기가 내는 미세한 진동을 느낄 수 있었다.

"제가 아이버스터에게 접근하는 데 성공한다면 이곳을 깨부숴주세요. 총으로든, 아니면 다른 무엇으로 가격하든 꼭 망가뜨려야 해요."

드레스덴은 당혹스러운 표정으로 한결을 쳐다보았다.

"지금 대체…… 무슨 말을 하는 겁니까?"

"제 몸속에 있는 수소 발전기는 손상이 가해지면 스스로 위험을 감지하고 폭발하게 되어 있어요."

그 말을 듣는 순간, 드레스덴은 한결을 처음 만났을 때 그와 스치듯 나누었던 대화가 떠올랐다.

'전 몸 내부에서 자체적으로 발전을 해서 움직여요. 여기, 가슴 속에 작고 동그란 수소 발전기가 들어 있죠. 태양처럼 아주 오랫동안 스스로 빛과 열을 내요.'

한마디로 한결은 안전장치가 걸려 있어서 혼자서는 터뜨릴 수 없는 발전 장치를 외부의 힘을 이용해 일부러 손상시켜서 수소 폭발을 일으키겠다는 뜻이었다. 사이보그 같은 정밀한 로봇을 움직이고, 막대한 힘을 내뿜게 하는 장치이니 폭발력은 강력

할 것이었다. 하지만 문제는 그게 아니었다. 지금 한결은 드레스덴 자신에게 자살을 도와달라고 부탁하고 있었다. 아무 말도 듣지 못한 것처럼 그의 머릿속은 그저 멍했다.

한결은 제 가슴에 아직 얹혀 있는 드레스덴의 손을 힘껏 감싸 쥐었다.

"기억하시죠. 저는 정부의 특별 관리 대상이기 때문에 스스로 죽음을 선택할 권리조차 가질 수가 없어요. 누군가가 도와주지 않는다면요."

드레스덴은 한결을 말없이 지켜보기만 했다. 지금 한결이 자신에게 뭘 부탁하는 건지 알고는 있는 걸까.

"저를 아이버스터와 함께 폭파해주세요. 그게 바로 제가 원하는 단 한 가지예요."

그리고 그것은 정부를 향한 한결의 복수였다. 그는 아이버스터와 함께 죽을 생각으로 지금까지 버텨왔던 것이다. 한결이 지난 몇 년 동안 애타게 찾아다닌 사람은 바로 그 계획을 가능하게 만들어줄 단 한 사람, 드레스덴이었다.

하지만 드레스덴은 그럴 수가 없었다. 그는 하루아침에 사랑하는 사람을 둘이나 잃었다. 그날 이후로 그는 삶을 하루라도 더 연장시키려는 노력을 그만두었다. 푸른 살에 취약한 경찰 생활을 하면서도 P4H를 10년 동안 먹지 않은 이유는 그래서였다. 드레스덴은 언제라도 죽을 준비가 되어 있었다. 그의 주위엔 아무도 남아 있지 않기 때문이었다. 그러므로 수억 명이 죽을지도 모르는 절박한 상황에서도 드레스덴은 사랑하는 누군가를 또 잃을까 봐 애를 태울 필요가 없었다. 더는 잃을 게 없는 사람, 그리고 스스로의 삶조차 아까워하지 않는 사람. 한결은 그런 이유로 자신을 선택했을지도 모른다. 아이버스터를 죽일 수만 있다면 뭐든 할 수 있는 사람 말이다.

드레스덴은 자신을 죽여달라고 부탁하는 쪽과 그 부탁을 들어주는 쪽 중에 누가 더 나쁜 걸지 생각해보았다. 그리고 어느쪽이 더 어려운 것인지도. 그는 스스로의 죽음은 얼마든지 받아들일 수 있지만 다른 사람을 죽음으로 몰아넣는 일은 절대로 하고 싶지 않았다. 그는 한결에게 잡혀 있던 손을 빼냈다.

"정 요원, 나는 못 합니다."

드레스덴은 점차 평정심을 잃어갔다. 한결이 그에게 다가서자 드레스덴은 반작용처럼 뒤로 물러섰다.

"그런 부탁할 바에야 차라리 나를 죽여요, 나를."

한결은 드레스덴을 진정시키기 위해 그를 향해 손을 뻗었다. 하지만 드레스덴은 그 손길을 거칠게 쳐냈다. 하지만 한결은 굴하지 않았다. 드레스덴이 한 번 더 한결의 손을 쳐낸 순간, 푸른살이 뜨거운 용암처럼 쇄골 아래로 번져나가는 것을 느꼈다. 그가 비명을 지르며 몸을 웅크렸다. 한결은 고통스러워하는 드레스덴을 온몸으로 끌어안았다.

"경감님도 아시잖아요. 아이버스터를 무너뜨릴 수 있는 건 저 하나뿐이에요. 그래서 정부가 절 보낸 거고요."

"당신들은 잘못한 게 없는데 왜 죽어야 하는 겁니까? 특히 정 요원은 무슨 이유로 죽으려고 하는 거냐고요?"

아이버스터와 함께 죽을 권리. 겨우 그거란 말인가? 세상 사람들이 그에게 한 짓을 떠올리면 차라리 한결은 아이버스터와 어깨를 나란히 하고 세상을 파멸시켜도 모자랐다. 그들의 삶을 함부로 짓밟은 세상을 경멸하고 저주하면서.

—진입 1분 전.

이윽고 인공지능이 시기를 알렸다. 미륵 유원지 입구를 막고 있던 바리케이드가 옆으로 치워졌다. 드레스덴과 한결 옆으로 휴머노이드 경찰들이 일정한 간격에 맞춰 지나갔다. 드디어 금 환일식으로 인해 이성이 마비된 사람들을 진정시키고, 아이버스터를 찾아 나설 시간이었다. 한결의 나직한 목소리가 헬멧 속 스피커를 통해 들려왔다.

"이게 유일한 방법이에요."

한결이 웅크리고 앉아 있던 드레스덴을 일으키자 서로의 헬멧이 가볍게 부딪쳤다. 드레스덴은 이번 임무가 결코 행복하게 끝나지 않을 거라고 막연히 생각하면서 수사에 뛰어들었다. 하지만 이런 식의 고통이 따르리라고는 예상치 못했다.

10초 카운트다운이 시작되었다. 그 신호에 맞춰 한결이 드레스덴에게서 몸을 떼어냈다.

—5, 4, 3, 2, 1…….

카운트다운이 끝나자 유원지 안은 경찰과 군인, 그리고 그들의 손아귀로부터 벗어나려는 사람들로 정신없이 뒤엉켰다. 경찰과 군인들은 조를 나누어 마치 체스 말처럼 움직였다. 그들은 광분한 시민을 붙잡아 진정제를 투여한 뒤 가까스로 진정된 사람들을 공원 밖으로 차례로 옮겼다. 일부 팀은 전기 통제실을 찾아가 유원지에 설치된 비상 전력을 가동시켰다. 그러자 유원지 안에 밝은 조명이 들어오고 놀이기구들이 천천히 움직이기 시작했다. 드레스덴은 헬멧에 달린 통신기로 본부에 물었다.

"인공위성 상태는 어떻습니까?"

—아직 복구 중이다.

굼뜨게 밝아오던 하늘이 갑자기 빠른 속도로 환해졌다. 마음이 조급했다. 드레스덴은 나름 전속으로 달리는 중이었지만 다리의 마비 증상 때문에 자꾸만 넘어졌다. 통증을 견디느라 온몸이 땀으로 흥건히 젖었다. 허공에 발을 헛디딘 느낌이 들더니 이내 몸이 앞으로 고꾸라져 바닥에 턱을 찧었다.

—중앙 광장 쪽에 추락한 경찰비행차가 있다.

통신기에서 들려온 무전을 듣는 순간 한결이 눈에 띄게 동요하더니 앞뒤 보지 않고 중앙 광장 쪽으로 몸을 틀었다. 드레스덴은 내달리려는 한결을 겨우 붙잡고 그에게 당부했다.

"저와 함께 움직여요. 정 요원이 아이버스터와 단둘이 만나게 하고 싶지는 않습니다."

잠시 주저하던 한결은 하는 수 없이 고개를 끄덕였다. 뜻대로 움직이지 않는 몸과 시시각각 분투하며 움직이다 보니 드레스덴은 어느새 중앙 광장에 다다랐다. 이제 푸른 살이 시신경마저 누르고 있는지 그의 시야는 우주에 희미한 성운이 낀 것처럼 희뿌옇게 흐려졌다가 원래대로 돌아오길 반복했다. 눈앞이 흐려졌다가 다시 맑아지는 순간 아깐 보지 못했던 둥글고 빛나는 철제 구조물이 솟구치듯 나타났다. 미륵 유원지의 상징물인 대관람차였다. 그 주위에는 추락한 경찰비행차가 불길을 내뿜으며 타오르고 있었다.

비상 전력으로 거대한 대관람차를 움직이는 것까지는 무리였다. 화려한 조명이 꺼지고 운행을 멈춘 대관람차는 검은 뼈대밖에 남지 않은 기괴한 괴물처럼 보였다. 웅장한 원형 구조물에는 서른 개가 넘는 관람차가 매달려 바람에 흔들리고 있었다. 운행이 갑자기 멈추는 바람에 미처 빠져나오지 못한 관람객들이 열린 문 너머로 팔을 애타게 흔들며 구조신호를 보냈다. 위험천만한 상황이었다.

대관람차 주위로 심상치 않은 기운이 흐르고 있었다. 휴머노이드 군인들이 대공 미사일이 달린 험비를 끌고 대관람차 주변을 빙 둘러쌌다. 팔처럼 자유자재로 꺾이는 굴절 사다리차도 보였다. 한결은 까마득한 높이의 대관람차를 한참 동안 올려다 보았다.

"저희도 올라가봐야겠어요."

이미 수백 명의 휴머노이드 경찰과 군인들이 미륵 유원지를 샅샅이 뒤졌는데도 아이버스터는 발견되지 않았다. 하지만 대관람차에 매달린 서른 개의 관람차 내부는 아직 살펴보지 못했다. 모두들 아이버스터가 관람차 어딘가에 숨어 있을 거라고 짐작했다. 결국 저 위로 올라가야 하는 일을 피할 수는 없었다.

높은 곳이라면 딱 질색인 드레스덴은 속으로 욕을 삼켰다. 한결과 드레스덴은 아직 지상에서 대기 중인 사다리차 쪽으로 다가갔다. 그들은 다른 휴머노이드들과 함께 탑승부에 올라탔다. 곧 사다리차가 올라가기 시작했다. 만약의 상황에 대비해 드레스덴과 한결은 총을 머리 높이까지 들어 올려 거의 수직이 되다시피 겨누었다.

곧 떨어질 것처럼 위태롭게 흔들리는 관람차가 눈앞으로 다가올 때마다 휴머노이드들이 한 명씩 그 안으로 올라탔다. 그리고 내부를 확인한 뒤 두 손을 머리 위로 들어 올려 아무도 없다는 표시를 했다. 몇몇 휴머노이드들은 관람차 안에 남아 있는 사람들을 구출해 지상으로 내려갔다.

어느새 탑승부엔 드레스덴과 한결만이 남아 있었다. 고도가 높아질수록 거세지는 바람 때문에 캐스터네츠처럼 열렸다 닫

히길 반복했다. 한결은 아이들이 갇혀 있는 관람차 안으로 들어갔다. 그는 아이들을 지상으로 내려보내고 올 테니 드레스덴에게 먼저 올라가라고 말했다. 선뜻 내키지는 않았지만 위쪽에도 애타게 구조를 기다리는 사람들이 있을지 몰라 좀 더 올라가보기로 했다.

위로 높이 올라갈수록 바람의 저항이 더욱 심해졌다. 탑승부에 고정된 손잡이를 단단히 붙잡고 있었지만 흔들리는 반동 때문에 온몸의 관절이 아팠다. 그때 드레스덴의 눈앞으로 '23'이라 쓰인 관람차가 가까워졌다. 23번 관람차의 철문도 곧 떨어져 나갈 것처럼 허공에서 덜렁거렸다.

"잠깐만."

드레스덴이 사다리차의 움직임을 멈추게 했다. 바람에 관람차 문이 잠깐 열렸을 때, 내부에서 누군가를 언뜻 본 것 같았다. 드레스덴이 지상에 있는 군인과 경찰들에게 헬멧의 통신기로 상황을 알렸다.

"23번 관람차에 관람객이 있다. 여기로 로봇을 하나 보내주기를 바……."

드레스덴이 바람에 열렸다 닫혔다를 반복하는 관람차 문을 완전히 열어젖힌 순간, 큼지막한 손바닥이 드레스덴이 쓰고 있는 헬멧의 고글 부분을 그러쥐었다. 힘이 어찌나 센지 손잡이를 잡고 있지 않았다면 그대로 뒤로 넘어가 추락할 뻔했다. 상대는 절대 인간이 낼 수 없는 어마어마한 힘으로 드레스덴의 헬멧을 계속해서 밀었다. 손잡이를 움켜쥔 팔에 힘이 점점 빠지고, 손바닥에 가로막힌 시야는 또다시 흐릿해지기 시작했다. 더 이상은 버틸 자신이 없었다. 드레스덴은 남아 있는 온 힘을 다해 상대에게 달려들었다. 갑작스러운 반격에 그는 균형을 잃고 뒤로 물러났다. 몸이 관람차 안으로 완전히 밀려나기 직전, 드레스덴은 그를 향해 총을 쏘았다. 몸에 맞은 총알이 금속성의 날카로운 소리를 내며 튕겨 나갔다. 역시 상대는 인간이 아니었다.

총알을 맞은 충격으로 그는 잠시 비틀거렸다. 그 틈을 타 드레스덴은 헬멧에 있는 P4H 분사 버튼을 눌러 푸른 살의 발작을 억누른 뒤 관람차의 차가운 철제문을 양손으로 부여잡고 내부로 들이닥쳤다. 드레스덴의 헬멧과 얼굴을 정통으로 부딪친 상대는 관람차 바닥으로 나자빠졌다.

드레스덴은 그의 얼굴부터 확인했다. 상대는 레미였다. 아니, 이젠 아이버스터라고 해야 했다.

"아이버스터."

드레스덴은 침착하게 그를 불렀다. 아이버스터가 차지한 레미의 얼굴에는 커다란 구멍이 뚫려 있고, 피부가 엉망으로 찢겨져서 사진과 완전히 달랐다.

"아이버스터, 10년 전에 네가 어떤 일을 겪었는지 다 알아. 그러니까 일단 내 말을 좀……."

아이버스터는 관람차 안으로 들어온 드레스덴에게 틈을 주지 않고 달려들었다. 드레스덴은 300킬로그램의 육중한 쇳덩어리에 그대로 들이받혀 좁은 관람차 안을 굴렀다. 드레스덴은 이를 악물고 총으로 아이버스터의 관자놀이를 있는 힘껏 가격했다. 그 순간 쇄골 아래까지 퍼진 푸른 살이 전기자극을 일으켰다. 그는 견딜 수 없는 고통에 몸을 뒤틀었다. 총을 쥐고 있던 손에서 힘이 스르륵 빠졌다. 아이버스터가 그런 드레스덴의 멱살을 잡아 일으켰다.

"제기랄, 내 말을 좀 들어보라고……!"

바로 그때였다. 귓전에서 굉음이 울렸다. 그들이 있는 23번 관람차 옆에서 뭔가가 폭발하는 소리였다. 시뻘건 불꽃이 치솟았다. 동시에 23번 관람차가 한 번 크게 내려앉았다. 이내 쇠끼리 마찰하는 소리를 내면서 관람차는 절정에 오른 롤러코스터처럼 천천히 기울었다. 그러다 한계점을 넘는 순간, 중력이 바뀐 듯 위아래가 뒤집혔다. 뒤엉켜 있던 드레스덴과 아이버스터의 몸이 허공으로 떠올랐다.

불과 5초도 지나지 않아 모든 움직임이 멈췄다. 드레스덴은 아래를 향해 열려 있는 관람차 문 위에 간신히 걸쳐져 있었다. 군인과 경찰들이 모여 있는 지상의 풍경이 까마득하게 내려다보였다. 그리고 23번 관람차를 똑바로 주시하고 있는 뾰족한 대공 미사일도 보였다. 관람차를 빗맞힌 것은 바로 저 미사일이었다.

―다시 조준하라. 3초 뒤에 발사한다. 3, 2, 1……. 발사!

공격이 한 번 더 이루어졌다. 그리고 폭발과 굉음이 이어졌다.

"이 미친 자식들!"

드레스덴이 욕설을 토해내며 추락하지 않기 위해 안간힘을 썼다. 저들은 드레스덴이 안에 있건 말건 관람차를 벌집통 따듯이 떨어뜨릴 생각이었다. 아이버스터를 잡을 수만 있다면 인간 경찰 하나쯤이야 거대한 철골 아래로 떨어져 죽어도 상관없는 모양이었다. 임무 도중 푸른 살 발작으로 죽었다고 발표하면 끝일 테니. 그들에게는 너무나 간단하고 편리한 마무리였다.

20

 연결부가 느슨해진 관람차가 아슬아슬하게 흔들리다가 겨우 진정을 되찾았다. 드레스덴은 잠시 숨을 골랐다. 바닥으로 떨어지면서 딱딱한 의자 모서리에 찍힌 부위가 욱신거렸다. 반대편 의자에는 간신히 위기를 넘긴 아이버스터가 드레스덴을 뚫어져라 응시했다. 당장 공격할 수도 있었지만 조금의 움직임에도 관람차가 그대로 추락할지도 모른다는 것을 아이버스터도 잘 알고 있었다.

 "이 놀이공원 스릴 넘치지?"

 드레스덴이 웃으며 물었지만 아이버스터는 그를 가만히 노려보기만 했다. 아무래도 그도 자신처럼 농담을 별로 좋아하지 않는 모양이었다. 드레스덴이 검지로 P4H 분사 버튼을 한 번 더 누르며 말했다.

"난 널 죽이고 싶지 않아. 일단 우리 대화부터 좀 나누면 안 될까."

드레스덴은 관람차 구석에 있는 거무스름한 물체를 흘긋 곁 눈질했다. 그건 산산조각 난 노트북이었다. 노트북이 망가졌으 니 어쩌면 계획을 실행하는 것이 불가능하지 않을까, 하는 헛된 희망이 들었다.

폭발의 충격으로 음성 출력 장치가 망가졌는지 아이버스터 가 뚝뚝 끊어지는 목소리로 말했다.

"이미 준비는 끝났어. 금환일식과 함께 모든 게 시작될 거야. 내가 죽든 말든 상관없이."

"섬광 대학살은 당신 짓이 아니라 정부의 짓이었단 걸 알아."

그걸 어떻게 알았냐는 듯 아이버스터가 두 눈꺼풀에 약간 힘 을 주었다. 하지만 자세히 보지 않으면 눈치채지 못할 정도로 미세한 반응이었다. 진실이 밝혀져 기쁘거나 안도하는 것 같지 도 않았다.

"아직 진실을 알릴 방법은 많아. 내가 도와줄게. 그러니 복수 를 하려는 거면 그만둬. 아직도 모르겠어? 당신을 배신했던 자 들이 일부러 당신을 이곳으로 끌어들인 거야. 그들은 당신을 노 리고 있다고."

아이버스터가 천천히 고개를 숙였다. 큰 구멍이 나서 내부의 복잡한 전선들이 훤히 들여다보이는 머리통이 드레스덴의 눈에 들어왔다.

"진실? 뭐가 진실이라는 거지? 내가 발명한 기술 때문에 많은 사람들이 죽었다는 것? 실험을 내가 하지는 않았지만 내가 죽인 것이나 다름없어. 그게 진실이야."

드레스덴은 아이버스터와 좀 더 가까워지기 위해 조심스럽게 다가앉았다. 아이버스터는 비행차가 추락할 때 손상된 한쪽 인공 안구에 힘을 주며 경계심 가득한 표정을 지었다. 드레스덴이 조심스럽게 운을 뗐다.

"아이버스터, 난 경찰로 20년을 살아왔어. 지금껏 나는 푸른 살이 크면 나쁜 사람으로, 푸른 살이 작으면 착한 사람이라 여겼지. 더 안전한 사회를 만들기 위해 내 몸을 스스로 희생해왔으면서도, 그래서 남들보다 커진 푸른 살 때문에 낯선 사람들에게 욕을 들으면서도 후회하지 않았어. 푸른 살이 정의를 구현하기 위해 반드시 필요한 존재라고 생각했으니까."

드레스덴의 말을 묵묵히 듣고 있던 아이버스터가 한쪽 눈썹을 위로 당겨 올렸다.

"보다시피 난 죽어가고 있어."

드레스덴은 와이셔츠 칼라 깃 아래까지 번진 푸른 살을 드러내며 말했다.

"난 며칠 뒤면, 아니 몇 시간 뒤면 죽을 거야. 그동안 몸을 일부러 혹사하며 살았어. 10년 전에 잃은 소중한 사람들을 하루라도 빨리 다시 보고 싶었거든. 그런데 막상 죽을 때가 되니까 견딜 수 없이 두려워. 그리고 화가 나. 그동안 속아왔다는 생각에 미칠 것만 같아."

아이버스터는 걸터앉아 있는 창문 아래로 지상을 내려다보았다. 그곳엔 그를 죽이고 싶어 안달 난 자들이 새카맣게 모여 있었다.

"그래서, 이젠 날 이해한다고 말하려는 건가?"

냉기가 느껴질 만큼 그는 차갑게 반응했다.

"아니. 난 너였던 적이 한순간도 없었으니 절대 너를 이해할 수 없을 거야. 한평생을 같이 살아도 인간들은 서로를 완벽히 이해하지 못하니까. 사람은 그렇게 단순한 존재가 아니잖아. 당신에 대해 잘 아는 어떤 이도 그렇게 말하더군. 그 무엇보다도 인간은 참 복잡한 존재라고."

드레스덴이 그렇게 말하는 순간 아이버스터의 얼굴에서 웃음기가 증발했다.

"내가 실험을 벌이지 않았다고 누가 네게 알려줬지?"

드레스덴은 한결에 대해 말하기엔 아직 이르다고 생각했다.

"먼저 말해주면 나도 대답해주지. 아이버스터, 대체 뭘 계획하고 있지? 인류를 전부 죽일 생각인가?"

아이버스터는 어깨를 한 번 으쓱였다.

"난 그저 모든 걸 원래대로 되돌려놓으려는 것뿐이야."

"알아듣게 얘기해."

"그건 곤란해. 내가 워낙 말주변이 없어서."

드레스덴은 당장 말하라고 소리치고 싶었지만 그러지 못했다. 이제 푸른 살로 인한 마비 증상이 얼굴 근육과 안구, 혓바닥 움직임까지 잠식해오고 있었다. 푸른 살이 자신의 세포 하나하나까지 변이시키고 있다는 사실에 두려움이 몰려왔다. 입술의 감각이 둔해져 말을 하기도 힘들었다. 벌어진 입술 사이로 침 줄기가 흘렀다. 하지만 헬멧 때문에 닦을 수도 없었다.

"오늘을 위해 탈옥을 계획하고 있었나? 감옥에서 대체 어떻게 완전자유연대에게 명령을 내렸지?"

눈에 띄게 생명력을 잃어가는 드레스덴의 모습을 물끄러미 보고 있던 아이버스터는 그 물음이 지긋지긋하다는 듯 고개를 내저었다.

"난 그저 서로 내가 되고 싶어 안달이 난 놈들을 지켜봤을 뿐이야. 그런데 언제부턴가 놈들의 '아이버스터 놀이'가 전 세계적으로 유행하더군. 바다 건너에서 그 소식을 전해 들으며 상당히 즐거웠어. 왠지 거짓말 몇 마디면 탈옥도 가능할 것 같았지. 아니나다를까 나에게 알랑거리는 한 교도관에게 몇 마디 좀 건넸더니 어느 날 교도소가 통째로 날아가고, 숲 한가운데에 수술실이 놓이고, 새로운 몸뚱이까지 얻을 수 있었지."

아이버스터가 금속으로 이루어진 몸을 일으켜 세웠다. 그러자 기울어진 관람차가 또다시 위태롭게 흔들렸다.

"한마디로…… 내가 한 것은 아무것도 없다 이 말이야. 실망시켜서 미안하지만 난 그렇게까지 전지전능하지 않아. 날 지상 최대의 악인으로 만든 건 바로 너희들이라고. 어디 말해봐. 이래도 내가 가장 나쁜 놈인가?"

"네가 나쁜 사람이 아니란 걸 모두에게 증명할 시간은 충분해. 그러니까 뭘 계획하고 있는지는 모르겠지만 이쯤에서 그만둬. 난 널 진심으로 도울 생각이야."

"날…… 돕겠다고?"

그렇게 중얼거리며 아이버스터가 휑하니 열린 문 쪽으로 성큼 다가왔다. 설마 그대로 뛰어내리려는 걸까. 드레스덴은 언제든 그에게 달려들 각오로 아이버스터의 행동 하나하나를 눈으로 좇았다.

"죽은 2억 명을 전부 살려내기라도 할 건가? 대체 날 어떻게 돕겠다는 건지 모르겠군."

드레스덴은 총을 쥔 손에 힘을 주었다. 여기서 정말 뛰어내릴 셈이라면 그의 어깨나 다리를 쏴야 했다. 과연 성공할 수 있을까 걱정하던 찰나, 드레스덴은 지상으로 내려간 한결을 떠올렸다. 그가 살아 있다는 걸 지금이라도 알려야 할까. 그때, 사령관의 목소리가 들려왔다.

　—아이버스터, 너는 포위됐다.

　아이버스터는 수백 명의 군인과 경찰들이 대관람차 주변에 몰려든 광경을 말없이 내려다보았다. 관람차 아래쪽에서 무언가가 구조물을 타고 올라오고 있었다. 휴머노이드 군인들이었다. 철제 구조물에 실린 그들의 무게 때문에 관람차가 계속해서 흔들렸다.

　—항복하고 내려와. 5분 후에 다시 관람차를 폭격하겠다.

　드레스덴은 헬멧 고글 우측 상단에 떠 있는 시간을 확인했다. 5분 뒤면 오전 8시 18분이었다. 바로 금환일식이 시작되는 시간이었다. 이젠 말해야만 했다. 아이버스터에게 진실을 알려줄 시간이었다.

　"아이버스터, 잘 들어. 네 누나는 살아 있어."

　'누나'라는 말에 아이버스터의 인공 안구에 형형한 빛이 돌았다. 그가 고개를 비딱하게 기울이며 드레스덴을 노려보았다.

　"그 입 다무는 게 좋을 거야."

　"정말이야. 네 누나는 뇌까지 변형되기 전에 머리가 잘렸어. 오랫동안 뇌가 보존되어 있다가 2090년에 사이보그로……."

　거기까지 말한 순간, 드레스덴의 몸뚱어리가 관람차 벽면에 거세게 부딪혔다. 부지불식간에 달려든 아이버스터가 자동차 한 대쯤은 너끈히 구겨버릴 수 있는 팔로 그의 목을 있는 힘껏 조이고 있었다. 숨통이 틀어막히고, 눈앞은 막이 낀 듯 새하얗게 변했다.

"너를 보니 내 결심이 더욱 확실해졌어. 다들 정신을 못 차렸군. 잘 알지도 못하면서 함부로 입을 놀리는 그 지긋지긋한 습성을 아직도 못 고쳤어."

'대체 무슨 결심?'이라고 묻고 싶었지만 그럴 수 없었다. 드레스덴은 두 다리를 필사적으로 허우적거렸다. 푸른 살로 인한 마비 때문에 두 발에 아무런 감각이 느껴지지 않는 건 줄 알았는데, 알고 보니 두 발이 허공에서 대롱거리고 있었다. 그 순간, 무언가가 쾅 소리를 내며 23번 관람차 문에 매달렸다. 인공 피부가 불에 그슬려 은빛 뼈대가 드러난 두 손이 문 양옆을 세게 움켜쥐었다. 이내 한 사람이 관람차 안으로 가볍게 뛰어올라 문틀을 딛고 섰다. 드레스덴은 굳이 얼굴을 확인하지 않아도 그가 누구인지 알 수 있었다.

아이버스터는 한순간 넋을 잃고 아득해진 목소리로 중얼거렸다.

"……누나."

예상대로였다. 드레스덴은 아이버스터가 처음으로 당혹감을 감추지 못하는 모습을 보았다. 마침내 모습을 드러낸 한결이 천천히 고개를 들어 자신의 남동생을 응시했다. 정말 그가 자신의 죽은 누나란 사실을 깨달은 아이버스터는 도무지 믿기 어렵다는 듯 뒷걸음질 쳤다. 누군가가 별안간 그의 가슴에 칼이라도 꽂은 것처럼 당황해했다.

"오랜만이야."

한결이 아슬하게 서 있던 문틀에서 벗어나 아이버스터에게로 한 걸음 다가왔다. 그 바람에 관람차가 또 한 번 기우뚱했지만 한결은 마치 평지를 걷는 사람처럼 놀라운 균형감각을 유지했다. 아이버스터는 희미한 목소리로 물었다.

"누나가 어떻게⋯⋯."

"2090년에 사이보그로 다시 태어났어. 그 이후로 너에 관해 조사해왔지. 내가 네 누나라는 이유만으로."

아이버스터는 마치 꿈을 꾸는 듯한 얼굴이었다. 한결은 한동안 말없이 남동생을 바라보다가 힘겹게 입을 열었다.

"내가 이렇게 된 건 네 탓이 아니야. 난 널 원망한 적이 단 한 순간도 없어."

아이버스터는 한결이 한 단어 한 단어를 말할 적마다 몸을 움찔거렸다. 도저히 믿을 수 없단 듯이 그는 입을 꾹 다물고 고개를 세차게 저었다. 한결은 아랑곳하지 않고 아이버스터의 바로 앞까지 다가갔다.

"하지만 이건 분명히 알아둬. 네가 정말로 나쁜 선택을 할 거라면 난 널 영원히 원망할 거야."

한결의 냉담한 목소리기 관람차를 가득 메우고 있던 긴장감

아래로 무겁게 가라앉았다. 아이버스터는 눈조차 깜박이지 않고 한결의 관자놀이를 노려보았다. 군인이었기에 어쩔 수 없이 남들보다 커다란 푸른 살로 뒤덮여 있던 누나의 관자놀이엔 동전 크기의 발광체가 달려 있었다. 순간, 아이버스터는 그대로 주저앉았다. 한결은 딱 한 걸음 정도 아이버스터와 떨어진 거리에서 멈춰 섰다.

"그러니 이제라도 멈춰. 사람들을 내버려둬. 내가 널 강제로 멈추게 하지 마."

석상처럼 가만히 앉아서 한결을 무표정하게 올려다보던 아이버스터가 느릿하게 입술을 비틀어 웃었다. 그 표정을 보자 드레스덴은 애써 억누르고 있던 불안감이 다시 고개를 드는 것을 느꼈다.

"인간들을 모조리 죽이는 것…… 세상이 나를 배신하고, 누나를 죽이고, 날 감방에 처넣을 때부터 그게 목표였지. 그렇게 많은 사람들이 죽었는데도 세상은 여전히 비열한 자들 천지이고 바뀐 게 하나도 없으니까. 그렇다고 해서 10년 전에 정부가 써먹은 똑같은 방식으로 복수를 하긴 싫었지. 그래서 감옥에서 한참을 고민했어. 뭘 하면 좋을까 하고."

아이버스터가 분노에 휩싸여 주먹으로 관람차의 창문을 세게 내리쳤다. 창문은 당장이라도 깨질 것처럼 위태로운 소리를 냈다. 밖에서는 다시 확성기 소리가 울려 퍼졌다.

―2분 후에 공격을 개시하겠다.

아이버스터의 얼굴이 점점 어두워졌다. 기분 탓이 아니었다. 정말로 주변이 밤처럼 어두워지고 있었다. 드레스덴은 고개를 들어 창밖을 보았다. 태양과 달이 서로를 향해 천천히 다가서고 있었다. 금환일식에 앞서 부분일식이 서서히 시작되고 있었다. 푸른 살의 검열로부터 자유로워지는 시간이 마침내 다가온 것이다. 드레스덴은 머리가 쪼개지는 듯한 고통이 점차 사그라드는 걸 느꼈다. 온몸의 마비도 일시적으로 풀리며 긴장되었던 근육이 풀어졌다. 한 번도 느껴보지 못한 평온한 해방감이었다. 하지만 그의 앞에는 여전히 세상 최대의 공포가 버티고 있었다.

"내가 뭘 할지 궁금하다고 했지? 난 인류가 평생 불안에 떨길 바라. 지금 모두가 느끼는 그 불안을 죽을 때까지 느꼈으면 좋겠어."

태양과 달이 깊숙하게 서로를 끌어안기 시작했다. 관람차도 짙은 그림자 속으로 서서히 파묻혔다. 빠른 속도로 세상을 뒤덮는 어둠 속에서 한결의 목소리가 나직하게 울렸다.

"난 전부 다 기억해."

한결은 어느새 아이버스터 바로 앞에 서 있었다.

"한때 네가 어떤 꿈을 꾸며 연구에만 몰두했는지 난 누구보다 잘 알고 있어."

이제 서로의 모습이 잘 보이지 않았다. 시야가 어두워지자 저절로 다른 감각들이 예민하게 곤두서는 느낌이었다. 드레스덴은 자신의 심장 소리가 너무도 크게 느껴져 진정할 수가 없었다.

"난 네가 옛날에 했던 말을 아직도 떠올리곤 해. 인간들은 누군가를 미워하지 않으면 살지 못하는 것 같다고 했었지. 어떻게든 구분을 짓고, 무리를 짓고, 편을 가른다고. 사람들은 너무도 쉽게 서로를 미워한다고. 그런 와중에 푸른 살은 상대를 미워해도 되는 아주 정당하고도 객관적인 명분이 되어주었지. 우리 모두가 살아온 삶을 통째로 지워버렸어. 넌 사람들이 더는 그렇게 살지 않길 바랐지. 부모님이 사고로 돌아가신 이후로 네가 방 안에 틀어박혀 연구에만 몰두했던 이유는 바로 그래서였잖아."

검은 그늘 속에서 아이버스터의 두 눈이 사납게 빛났다.

"정말 그 머릿속에 누나의 뇌가 들어 있는지는 모르겠지만, 설령 누나라고 해도 날 막을 수 있을 거라 생각한다면 착각이야."

한결은 아이버스터의 위협적인 태도에 아랑곳하지 않고 말했다.

"잊었어? 정부와 손을 잡기 전에 넌 푸른 살을 없애기 위해 네 인생 대부분을 바쳤었잖아."

그 순간, 아이버스터가 예고 없이 한결의 두 어깨를 거칠게 밀어붙였다. 관람차 창에 등을 기댄 채 호흡만 겨우 내쉬고 있던 드레스덴은 제 쪽으로 한결이 빠르게 밀려오자 서둘러 몸을 옆으로 피했다. 창문이 한순간에 한결의 등과 부딪히며 산산이 깨졌다. 한결이 두 팔로 창틀을 움켜쥔 덕에 그의 상체는 관람차 밖으로 밀려나진 않았다. 하지만 잠깐의 틈도 주지 않고 아이버스터가 무지막지한 힘으로 한결을 계속 밀었다. 한결은 한 다리로 아이버스터의 무릎 아래쪽을 걷어찼다. 아이버스터가 잠시 균형을 잃었을 때, 한결은 아이버스터를 끌어안고 반대편으로 사정없이 밀어붙였다. 아이버스터의 몸이 플라스틱 의자에 처박혔다. 한결은 아이버스터가 일어나지 못하도록 레슬링 하듯 그의 목을 끌어안고 버텼다. 그러면서 드레스덴에게 소리쳤다.

"경감님! 어서 일어나요. 제가 부탁했던 일을 해주세요."

몸싸움 때문에 관람차가 끽끽 소리를 내며 좌우로 흔들렸다. 한결의 가슴을 향해 총을 쏘고 싶지 않았다. 아이버스터를 막아야 한다는 이유로 한결을 또다시 죽게 만들 수는 없었다. 드레스덴은 고통이 느껴지진 않지만 여전히 힘이 들어가지 않는 다리를 어떻게든 세워보려 안간힘을 썼다. 그는 몸을 반쯤 일으켜 세우고는 자신이 있는 좁은 공간을 잠시 멍하니 쳐다보았다. 서로 뒤엉켜 있는 두 사이보그와 관람차 창문 너머로 보이는 풍경이 비현실적으로 느껴졌다.

두 개의 천체가 완전히 겹쳐졌다. 달에 중심부가 가려진 태양은 보랏빛 고리에 갇혔다. 다른 세계로 향하는 공포스러운 구멍처럼 보이는 그곳으로 지구가 빨려들어갈 것만 같았다.

그때, 드레스덴의 헬멧 통신기에서 본부의 외침이 들려왔다.

—해킹된 위성들이 작동되기 시작했다. 주파수 크기가 다른 여러 신호를 불규칙적으로 내보내는 중이다. 위성 공격이 시작되고 있다!

심상치 않은 기운을 느낀 드레스덴이 관람차 창문 밖으로 시선을 고정했다. 아까만 해도 꺼져 있던 가로등에 희미하게 불이 들어와 있었다. 그러다가 한순간 강렬히 밝아졌다가 다시 희미해지길 반복했다. 누가 스위치를 올렸다 내리길 반복하는 것처럼 불규칙적으로 깜박였다. 건물 조명들도 마찬가지였다. 도로 위에 멈춰 섰던 자동차 전조등, 건물의 간판들, 심지어는 신호등까지. 도시 전체가 착란을 일으키는 것처럼 어지러웠다. 섬광점멸 공격이었다. 아이버스터는 금환일식 시각에 맞춰 공격을 미리 설정해두었던 것이다.

섬광 대학살이 벌어진 직후, 부모들은 자녀들에게 이렇게 가르쳤다. 맹수를 맞닥뜨리면 곧장 눈을 내리까는 것처럼 빛이 깜빡거리면 고개를 숙이고 눈을 감아라. 안 그러면 너는 네 자신을 잃게 된단다. 네가 사랑하는 사람을 지옥 속에 남겨두고서 너는 죽고 말 거야.

드레스덴은 본능적으로 고개를 숙였다. 심장이 고동쳤다. 귓속에서도 맥박이 거세게 뛰었다. 10년 전에 2억 명을 청나무로 변화시킨 그 섬광 점멸 공격은 핸드폰을 통해 일어났지만 이번엔 달랐다. 도시 전체가 공격 수단이 되었다. 그 어떤 곳으로 고개를 돌려도 절대 피할 수 없도록.

"모두가 인디고로 변해버린다면 어떨까?"

자신을 꽉 끌어안고 있던 한결에게서 어떻게든 벗어나기 위해 몸부림치던 아이버스터가 컥컥대며 웃기 시작했다. 한결은 악을 쓰듯 그에게 소리쳤다.

"인류를 전부 인디고로 만들 셈이었던 거야? 대체 왜!"

한결은 화를 이기지 못하고 아이버스터의 쇳덩어리 몸이 찌그러지도록 두 팔에 힘을 주었다. 아이버스터는 저항을 멈췄다. 한결이 자신을 깡통처럼 구기도록 내버려두겠다는 듯이. 이제 자신은 어떻게 되어도 상관없단 듯이. 그런 아이버스터의 태도에 한결도 서서히 두 팔에서 힘을 풀었다. 그는 마치 흐르는 물 위에 종이배를 내려놓는 사람처럼 남동생의 몸을 풀어주었다. 아이버스터는 몸을 돌려 자신의 누나를 조용히 마주 보았다. 그리고 그의 두 어깨를 가볍게 쥐고 말했다.

"그만 포기해, 누나. 나와 함께 이 세상이 파랗게 변해가는 모습을 지켜보자. 언제 죽을지 모르는 불안에 숨 막혀 죽어가는 모습을 감상하는 거야. 솔직히 누나도 나랑 같은 마음이잖아. 전부 고통스럽게 몸부림치다 죽길 바라잖아."

그 말에 한결은 느리게 고개를 들었다. 그리고 아이버스터의 어깨 너머에서 자신을 바라보고 있던 드레스덴과 눈을 마주쳤다. 드레스덴이 비틀거리면서 자신을 향해 총을 똑바로 겨누고 있었다. 한결의 입이 약간 벌어졌다가 이내 다물렸다. 그는 드레스덴에게 작별 인사를 건네는 대신 희미하게 미소 지었다. 드레스덴은 그 미소를 본 순간 두 눈을 질끈 감았다. 그리고 방아쇠를 당겼다.

탕! 방아쇠 소리에 아이버스터가 반사적으로 뒤를 돌아보았다. 반동에 의해 쓰러진 드레스덴 옆에 연기가 미세하게 피어오르는 총이 떨어져 있는 걸 본 그는 뻣뻣해진 목을 돌려 다시 한결을 바라보았다. 그는 한결의 가슴에서도 흰 연기가 나는 것을 보았다. 연기가 피어오르는 작고 동그란 틈에서 푸르스름한 빛이 점차 밝아지고 있었다. 그 광경을 본 아이버스터의 입에서 짧은 숨이 터져 나왔다.

"안 돼!"

아이버스터는 손상된 수소 발전기가 과열되면서 뜨거워지기 시작한 한결의 어깨를 붙잡고 미친 사람처럼 중얼거렸다.

"안 돼. 안 돼. 대체 무슨 짓을……."

배터리가 다 된 것처럼 멈춰 있던 한결이 아이버스터를 돌연 끌어안았다. 그가 희미하게 속삭였다.

"모든 걸 바로잡을 시간은 충분해."

아직 한결의 의식은 멀쩡했다. 목소리도, 눈빛도 총을 맞기 전처럼 또렷하고 선명했다. 하지만 그 상태는 그리 오래가지는 못할 것이었다.

"난 너를 알아. 네가 못 할 일은 없어. 너도 그걸 알고 있지. 넌 어떻게든 이 상황을 해결할 수 있어. 그렇지?"

한결은 아이버스터의 뒤통수에서부터 길게 빠져나온 굵은 케이블을 더듬더듬 움켜쥐며 말했다.

"넌 언제나 모든 경우의 수를 생각하고 최선의 선택만을 해왔어. 하지만 인류를 전부 인디고로 만드는 건 최선이 아니야. 내가 원하는 것도 아니고. 너다운 선택도 아니야."

"아니, 틀렸어. 이게 최선이야."

"한때 네가 인류를 위해 해주고 싶었던 일을 해주자. 그게 최선이야. 정부가 가장 원하지 않는 일을 벌이는 거야."

관람차가 시소처럼 기우뚱 기울었다. 부서진 노트북 잔해들이 이리저리 굴러다니다 한결과 아이버스터의 몸에 부딪혔다.

"이제 난 아무것도 할 수 없어."

"괜찮아. 이제 네 곁엔 내가 있잖아."

수소 발전기는 한결의 가슴 속에서 비정상적으로 뜨거워지고 있었다. 가슴에 난 총알 구멍으로 주변을 환하게 비출 만큼 눈부신 빛이 뿜어져 나왔다. 한결은 달궈진 아스팔트처럼 뜨거워진 손으로 손목의 포트를 열었다. 드레스덴은 한결이 무엇을 시도하려는 건지 비로소 알아차렸다. 아이버스터가 차지한 레미의 몸은 무선통신이 망가져서 노트북이 없으면 인공위성을 해킹할 수 없지만, 한결은 노트북보다도 성능이 우수한 사이보그였다. 아이버스터가 정말 해결책을 알고 있다면 둘의 몸을 연결해 그가 예정해두었던 공격을 무력화할 수 있었다.

"내게 방법을 알려줘. 그게 내 마지막 부탁이야."

'마지막'이란 말에 아이버스터가 고장 난 기계처럼 모든 동작을 멈췄다. 남은 시간이 별로 없었다. 아이버스터는 마침내 팔을 천천히 움직였다. 그는 인간은 손댈 수 없을 정도로 뜨거워진 한결의 손가락 사이에서 자신의 뒤통수에서부터 빠져나온 케이블을 비틀어 빼냈다.

드레스덴은 물안개처럼 부옇게 흐려진 시선으로 그들을 바라보았다. 틀림없이 아이버스터가 그 케이블을 내던지거나, 아예 뽑아버릴 거라고 생각하면서. 이제 인류는 저 멈추지 않는 섬광 점멸 공격에 의해 전부 다 인디고가 되거나 청나무가 될 거라 생각하면서. 인류는 결국 끝이 나겠지만 몇 분 후에 자신이 걷고 있을 저승길이 그리 외롭지는 않겠다는 의미 없는 위로를 스스로에게 건네면서.

—미사일 발사 준비 완료.

인공지능의 목소리가 저 멀리 어렴풋하게 들려왔다. 하지만 드레스덴의 눈앞에는 뜻밖의 광경이 펼쳐졌다. 아이버스터가 자신의 케이블을 한결의 손목에 난 포트에 연결하는 모습이었다. 두 사람의 회로와 두 사람의 생각이 하나로 합쳐졌다. 그것이 드레스덴이 본 마지막 장면이었다.

─미사일 발사!

빛의 속도로 날아온 대공 미사일이 관람차 연결부를 정확히 강타했다. 하얀 섬광이 펑, 하고 터졌다. 사방을 둘러싸고 있던 매끄러운 창문들이 한순간에 수천 개의 파편이 되어 관람차 안으로 쏟아졌다. 뒤이어 시뻘건 불길이 깨진 창문 안으로 솟구쳐 들어왔다. 폭발의 충격으로 구조물과 분리된 관람차가 중력에 순응하며 추락하기 시작했다. 그리고 얼마 지나지 않아 그물망처럼 얽힌 구조물에 걸렸다. 그 충격으로 드레스덴은 붙잡고 있던 문틀을 놓쳤다. 관람차 밖으로 튕겨져 나온 그는 공기의 저항을 느끼며 100미터 아래로 떨어져 내렸다. 그의 몸이 23번 관람차와 점점 멀어졌다.

─재공격에 들어간다. 3, 2, 1…… 발사!

세상을 뒤흔드는 굉음이 들려왔다. 드레스덴은 두 팔을 허공에 휘저으며 떨어지다가 가느다란 무언가를 움켜쥐었다. 대관람차 구조물의 철골 일부가 폭격으로 인해 분리되어 식물 줄기처럼 늘어져 있었던 것이다. 그것을 놓치지 않기 위해 드레스덴이 순간적으로 남은 힘을 짜냈다. 하지만 떨어지는 속도를 견디지 못하고 철골이 손에서 빠져나갔다. 드레스덴은 아래에 있던 관람차에 한 번, 그리고 그 아래에 있던 두꺼운 구조물에 한 번 부딪혔다. 마지막으로 그는 사다리차의 차체 위로 떨어졌다.

─EMP 발사 30초 전. 모두들 충격에 대비하라.

의식을 잃었던 드레스덴이 다시 정신을 차린 건 그 경고 메시지를 들었을 때였다. 주변이 숨 막히게 고요했다. 전자회로 손상을 막기 위해 휴머노이드들은 전부 어디론가 사라진 뒤였다. 온몸의 뼈가 하나하나 조각나는 고통이 너무나도 생생했다. 몸속에 들어차 있던 뜨거운 피가 몸 밖으로 흘러나가는 것을 느꼈다. 의식을 잃기 직전, 드레스덴은 형체를 알아볼 수 없게 망가진 23번 관람차가 구조물 사이에 아슬하게 걸쳐져 있는 모습을 보았다. 아직 그 안에 아이버스터와 한결이 있었다. 그들은 케이블 하나로 연결되어 지구 주변에 떠 있는 인공위성들을 향해 또 다른 신호를 보내고 있을 것이었다.

그때, 각막을 태워버릴 듯한 빛이 23번 관람차에서 번쩍 터져 나왔다. 도시 전체를 날릴 만한 폭발은 아니어도, 한얼시의 상징물 따윈 우습게 없애버릴 정도의 수소 폭발이었다. 태양 속으로 몸을 던진 것처럼 뜨거운 열기가 유원지 전체로 퍼졌다. 어디선가 괴물이 으르렁거리는 듯한 소리가 났다. 대관람차가 지상을 향해 통째로 기울고 있었다. 드레스덴은 제 위로 무너지는 대관람차를 멍하니 올려다보았다. 드디어 죽음이 눈앞으로 다가오고 있었다.

피부를 태울 듯한 강렬한 빛이 하늘 한가운데서 터졌다. 초월동아시아 방위부가 최후의 수단이나 다름없던 EMP를 마침내 터뜨린 것이었다. 빛은 하늘 전체로 퍼졌다. 세상의 모든 빛을 꺼뜨릴 빛이었다. 바람이 대지 위로 맹렬히 몰아닥쳤다. 실체 없는 무언가가 파도처럼 몰려왔다. 잠시 후, 번갯불이 번쩍하고 나서 뒤늦게 천둥이 치듯 세상이 무너져내리는 소리가 길게 이어졌다.

드레스덴은 마침내 가까스로 붙잡고 있던 의식의 끈을 놓았다. 온몸이 모래 속으로 잠기는 듯한 기분을 느끼며 눈을 감았다. 사이보그가 되어 다시 만난 남매의 마지막 모습을 잠시 떠올렸다. 지금 신체가 느끼는 고통은 10년 전에 잃었던 사람들을 떠올릴 때마다 느꼈던 고통에 비하면 충분히 견딜 수 있는 아픔이었다.

몇 초 뒤 모든 것이 사라졌다. 빛도, 소리도, 그리고 지금 이 순간 이전의 모든 존재도.

21.
에필로그

147년 만에 한반도를 찾아온 금환일식이 지속된 시간은 겨우 6분에 불과했다. 그 6분 동안 대체 어떤 일이 있었는지, 드레스덴을 제외한 모든 이는 영원히 알지 못할 것이었다.

초월동아시아는 전 세계 사람들을 대상으로 비윤리적인 실험을 감행했던 사실을 끝내 인정하지 않았다. 하지만 인디고들의 탈옥과 한국으로의 입국 과정에서 초월동아시아가 개입한 게 분명하다는 의혹이 터져 나왔다. 초월동아시아 전 지역에서, 심지어는 모든 대륙에서 진실을 촉구하는 목소리가 계속해서 커졌다. 이와 동시에 스스로를 아이버스터의 후계자라고 주장하면서 테러를 일으키는 새로운 테러 단체들이 속속 출현했다.

인터넷에선 아이버스터의 사망일을 기념하는 날을 뭐라고 부르면 좋을지 투표를 진행했다.

드레스덴은 징계위원회에서 그에게 해임 처분을 내리기 직전에 선수를 치고 경찰을 관뒀다. 퇴원 이후, 그는 남들이 일하는 시간에 한적한 복합 쇼핑몰이나 공원 벤치에 멀뚱히 누워 있다가 배가 고프면 점심을 사 먹었다. 그리고 차를 몰고 이곳저곳을 쏘다녔다. 때론 동수가 뇌세포 재생 치료를 받고 있는 병원을 찾아가 의료진에게 아이의 상태를 물어보곤 했다. 다행히 예후는 희망적이었다.

"푸른 살의 소멸로 급증한 범죄율을 책임져라!"

"푸른 살을 대체할 강력한 법 제정을 촉구한다!"

병원 근처 광장에서 글씨를 개발새발 휘갈겨 쓴 피켓을 든 사람들이 시위를 벌이고 있었다. 푸른 살이 사라져가는 세상의 단면을 보는 것 같았다.

푸른 살의 소멸. 두 달 전 금환일식을 기점으로 전 세계에서 일어나고 있는 현상이었다. 여전히 원인은 파악되지 않았다. 가장 유력한 원인은 아이버스터가 해킹했던 인공위성들이 오전 8시 18분부터 약 4분간 지구 전체의 전기 시스템을 통제해 벌어진 점멸 현상이었다. 그것이 금환일식으로 인해 줄어든 태양에너지와 어떠한 상호작용을 일으키며 푸른 살의 소멸을 촉발한 것 같다는 가설에 힘이 실렸다. 아이버스터가 푸른 살을 없애는 공격을 펼치려 했던 건지는 아직 밝혀지지 않았다. 모든 답이 들어 있을 아이버스터의 뇌는 한결의 에너지원이 폭발하며 방출한 막대한 열기로 재가 되어 허공으로 흩어져버렸기 때문이다.

금환일식이 일어난 지 두 달이 지났다. 그 두 달간 범죄율이 폭증했다. 푸른 살이 사라져가는데도 사람들은 폐쇄적으로 변했다. 오히려 두문불출하며 사람 만나기를 꺼렸다.

"오늘 처음 본 데이트 상대의 푸른 살이 작다고 해도 그게 원래 그렇게 작았던 건지, 아니면 금환일식 이후에 갑자기 작아진 건지 어떻게 알아요? 그자가 사이코패스인지 아닌지 대체 무슨 수로 구분을 하냐고요."

드레스덴은 한 방송기자가 시민들에게 인터뷰를 하러 돌아다니는 것을 벤치에 앉아 구경했다.

"이제 누가 나쁜 사람인지 몰라서 미리 피할 길이 없어요. 하루하루가 너무 두려워요. 아무도 믿지 못하겠어요."

인터뷰하던 어린 학생이 훌쩍이기 시작했다. 드레스덴은 벤치에서 느릿하게 몸을 일으켰다. 그는 아직도 폐쇄된 상태인 미륵 유원지로 차를 몰았다. 미륵 유원지 주변은 세계 곳곳에서 몰려든 관심종자들로 여전히 어수선했다. 내부로 몰래 들어가려는 사람들을 막기 위해 휴머노이드 경찰들이 24시간 내내 감시를 서고 있었다.

광신도들도 궤변을 늘어놓은 피켓을 들고 다니며 사람들을 끌어모았다. 소란에 염증을 느낀 사람들 몇몇은 거침없이 그들을 폭행하기도 했다. 푸른 살 발작을 더는 겪지 않아도 되니 그런 폭행 장면이 심심찮게 목격되었다. 드레스덴은 차에서 내려 한참 동안 그 모든 광경을 바라보았다. 푸른 살이 소멸하기 시작했단 것은 혼란스러운 무통 주간이 앞으로도 계속될 거라는 뜻이었다. 드레스덴은 인터뷰를 하다 말고 울면서 자리를 뜬 학생을 떠올렸다. 한결과 아이버스터가 남기고 간 것은 이런 세상이었다. 과연 이게 최선이었나. 재앙인지 선물인지 모를 것을 온 세상에 흩뿌리고 가버린 그들은 이제 다시 볼 수 없었다.

드레스덴은 카메라를 들고 있던 어떤 남자와 눈이 마주쳤다. 낯선 남자가 제게서 시선을 떼지 않자 드레스덴은 속으로 욕을 뱉었다. 척 봐도 남자는 엮여서 좋을 사람이 아니었다. 진상규명위원회가 생방송된 지 한참이 됐는데도 길거리를 나가면 드레스덴을 알아보는 사람들이 아직 많았다. 드레스덴은 하는 수 없이 차에 올라탔다.

어떤 차가 드레스덴의 차를 쫓아오고 있다는 것을 알아차린 건 도로를 달린 지 20분쯤 지나서였다. 아무래도 아까 눈이 마주쳤던 그 카메라맨인 것 같았다. 재수 옴 붙었단 생각을 하며 드레스덴은 차를 따돌리기 위해 계속해서 차선을 바꾸고, 신호위반을 했다. 더는 그 차가 보이지 않게 되자 드레스덴은 한적한 방파제에 주차하고 잠시 숨을 골랐다.

두 달 전, 드레스덴은 대관람차에서 추락하며 장애물에 부딪혀 큰 부상을 입었다. 인간의 몸에 존재하는 206개의 뼈가 전부 다 부서졌다고 해도 과언이 아니었다. 지금은 간신히 뼈가 붙기만 한 상태라 조금만 무리해서 움직여도 고문당하듯이 아팠다. 긴장한 채로 오래 운전을 했던 터라 드레스덴은 잠시 차에서 내렸다. 막 담뱃갑을 꺼냈을 때, 누군가가 드레스덴의 머리카락을 돌연 휘어잡았다. 철심 박은 다리가 휘청했다. 상황을 파악하기도 전에 그의 머리통이 차창에 세게 부딪혔다. 눈앞이 번쩍했다. 드레스덴은 부서진 굴 껍데기가 나뒹구는 콘크리트 바닥에 그대로 엎어졌다. 한 팔은 아직 붕대를 감고 있다는 사실을 잠시 잊고 바닥을 손으로 짚고 말았다. 그러자 척추를 타고 전신에 고통이 휘몰아쳤다.

드레스덴을 공격한 사람은 예상대로 아까 그 카메라맨이었다. 그가 드레스덴을 내려다보며 비열한 웃음을 짓고 있었다. 카메라맨은 드레스덴의 옆구리를 쌀 포대마냥 한 번 더 걷어찼다. 그러고는 드레스덴이 신음하며 바르작거리는 모습을 카메라로 촬영했다.

"아이버스터를 죽이다니. 넌 정말 실수한 거야."

아이버스터가 죽은 후로 별의별 멍청이들이 앞다투어 세상에 나타났다. 완전자유연대에서도 아이버스터가 푸른 살을 없앴다는 것을 받아들이는 부류와 받아들이지 못하는 부류가 생겨났다. 아이버스터가 죽었으니 더는 그를 추종하지 않고 스스로를 후계자라 주장하는 이들이 급증했을 뿐만 아니라, 다른 인디고들을 추앙하는 무리도 걷잡을 수 없이 증식했다. 드레스덴은 대체 이놈은 어느 쪽인가 곰곰이 생각해보았다.

"신이 죽었으니 세상은 곧 파멸하고 말 거야. 그러려면 제물을 바쳐야 해. 신을 죽인 자가 제물로 제격이겠지."

제기랄. 이놈은 그냥 미친놈이었다. 드레스덴이 뭘 어떻게 하기도 전에 카메라맨이 그의 멱살을 잡아 일으켰다. 드레스덴에겐 아무런 무기가 없었고, 그나마 평소에 무기로 써왔던 몸뚱이는 아직도 뼈가 제대로 붙지 않았다. 카메라맨은 플래시를 켜고 카메라 렌즈를 드레스덴의 피투성이 얼굴 앞에 들이밀었다. 각막을 투과한 빛이 드레스덴의 뇌까지 파고드는 것 같았다.

"다들 널 기다리고 있어. 어서 가자고."

그때였다. 무언가가 카메라맨의 얼굴을 철썩 때렸다. 플래시가 바닥에 떨어진 정체불명의 물체를 비췄다. 살아서 펄떡이는 커다란 물고기였다. 이윽고 물고기가 하나 더 날아왔다. 이번엔 카메라에 맞았다. 묵직한 타격음과 함께 카메라가 저편 어딘가로 휙 날아갔다.

"이야아아!"

누군가가 괴성을 내지르며 카메라맨에게 달려들었다. SUV

차체에 등이 닿은 채로 목을 붙잡혀 있었던 드레스덴은 숨통이 트이자마자 방파제 위로 맥없이 쓰러졌다.

둔탁한 소리가 들렸다. 쓰러진 드레스덴의 시야 안으로 몸싸움을 벌이고 있는 두 명의 그림자가 들어왔다. 카메라맨이 모자를 쓴 건장한 남자에게 일방적으로 얻어맞고 있었다. 모자 쓴 남자는 물고기들이 담겨 있던 양동이로 카메라맨을 인정사정 없이 내리치고 있었다. 나중엔 양동이가 박살 났다. 더는 때릴 수가 없게 되자 남자는 바닥에서 펄떡대던 물고기 하나를 집어 들어 물고기로 사람을 후려치기 시작했다. 카메라맨은 모자남을 얼결에 발로 뻥 걷어찼고, 모자를 쓴 남자가 뒤로 나자빠진 사이에 부리나케 도망쳤다.

"괜찮아요?"

모자 쓴 남자가 바지에 묻은 모래를 털면서 드레스덴에게 다가왔다. 남자에게서 생선 비린내가 풍겼다. 근처에서 밤낚시를 하고 있었던 모양이었다. 젊은 남자였고, 인상은 평범했다. 드레스덴은 그가 내민 손을 천천히 붙잡았다. 남자가 힘주어 드레스덴을 일으켜 세웠다. 다시금 척추를 타고 찌릿한 통증이 퍼졌다. 철심 박은 다리가 힘없이 꺾였다. 고꾸라지는 드레스덴을 재빠르게 받쳐든 남자는 그를 차까지 부축해주었다.

"그쪽 누군지 알아요."

그렇게 말하며 남자는 드레스덴을 운전석에 앉혀주었다.

"세상에 참 미친놈들이 많아졌죠?"

"당신이 할 말은 아닌 거 같은데."

애써 대꾸한 드레스덴의 표정이 고통에 일그러졌다. 바지의 무릎 부근이 축축했다. 하체 어딘가의 상처가 벌어져 피가 줄줄 새고 있었다. 회복 시기에 조심하지 않으면 인공 팔다리를 이식하지 않는 이상 평생 절뚝이며 살지도 모른다던 의사의 말이 떠올랐다. 남자도 드레스덴의 상태가 심각하다는 걸 알아차린 상태였다.

"근처에 병원이 있어요. 병원으로 데려다줄게요."

"내버려뒤요."

남자는 드레스덴의 말을 간단히 무시했다. 그는 드레스덴을 운전석에서 짐짝처럼 도로 끄집어냈다. 뒷좌석의 쓰레기들을 밀어서 치운 뒤, 드레스덴을 뒷좌석 시트 위에 앉혔다. 그러고는 운전석에 올라타 시동을 걸었다. 드레스덴의 낡은 SUV가 방파제에서 유유히 벗어났다.

드레스덴은 차창에 기대어 멍하니 바깥을 내다보았다. 깊은 밤이라 도로에는 차가 거의 없었다. 가로등이 빠르게 옆으로 지나갔다. 이따금 피켓을 든 사람들이 가로등 사이에 서 있는 게 보였다. 드레스덴은 허름한 차림으로 주저앉아 있던 노인이 끌어안고 있던 피켓을 가까스로 읽었다.

「사랑하는 자들아. 하나님이 이같이 우리를 사랑하셨은즉 우리도 서로 사랑하는 것이 마땅하도다. 요한일서 4:11」

드레스덴은 어릴 때를 빼면 교회에 가본 적이 한 번도 없었지만 그의 어머니는 한때 독실한 교회 신자였다. 소싯적 나라의 영광이었던 올림픽 금메달을 진주 목걸이처럼 걸고서 모두가 서로를 사랑하려 애쓰는 사람들의 냄새를 맡고 왔다. 하지만 어머니는 언제부턴가 교회에도 놀러 가지 않았고, 말기 판정을 받은 푸른 살을 전보다 꼭꼭 감추기 시작했다. 올림픽 태권도 금메달리스트라는 명예를 안겨준 거대한 푸른 살은 말년엔 혐오의 대상이 되어 있었던 것이다. '사랑하는 자들아. 하나님이 이같이 우리를 사랑하셨은즉 우리도 서로 사랑하는 것이 마땅하도다.' 어머니는 저런 말을 배우고 듣는 곳에서마저 희망을 잃어버렸었다.

"대체 어떻게 해야 할까요?"

드레스덴이 자기도 모르게 중얼거렸다. 남자는 운전을 하다 말고 백미러로 드레스덴을 흘긋 쳐다보았다.

"뭐가요?"

"푸른 살이 전부 사라지고 나면 이제 우린 누가 착한 사람이고 누가 나쁜 사람인지 어떻게 압니까?"

남자는 그가 무슨 말을 하는지 곧장 알아들은 눈치였다. 한참 동안 말이 없던 그가 대답했다.

"그건 저도 모르겠어요. 하지만 왜 그렇게 생각하시는 거죠?

원래 인류에겐 푸른 살이 없었는데……."

드레스덴의 입이 풀로 붙여진 듯 딱 다물렸다. 이내 그는 고
개를 흔들며 중얼거렸다.

"개개인을 절대적으로 규율하는 수단이 없어지면 이제 인간
의 본성은 무엇이 통제하죠? 애초에 법, 규율, CCTV도 해결하
지 못한 걸 무엇이 강제로 막아주냐고요."

드레스덴의 어머니도 푸른 살이 없었던 시절엔 사람들이 어
떻게 살았었는지 잘 몰랐다. 외할머니가 들려줬던 2000년대 초
반의 생활상이 드레스덴은 거의 기억나지 않았다. 대체 그 시대
사람들은 푸른 살 없이 어떻게 살았던 걸까. 우린 그때보다 더
잘 살 수 있을까.

"언젠가는 다 괜찮아질 거예요. 혼란은 아주 잠시뿐이겠죠."

남자의 대답이 꿈결처럼 멍멍하게 들려왔다. 졸음이 몰려오
는 건지, 의식이 흐려지고 있는 것인지 분간할 수 없었다. SUV
는 분기점에서 오른편으로 몸을 틀었다. 20분 정도를 더 달리고
나서 남자가 차를 세웠다. 드레스덴이 눈을 반밖에 못 뜬 채로
차창 밖을 내다보니 아직 환하게 불이 켜진 병원 건물이 내다보
였다. 늦은 밤인데도 병원 앞에 줄이 길게 늘어서 있었다. 푸른
살 검진을 받기 위한 줄이었다. 자신의 푸른 살은 얼마나 줄었
는지 알아보려는 것이다.

드레스덴은 수면마취 가스를 마신 사람처럼 흐느적거리는

몸을 움직여 차문을 열었다. 힘이 빠진 몸뚱이가 밖으로 휙 쓰러졌다. 뒤늦게 엄습해오는 고통에 몸부림치던 도중 그는 고개를 들어 사람들을 쳐다보았다. 몇몇 사람들은 쓰러지는 드레스덴을 보고 당황했다가 도망치듯 제 갈 길을 갔고, 몇몇 사람들은 다가가서 도와줘야 하나 갈등하는 표정을 지었다. 그들의 푸른 살 크기는 하나같이 비슷비슷했다. 전문가들의 예측대로라면 푸른 살은 약 5년 뒤 지구상에서 완전히 사라질 것이었다. 다시 물음이 떠올랐다. 이제 나는 저들 중 누가 착한 사람이고 누가 나쁜 사람인지 어떻게 구분하지.

"그 잠깐을 못 참아요? 저기요. 제가 여기 의사거든요? 그러니까 제발 좀 가만히 있어 봐요."

헐레벌떡 운전석에서 내려 드레스덴의 한쪽 팔을 어깨에 두른 남자가 어디론가 전화했다. 병원 안에 있는 후배 의사에게 도움을 청하고 있는 것 같았다. 잠시 후, 도수 높은 안경을 끼고 하얀 가운을 입은 의사 하나가 이동 침대를 끌고 달려왔다. 남자가 모자를 벗고서 드레스덴을 후배와 함께 들어 올렸다.

"하나둘, 영차!"

침대에 눕혀지며 드레스덴은 자신을 도와준 밤낚시꾼, 아니 의사인 그의 얼굴을 뚫어져라 보았다. 그 의사의 인상과 성품, 그리고 눈빛을 읽어보려 애썼다. 그것들은 푸른 살의 크기처럼 양적으로 측정할 수 있는 것이 아니었다. 드레스덴의 눈이 정처 없이 헤맸다. 하지만 그는 이내 한 가지를 깨달았다. 자신은 이제 푸른 살이 아닌 다른 것들을 들여다보려고 노력하고 있었다.

드레스덴은 이미 답을 알고 있었다. 상대를 믿는 수밖에 없었다. 관심을 가지고 오랫동안 지켜보는 수밖에 없었다. 사랑하는 사람을 사랑하듯이.

『푸른 살』은 손쉽게 상대를 파악하는 세상에 대한 이야기다. 외양만 보고 상대가 나쁜 사람인지 착한 사람인지 바로 아는 세상 말이다.

누군가를 죽도록 미워하게 되었던 어느 날, 나는 일기에 이런 말을 썼다.

'미리 알 수 있게 사람들 얼굴에 낙인 같은 게 찍혀 있었으면 좋겠다. 착한 사람, 사랑해도 괜찮은 사람, 남 등쳐먹는 사람, 나를 지옥으로 밀어 넣을 사람…….'

나는 내가 미워했던 사람, 혹은 내가 상처를 줬던 사람들을 이따금 떠올린다. 그럴 때마다 이런 생각이 든다. 우리가 직장이 아닌 학교나 사석에서 만났더라면, 우리가 선후배 사이가 아닌 동기였더라면, 우리의 성별이 같았더라면, 우리가 어떤 대화 주제를 피했더라면 어땠을까. 그랬다면 우린 더 친밀하고 다정한 사이였을 수도 있지 않을까. 하지만 누구도 확신할 수 없다. 나조차 나를 모르는데 누가 알까. 상대를 일단 처음부터 무조건 사랑해보는 수밖에 없다. 그만큼 후유증이 클지라도.

장편소설 『푸른 살』은 나의 데뷔작이다. 공모전에 투고한 것도 잊은 채, 바쁜 일상을 감당하며 무기력하게 지내다가 교보문고로부터 당선 연락을 받았다. 예상치 못한 큰 상을 받아 얼떨떨했다. 작가의 말을 쓰고 있는 지금도 실감 나지 않는다. 첫 책 『푸른 살』이 세상에 나올 수 있게 도와주고 조언해준 모든 분께 감사드린다. 항상 용기를 북돋워준 친구들과 오늘날 나를 있게 해준 가족에게도 사랑한다고 말하고 싶다.

나는 무대가 넓은 글을 쓸 때가 많아서 되도록 다양한 문화권과 대륙, 인종을 포함하도록 하는데, 모든 인물을 선하게 그릴 수는 없기에 누구를 보다 악하게 그려야 하는가에 대한 고민이 많다. 이 책에서도 특정 나라 혹은 문화권의 이름이 언급되나, 그 나라나 문화권에 대한 편견이나 선입견이 담긴 것처럼 보이지 않도록 노력했다. 참고로 기존 원고에는 거의 모든 등장인물들의 사연이 구체적으로 적혀 있었다. 배경이 한국임에도 이름이 이국적인 인물의 경우엔 그런 이름이 붙은 이유가 설명되어 있었다. 이것들은 이야기 진행에 필수적이지 않다고 생각되는 내용들을 삭제하는 과정에서 대부분 생략되었다. 처음엔 아쉬웠지만 오히려 지금은 상상의 여지가 생긴 것 같아 만족스럽다. 책에서 직접 이름이 언급되는 국가나 도시는 각각 다른 대륙에서 고르되 그중에서 내가 현재 가장 관심 있는 곳을 고른 것이다. 한얼시는 대한민국 경북에 존재하는 가상의 도시다.

출간을 위해 글을 다듬는 과정에서 기존 분량의 3분의 1을 들어냈다. 가지치기 된 이야기들은 『푸른 살』 곳곳에 희미하게 흔적이 남아 있다. 그 흔적들은 또 다른 이야기가 돋아날 생장점이다. 어디서도 보지 못한 희한하고, 재밌는 이야기를 많이 가꿔놓도록 하겠다.

2023년 7월

이태제

푸른 살

초판 1쇄 발행 2023년 7월 3일

저자 이태제
펴낸이 안병현
본부장 이승은 **총괄** 박동옥 **편집장** 박윤희
책임편집 김정은 정수향 **디자인** 용석재
마케팅 신대섭 배태욱 김수연 **제작** 조화연
2차저작권 관리 권정은

펴낸곳 주식회사 교보문고
등록 제406-2008-000090호(2008년 12월 5일)
주소 경기도 파주시 문발로 249
전화 대표전화 1544-1900 **주문** 02)3156-3665 **팩스** 0502)987-5725

ISBN 979-11-7061-010-6 03810
책값은 표지에 있습니다.